Tote sterben gesünder

Lothar Schöne

Tote sterben gesünder

Kriminalroman

E. Humbert Verlag

Bibliografische Information der Deutschen Nationalbibliothek

Die Deutsche Nationalbibliothek verzeichnet diese Publikation in der Deutschen Nationalbibliografie; detaillierte bibliografische Daten sind im Internet über http://dnb.dnb.de abrufbar.

Amtsgasse 6, 55546 Neu-Bamberg
www.ehumbert-verlag.de

Umschlagmotiv: Michael Apitz
Umschlaggestaltung, Layout und Satz:
Redaktionsbüro Roland Reischl
Druck: www.besserbuecher.de
ISBN 978-3-939285-08-3

1

Dr. Manfred Kapp stand so abrupt auf, dass der Schreibtischstuhl nach hinten rollte. Bei Kapp handelte es sich um einen schlanken Mann Mitte fünfzig mit einer Frisur, die bewies, dass Günter Netzers Haarhelm auch in Grauweiß lieferbar ist. Eigentlich war er ein beherrschter Typ. Doch was er gerade gehört hatte, machte ihn mehr als nervös. Er tigerte unruhig im Zimmer umher, als könne er da eine Lösung finden und ging jetzt zum Fenster. Sein Gesicht wirkte angespannt und die Kieferknochen knirschten. Im Stuhl vorm Schreibtisch wollte sich Alexander Heinscher ebenfalls erheben, blieb aber vorsichtigerweise sitzen, als er die Unruhe bei seinem Chef erkannte. Im Moment war es am besten, nichts zu tun. Ruhig dasitzen und abwarten, bloß keine Action.

Nach einer Weile drehte sich Dr. Kapp herum, seine Stimme bebte: „Und wir können nichts tun? Überhaupt nichts?“

Heinscher deutete ein Kopfschütteln an und sagte leise: „Die Alternative wäre die Insolvenz.“

Die Augen Kapps funkelten, doch seine Stimme blieb gefährlich ruhig: „Insolvenz! Das wäre der Ruin! Der Ruin für uns alle!“

Alexander Heinscher nickte ergeben, dachte aber bereits darüber nach, ob Dr. Kapp wirklich recht hatte. Heinscher war zwar nicht mehr der Jüngste, aber als leitender Angestellter der Firma besaß er ein Insiderwissen, das er auch anderen Unternehmen anbieten konnte. Nutzbringend anbieten konnte. Er musste schließlich vor allem an sich denken und weniger an die Firma, die Dr. Kapp gehörte. Das traf sowohl bei einer Insolvenz zu wie auch der Alternative, die er soeben seinem Chef dargelegt hatte.

„Wir würden bei einer freundlichen Übernahme mit Sicherheit besser fahren“, äußerte sich jetzt Alexander Heinscher.

Dr. Kapp rief aufgebracht: „Ich hasse Rayer, das ganze Unternehmen und die Chefs sowieso! Von solchen Leuten kommt nichts, keine Innovation, keine einzige Neuerung, gar nichts! Denen geht es nur um *eines.*“

Er sprach das letzte Wort so überdeutlich aus, dass kein Zweifel daran sein konnte, was er meinte.

Alexander Heinscher nickte, sein Chef kam zurück zum Schreibtisch. Es war auf einmal sehr still im Zimmer, bedrückend still. Doch in diese Stille hinein sagte jetzt Heinscher mit klarer Stimme: „Ich hätte da eine Idee.“

Claudia lachte. Dabei hatte ihre Freundin Julia in vollem Ernst gesprochen.

„Und die Jagd nach Verbrechern macht dich wirklich glücklich?“, fragte Claudia jetzt.

Die beiden Frauen saßen im „Maldaner“, einem Café in der Innenstadt Wiesbadens. Sie hatten sich nach langer Zeit wieder einmal getroffen, um miteinander zu plauschen. Beide kannten sich noch aus der Schulzeit, hatten zusammen Abitur gemacht, waren sich auch im Studium nahe geblieben, dann aber hatten sie sich eine Weile aus den Augen verloren. Während Claudia Graf in der Werbebranche Fuß fasste, war Julia Held zur Polizei gegangen. Schon immer hatte sie das Gefühl gehabt, in manchen Dingen Männern überlegen zu sein, was sie beruflich auch unter Beweis stellte. Im Polizeipräsidium Westhessen war sie bis zur Kriminalhauptkommissarin aufgestiegen – und das musste nicht der Schlusspunkt sein. Jetzt nickte sie auf die Frage ihrer alten Freundin, allerdings etwas nachdenklich.

„Und keine Männer in Sicht?“, fragte diese mit einem tiefen Blick.

„Doch, doch, ich sehe genug Männer und muss nicht mal das Fernglas zur Hand nehmen ...“, antwortete Julia und ließ den Satz offen.

„Verstehe“, sagte Claudia knapp und griff zu ihrer Kaffeetasse.

Die Freundinnen befanden sich im besten Alter, sie waren dreiundvierzig und vierundvierzig Jahre alt, sahen attraktiv aus, und beide hatten schon üble Schicksalsschläge hinnehmen müssen. Claudia Grafs langjähriger Freund hatte sich erst vor kurzem Knall auf Fall nach New York abgesetzt, um dort seine Chancen in der Agentur auszureizen. Keinen Moment hatte er daran gedacht, sie aus der Frankfurter Filiale mitzunehmen. Und Julia Helds Ehemann war vor zwei Jahren bei einem Verkehrsunfall ums Leben gekommen. Obwohl sich seitdem einige Männer an sie heranrobbten, zeigte sie ihnen die kalte Schulter. Zu ihrem Herz, Bett und Tisch hatte sie keinen vorgelassen. Ihr müsst draußen bleiben – das schien ihre Devise zu sein, wenn Männer ihr lange Blicke zuwarfen.

„Weißt du“, sagte sie jetzt zu Claudia, „ich glaube, man verliert, was man liebt. Das scheint eine Art Naturgesetz zu sein.“

„Nein!“, rief Claudia aus, „das will ich nicht glauben, das darf einfach nicht sein.“

Julia sah ihre Freundin ernst an und sagte nichts.

„Du bist doch nicht etwa Atheistin geworden oder sonst was in der Richtung?“, fragte Claudia.

Die Hauptkommissarin nahm einen Schluck Kaffee: „Der Glaube an das Gute im Menschen ist mir jedenfalls etwas abhanden gekommen. Berufskrankheit vermutlich.“

„Gut, dass wir uns getroffen haben“, erwiderte Claudia, „dich muss ich ja regelrecht aufbauen.“

Sie zwinkerte ihrer Freundin zu und nahm ein Stück Kuchen auf ihre Gabel. Sie hatte es kaum heruntergeschluckt, als sie zu Husten anfing. Es war ein richtiger Hustenfanfall, der kein Ende nehmen wollte. Claudia japste nach Luft, und Julia klopfte ihr auf den Rücken, bis ihre Freundin schwer atmend zur Ruhe kam.

„Hast du dich verschluckt?“

„Das muss meine Bronchitis sein“, erklärte Claudia, „wenn der Sommer zuende geht, kommt sie hervor.“

„Wenigstens erinnert sie dich an die Jahreszeiten“, stellte Julia Held trocken fest.

„Ja, leider“, erwiderte Claudia und verabschiedete sich auf die Toilette.

Als sie zurückkam, fand sie einen Zettel neben ihrer Tasse. Es war eine Nachricht von Julia: ‚Musste dringend weg. Ruf an. Du musst mich unbedingt weiter aufbauen.‘

Das Telefon kann durchaus ein Gerät sein, das angenehme Gefühle auslöst. Als Stefan Metz den Hörer auflegte, huschte jedenfalls ein zufriedenes Lächeln über sein Gesicht. Er drehte sich auf seinem Bürostuhl zum Computer, öffnete das Outlook, tippte eine Nachricht ein, überlegte einen Moment, löschte sie wieder und formulierte neu. Dann schickte er sie ab. Er rieb zufrieden seine Handinnenflächen aneinander. Regentropfen prasselten an die Fensterscheibe seines Büros. Die Jahreszeit des Dauerregens kündigte sich an. Der korpulente Endvierziger stellte sich ans Fenster, strich sinnend über seine Stirnglatze und sah hinaus. Sollte es doch draußen regnen und stürmen! Für ihn schien die helle Sonne, ja, das Wetter kam ihm ausgesprochen anregend und heiter vor.

Er ging zum Schrank in der Ecke und zog seine Regenjacke hervor. Für heute hatte er sein Tagwerk getan. Er löschte das Schreibtischlicht und verließ sein Büro. Dann nahm er den Aufzug nach unten. Sein Auto stand in der Tiefgarage. Er besaß einen eigenen Platz wie es ihm zukam. Einen Moment musterte er seinen betagten Opel Astra, bevor er einstieg. Eigentlich sollte er schon längst einen anderen Wagen fahren, einen, der seiner Stellung angemessen war. Und bald würde er sich das leisten können. Vorsichtig rangierte er das Auto rückwärts aus dem Parkplatz, er hatte schon einmal mit dem Heck einen Betonpfeiler gerammt, und nahm den Weg nach oben. Auf dem Hof draußen sah er keinen Menschen, offenbar war er wieder einmal der Letzte, aber wenigstens hatte sich seine Überstunde diesmal gelohnt.

Er musste von Johannisberg hinunter in den Rheingau fahren nach Geisenheim und von dort nach Oestrich. Milchiges Zwielicht ergoss sich über das Land. Die Strecke war kurvig und etwas holperig, aber Stefan Metz liebte sie. Man sah das Rheintal von oben, der Fluss wand sich wie eine Schlange durch die Niederung, und selbst im Regen jetzt sah er die Rheinschiffe, die wie Spielzeugschiffchen auf dem Wasser schaukelten. Das liebte er ganz besonders. Konnte es sein, dass er ein Rhein-Romantiker war? Wie jene vielen Besucher, die von weither kamen, um die Loreley und das Niederwalddenkmal zu sehen. Er lächelte amüsiert. Hinter ihm tauchten die Lichter zweier Scheinwerfer auf. Sie kamen näher und schienen ihn zu schnellerem Tempo aufzufordern. Eigentlich ließ er am liebsten den Wagen im höchsten Gang rollen, es ging abwärts, wozu Treibstoff vergeuden. Jetzt gab er ihm einen Gasstoß. Doch eine Kurve kam in Sicht, er musste abbremsen.

Er trat leicht auf die Bremse, aber sie reagierte nicht. Unmöglich, das konnte nicht sein! Sein Opel war doch erst vor kurzem in der Werkstatt gewesen. Metz trat wieder auf die Bremse, diesmal energischer. Nichts! Er trat sie bis auf den Anschlag durch. Keine Reaktion. Und das Auto wurde schneller. Der Wagen hinter ihm war dicht aufgefahren, vergrößerte jetzt aber den Abstand. Die nächste Kurve kam. Auf der Stirn von Stefan Metz sammelten sich Schweißtropfen. Er versuchte, seine Hände ruhig zu halten. Jetzt bloß nicht die Kontrolle verlieren. Viel zu schnell sauste er um die Kurve herum. Der Wagen schleuderte. Angst kroch in ihm hoch. Seine Finger griffen zur Handbremse. Aber er würde sich überschlagen, wenn er sie abrupt zog. Vorsichtig hob er den Griff an – nichts passierte. Und der Wagen wurde immer schneller. Er spürte, wie sein Hemdkragen eng wurde, als sei es kein Kragen, sondern eine Schlinge, die sich zusammenzog. Panik überkam ihn, er hätte schreien können, aber seine Lippen öffneten sich nicht. Die Straße wurde vor der nächsten Kurve schmaler, er riss das Lenkrad nach rechts und spürte, wie ein salziger Schweißtropfen seine Lippen berührte. Als das Auto abhob und in die Weinberge rauschte, erkannte er noch einen Obstbaum vor sich, dann knallte es, der prasselnde Regen hörte jäh auf, und es wurde schwarz um ihn ...

Der Wagen hinter ihm fuhr in eine kleine Schneise am Rand. Die Tür öffnete sich, der Fahrer streifte Latexhandschuhe über seine Hände und über seine Schuhe Plastiküberzieher, als wäre er ein Arzt, der in den Operationssaal wollte. Dann ging die Person mit schnellen Schritten zum Unglückswagen ...

Florian Wunder war zu Fuß unterwegs und wollte gerade von der Wiesbadener Flaniermeile, der Wilhelmstraße, in die kleine Burgstraße einbiegen, als er den roten Ferrari vorbeifahren sah. Er blieb stehen und stierte ihm hinterher, und sein Blick wäre mit schmachtend einigermaßen korrekt wiedergegeben. Das musste ein Mondial sein, ein Auto, das man nicht alle Tage sah – es sei denn, man lebte in dieser Stadt und tummelte sich öfter in der Nähe des Spielkasinos. Jetzt röhrte der Wagen auf, der Fahrer hatte mal kurz aufs Gas getreten, um die ahnungslose Welt aufhorchen zu lassen, was ihm im Falle Florian Wunder absolut gelungen war, denn der machte eine verzückte Miene, als habe er soeben die ersten Klänge einer unbekannten Symphonie von Beethoven gehört.

Kommissar Florian Wunder war auf dem Weg zu seinem Lieblingsdöner-Imbiss in der Dreililiengasse. Er musste dringend etwas essen, sein Magen knurrte schon seit einiger Zeit wie ein böses Tier, und da er sich für einen Feinschmecker hielt, kam nur dieser Imbiss für ihn in Frage. Es handelte sich um den besten Dönerimbiss in der Stadt. Schnell hatte er die fest installierte Bude erreicht und Adil begrüßt, der ihm zunickte und schon wusste, welches Gericht er dem Commissario servieren sollte. Adil war als Junge mit seinen Eltern aus der Türkei gekommen und im Rhein-Main-Gebiet aufgewachsen. Er sprach fast ein akzentfreies Hessisch und war auch sonst nicht auf den Kopf gefallen.

Florian Wunder widmete sich seinem Lahmacun. Voller Hingabe ließ er die ersten Bissen im Mund zergehen, ja, das hatte er gebraucht, das war unbedingt nötig für sein weiteres Fortbestehen als Mensch und Polizeibeamter. Während er die nächste Portion mundgerecht klein schnitt, klingelte das Handy in seiner Jackentasche. Widerwillig zog er das Mobiltelefon heraus. Nach den ersten Worten von der anderen Seite wusste er, dass sein Genießerdasein ein Ende gefunden hatte. Er verstaute noch zwei Bissen im Mund, dann verabschiedete er sich von Adil mit einer Trauermiene, als habe gerade eine Leiche seinen Weg gekreuzt.

„Keinen Mokka heute?", rief der ihm hinterher.

Der VW Passat verließ die A 66 bei Eltville und fuhr am Rhein entlang in Richtung Oestrich-Winkel. Am Steuer saß Julia Held und neben ihr befand sich Florian Wunder.

„In den Weinbergen?", fragte Florian seine Chefin.

Julia nickte.

„Weshalb müssen *wir* denn dahin, es gibt doch die Dienststelle Rüdesheim?"

In seiner Stimme schwang unüberhörbar Missmut.

„Der Kollege dort hat Zweifel, ob es ein Unfall war", sagte sie, „wir sollen uns die Sache mal ansehen."

„Um diese Zeit! Da sollte der werte Kollege die Sache besser selbst entscheiden."

Julia warf ihm einen spöttischen Blick zu: „Haben wir denn heute Abend etwas vorgehabt?"

„Klar. Heute spielt der SV Wehen-Wiesbaden. Heimspiel gegen Kickers Offenbach."

Julia spitzte abschätzig die Lippen: „Dritte Liga. Und so was gucken Sie sich an?"

Kriminalkommissar Wunder zog es vor, nicht zu antworten. Er schaute auf die Straße draußen, als gäbe es da allerhand zu entdecken, eventuell sogar ein Spielfeld. Es hatte aufgehört zu regnen, doch ein grauer Schleier lag in der Luft, und bald würde es dunkel werden.

„Überhaupt", fuhr Julia fort, „gibt es doch nur einen Verein, den es sich anzuschauen lohnt. Sie wissen schon, welchen ich meine."

„Ja, ja, ich weiß es!"

Er blieb einen Moment still, dann platzte es aus ihm heraus: „Haben Sie denn kein bisschen Lokalpatriotismus im Leib?"

„Nee, wieso?"

„Weil Sie dann wüssten, dass ein Verein wie Mainz 05 für unsereins nicht in Frage kommt."

Ein Lächeln zeigte sich auf Julias Gesicht: „Aber sie spielen in der ersten Liga."

„Erste Liga, erste Liga!", wiederholte Florian, „Schnösel-Liga. Für die Kleinen muss man sein, für die Wiesbadener, die können's gebrauchen."

„Aber die Mainzer sind so sympathisch", ließ Julia nicht locker und schob grinsend nach: „Außerdem gefällt mir ihr Trikot besser."

Florian Wunder presste die Lippen aufeinander und sagte nichts. Trikot! So 'ne Bemerkung war typisch weiblich. Weiberkram. Demnächst würde seine Chefin mitteilen, dass sie es gut findet, wenn sich die Spieler die Trikots vom Leib reißen. Julia warf ihm einen kurzen Blick von der Seite zu: „Sie schlagen auch die Großen, wenn's sein muss." Sie schaute auf die Straße, wo gerade das Ortsausgangsschild von Winkel auftauchte und legte unbarmherzig nach: „Dann sind sie gleich noch mal so sympathisch – mit ihren schönen Trikots."

Am Unfallort oberhalb Geisenheims begrüßte Julia Polizeimeister Windstock. Ja, ja, er komme aus Rüdesheim, ein Anruf habe ihn hergeführt, jemand habe das Auto im Weinberg gesehen, wo es einfach nicht hinpasste. Es sei gegen einen Baum geknallt.

Windstock ging bedächtig voran, Julia Held und Florian Wunder folgten ihm. Der Boden war durch den Regen aufgeweicht und etwas glitschig, was Kommissar Wunder, der es eilig hatte, wieder wegzukommen, sofort am eigenen Leib zu spüren bekam. Mit schnellem Schritt versuchte er Windstock zu überholen, rutschte aus und schlug einen nahezu perfekten Salto.

„Oh", sagte Julia und reichte dem rücklings daliegenden Kollegen die Hand, „ich wusste gar nicht, dass Sie für den Zirkus trainieren. Das kommt davon, wenn man schnell noch zu einem Spiel der Wiesbadener will."

Florian lag im Matsch, ignorierte die Hand seiner Chefin und rappelte sich allein wieder hoch. Der Rüdesheimer Polizeibeamte sah ihm mitleidig zu.

„Zu viel Geschäftigkeit ist misslich", ergänzte Julia und erläuterte ihrem Mitarbeiter die Herkunft des Zitats: „Shakespeare."

„Ich bin gleich wieder voll da", erwiderte Florian, richtete sich auf und schob nach: „Auch Shakespeare."

Der Astra war vorn stark verbeult, während der Obstbaum triumphierend in voller Größe dastand, als habe ihm das Auto nichts anhaben können.

„Unser Bäumcher sind widderstandsfähig“, sagte Windstock stolz.

Julia beugte sich zur offenen Tür und sah einen Mann überm Luftsack hängen. Abrupt wandte sie sich zu Windstock: „Sofort ein Arzt! Warum haben sie noch keinen herbei geholt?“

„Hab ich doch längst gemacht. Der war schon da, musste aber wieder weg, dringender Hausbesuch. Hat den Tod festgestellt von dem Fahrer.“ Er deutete mit dem Kopf auf den Leblosen hinterm Steuer.

„Ein Unfall mit tödlichem Ausgang“, stellte Florian fest, „so was kommt alle Tage vor.“

„Dess dacht ich auch, aber der Doktor Hamberg meint, der Unfall wär net dran schuld, dass dem des Lebe abhande gekomme iss.“

„Und warum?“

„Fragen Sie ihn selbst. Er will bald widderkomme.“

Es war schon dunkel, als der Transporter an der angegebenen Stelle von der Autobahn abfuhr. Sein Fahrer warf einen Blick aufs Navi und wusste, dass er das Ziel bald erreicht hatte. Es ging eine kurze Wegstrecke an einem Wäldchen entlang, dann kam eine Einbuchtung, in die er langsam hineinsteuerte. Geschützt hinter Bäumen und Sträuchern ließ er den Wagen ausrollen und schaltete Motor und Scheinwerfer aus. Er musste nicht lange warten und ein weiteres Auto fuhr auf den einsamen Parkplatz. Es war ebenfalls ein mittelgroßer Transporter, und wenn es taghell gewesen wäre, hätte man die beiden Wagen sogar verwechseln können. Der zweite Transporter hielt hinter dem ersten. Zwei Männer stiegen aus und gingen nach vorne zum anderen Wagen, wo jetzt der Fahrer die Tür öffnete und auf den Boden sprang. Die drei Personen wechselten ein paar Worte. Besonders redselig war keiner von ihnen. Dann ging einer zum zweiten Transporter und rangierte ihn schnell und geschickt so, dass der Wagen mit seinem Heck an der Rückseite des ersten Transporters zu stehen kam.

Ohne weitere Worte zu verlieren, öffneten die Männer die Hintertüren ihrer Wagen. Dann stiegen zwei in den Frachtraum des ersten, einer in den Frachtraum des zweiten Transporters. Von fern hörte man ein Hupen, und das Licht eines Scheinwerfers streifte die Bäume. Die drei Männer verrichteten ihre Arbeit ohne auch nur eine Sekunde innezuhalten. Sie luden den Inhalt des ersten Transporters in den zweiten.

Dr. Hamberg kam mit raschen Schritten vom Straßenrand zur Unglücksstelle. Der Rüdesheimer Polizeimann stellte ihm Julia Held vor, die ihn sofort fragte: „Welche Zweifel haben Sie? Der Unfall war nicht die Todesursache?“

„Ich glaub nicht. Der Luftsack hätte ihm das Leben retten müssen, und hat es vermutlich auch getan. Aber mir kommt es so vor ... also ... wie eine Toxikose.“

„Bitte sprechen Sie deutsch“, sagte Hauptkommissarin Held mit Stirnrunzeln.

„Na ja, eine Art Vergiftung.“

„Wie? Während der Fahrt hat er sich vergiftet?“, fragte Florian Wunder.

„Der Tote hat keine äußerlichen Verletzungen außer Prellungen und eventuellen Rippenbrüchen“, antwortete der Arzt, „aber die Pupillen sind unnatürlich geweitet.“

„Kann es sein, dass er vorher irgendwelche Drogen zu sich genommen hat?“, fragte Julia.

„Das ist möglich, aber wer nimmt absichtlich Drogen, die ihn fahrunfähig machen?“

„Mehr Leute, als man denkt, Alkohol ist auch eine Droge“, entgegnete Julia.

„Ein Selbstmörder, ganz klar“, konstatierte Florian.

Julia sah ihn an: „Das hätte er ohne Auto einfacher haben können.“

„Vielleicht wollte er seinen Selbstmord kaschieren“, überlegte Florian laut.

„Um wen handelt es sich überhaupt?“, fragte Julia den Rüdesheimer Polizeibeamten.

„Um Stefan Metz. Hier ist der Personalausweis.“

„Sonst haben Sie nichts?“

Polizeimeister Windstock schüttelte den Kopf. Julia Held wandte sich zu Florian: „Benachrichtigen Sie den Erkennungsdienst, die müssen herkommen.“

„Meinen Sie wirklich?“, fragte Florian, „das kommt mir relativ überflüssig vor, hier handelt’s sich um einen getürkten Selbstmord.“

„Rufen Sie relativ schnell an!“, sagte Julia in einem Ton, der keinen Widerspruch erlaubte, und Florian fingerte nach seinem Handy in der Jackentasche. Den Fußballabend mit seinem geliebten SV Wehen-Wiesbaden konnte er sich wohl an den Hut hängen.

Die Firma Nelix oberhalb von Geisenheim lag in tiefem Dunkel. Stefan Metz hatte sich als Letzter beim Nachtportier verabschiedet, der längst seinen Mini-Fernseher eingeschaltet hatte und seitdem dösig auf den Bildschirm glotzte. Hin und wieder fielen ihm die Augen zu, und sein Kopf sank vornüber, bis er durch einen lauten Ausruf in der Glotze wieder erwachte. Zum Glück kam das selten vor, denn aus Erfahrung bevorzugte er stille Sendungen, und am liebsten war ihm das Nachtprogramm mit den Bahnstrecken Deutschlands – ideal zum Einschlafen.

Verwunderlich war es nicht, dass er von dem dunklen Schatten nichts mitbekam, der nicht weit an seinem Pförtnerhäuschen vorbeischlich. Die Person öffnete den Fußgängereingang an der Seite mit einem Nachschlüssel und verschwand in der Dunkelheit des Hofes. Offenbar kannte sich der Einbrecher mit der Örtlichkeit aus, denn ohne zu zögern ging er nicht etwa zum Hauptportal, sondern zu einer kleinen Pforte an der Seite des Gebäudes. Auch hier verschaffte ihm ein Schlüssel schnellen Zugang. Jetzt befand er sich im Lagerraum von Nelix. Der Schein einer Taschenlampe huschte über den Boden, und die Schritte des Eindringlings folgten dem Lichtstrahl. Die Medikamente in den Regalen interessierten ihn offenkundig nicht. Er stieg eine Treppe hinauf, öffnete den Ausgang und schaltete seine Taschenlampe aus. Sie war anscheinend nicht mehr nötig. Den Gang vor ihm kannte er. Er ging ihn bis zu einer bestimmten Tür entlang, die aus geriffeltem Glas bestand, zog den entsprechenden Schlüssel hervor und öffnete sie.

Der Raum vor ihm lag in völliger Dunkelheit. Aber auch hier kannte sich der Einbrecher gut aus. Er wusste, wo der Schreibtisch stand, und als er bei ihm angelangt war, schaltete er den Computer ein. Der matte Schein des Bildschirms genügte, er spendete genug Licht für die Zwecke des Eindringlings. Und soweit man sehen konnte, war der Rechner selbst Gegenstand seiner Begehrlichkeit ...

2

Die Stufen nach unten nahmen kein Ende. Das Gerichtsmedizinische Institut schien in der Unterwelt zu liegen. Jedenfalls kam es den beiden Lebenden so vor, als sie die Treppe hinunter stiegen. Die Toten selbst hat man noch nie gefragt, was ihr liebster Aufenthaltsort nach dem Exitus ist. Vermutlich ist es ihnen gleichgültig. Jedenfalls werden Leichen bevorzugt kalt aufbewahrt, möglichst unter der Erde.

„Die Bremsleitungen waren kaputt?“, fragte Julia Held im Gehen.

Florian Wunder nickte: „Laut Erkennungsdienst sahen sie angeschnitten aus. Da läuft Bremsflüssigkeit aus. Metz konnte nicht stoppen, auch wenn er sich noch so angestrengt hat.“ Er machte eine Pause, dann sprach er weiter: „Aber es könnten auch Marder gewesen sein. Marder beißen zu gern in Bremsleitungen.“

„Was nun?“, fragte Julia, „angeschnitten oder angebissen?“

„Angeschnitten.“

Die beiden waren in einem mit Linoleum ausgelegten Gang angelangt. Es roch streng nach einem Reinigungsmittel, und Florian hob witternd die Nase: „Arbeiten die hier unten eigentlich noch mit Formalin?“

„Nein“, schüttelte Julia den Kopf, „zu gefährlich, wenn man’s dauernd einatmet.“

Sie wandten sich nach rechts und schritten den Gang entlang.

„Metz war angestellt bei der Firma Nelix im Rheingau, in der Nähe von Geisenheim“, erklärte Florian, „ein medizinischer Großhandel.“

„Denen werden wir einen Besuch abstatten.“

„Mit Sicherheit können wir da was erfahren“, erwiderte Florian diensteifrig, „vielleicht sogar was über unbekannte Drogen.“

Die beiden gingen bis zur dritten Tür. Julia öffnete sie, und ein Obduktionsraum von etwa dreißig Quadratmetern lag vor ihnen. Dr. Silke Hauswaldt, eine Frau von Mitte vierzig mit straff nach hinten gekämmten brünettem Haar, kam eben im weißen Kittel aus dem Nachbarraum, grüßte kurz und erklärte, während sie sich Latexhandschuhe überstreifte: „Dieser Tote im Weinberg ist nicht an seinen inneren Verletzungen gestorben.“

„Soweit waren wir auch schon“, warf Florian ein, „und zwar am Tatort.“

„Man wird doch noch einen einführenden Satz sagen dürfen", entgegnete die Rechtsmedizinerin, „mit Ihrer Erlaubnis komme ich sofort zum Hauptteil."

„Herr Wunder ist nun mal von der schnellen Truppe, auch wenn kein Fußballspiel ansteht", erläuterte seine Chefin.

„Die Sache ist nicht ganz einfach", fuhr Dr. Hauswaldt fort, „soweit ich sehe, hat der Tote so etwas wie eine Droge zu sich genommen. In seinem Zustand muss das zum Herzstillstand geführt haben."

„Spuren gab es am Tatort keine", sagte Julia, „seltsam, wer nimmt eine Droge, wenn er verletzt und eingeklemmt hinterm Steuer sitzt?"

„Noch dazu eine, die tödlich wirkt", ergänzte Florian.

„Ich habe eine Blutprobe genommen, sie untersucht und Partikel gefunden, die nicht ins Blut gehören."

„Fremdkörper im Blut?", ließ sich Kommissar Wunder hören.

„So könnte man sagen", nickte Silke Hauswaldt, „aber ich kann diese Partikel noch nicht bestimmen. Mir ist außerdem aufgefallen, dass seine Mundpartie merkwürdig riecht."

„Na klar", bestätigte Florian, „Leichengeruch!"

Frau Dr. Hauswaldt zog die Stirn kraus und deutete auf eine stählerne Liege. Unter einem Leinentuch erkannte man die Umrisse eines menschlichen Körpers.

„Bitte!", forderte sie Florian auf, „machen Sie selbst die Probe."

„Eine Riechprobe?", fragte Kommissar Wunder und wirkte wenig amüsiert.

Die Rechtsmedizinerin gab keine Antwort, schlug stattdessen das Tuch zurück, und winkte Florian mit dem Kopf herbei. Julia Held nickte ihm aufmunternd zu, sodass er vorsichtig näher heranging. Der Tote aus dem Weinberg lag mit dem Rücken auf dem Metallgestell und sah aus, als würde er ein Nickerchen machen. An der Stirn hatte er Schürfwunden, die Nase sah gebrochen aus, aber sonst wirkte er unverletzt und schien darüber nachzudenken, wie ihm das Malheur mit dem Tod passieren konnte. Florian schnüffelte in respektvollem Abstand in der Luft herum.

„Ich rieche nichts", sagte er.

„Näher, näher, Herr Kommissar", forderte ihn Dr. Hauswaldt auf, „vor den Toten brauchen Sie keine Angst zu haben. Vor den Lebendigen dafür umso mehr."

Florian überwand sich, ging einen Schritt näher und senkte mutig sein Gesicht zum Kopf des Toten, um eine Geruchsfährte aufzunehmen.

„Ja“, murmelte er, „ich riech was.“

„Was denn?“, fragte Julia.

„Es riecht irgendwie verbrannt.“

Die Hauptkommissarin kam näher, beugte sich vor und roch ebenfalls.

„Stimmt“, sagte sie, „Ihr Geruchsorgan hat Sie nicht im Stich gelassen.“

„Ich bin froh, dass sie sich einig sind“, beendete Dr. Hauswaldt das Fachgespräch der Kommissare und fasste zusammen: „Es riecht wie verbrannt, auch an den Händen, aber ich habe keinerlei Schmauchspuren gefunden. Wenn man eine Pistole abfeuert, geht der Pulverdampf nach hinten weg und setzt sich in der Haut und den Kleidern fest. Diese Schmauchspuren sind aber geruchlos ...“

„Eine Pistole war also nicht im Spiel“, ergänzte Florian, „andererseits – Selbstmörder halten sich die Pistole gern vor den Mund.“

„Mir sind noch keine Waffen unter die Augen gekommen“, sagte Dr. Hauswaldt in müder Resignation, „die beim Abfeuern nicht Schmauchspuren hinterlassen.“

Florian Wunder setzte eine bedeutsame Miene auf: „Wär’ ja auch zu komisch. Der Mann hat einen Unfall, landet im Weinberg und feuert schnell noch einen Schuss ab, bevor er die Pistole zwischen die Weinreben wirft.“

Claudia Graf lag im Bett und hüstelte. Sie lag nicht daheim, sondern in einem Krankenhausbett in der Eusebios-Klinik. Sie schaute nach oben an die Decke und ihr ging durch den Kopf, wie sie in diese Lage gekommen war. Als sie eingeliefert wurde, ging es ihr schon mies. Ihre Bronchitis war über sie hergefallen wie selten zuvor. Ihr kleiner Hustenanfall beim Kaffeetrinken mit Julia war nur der Anfang gewesen. Aber danach wollten die Hustenanfälle kein Ende nehmen, sodass der behandelnde Arzt sie zur Beobachtung in die Klinik einwies. Und jetzt war sie froh, dass sie nur vor sich hinhüstelte und von keinem Hustenkrampf geschüttelt wurde.

Die Tür ging auf und Dr. Bindel erschien. Er war noch keine vierzig, blieb am Bettrand stehen, sah mit seinem gut genährten Gesicht auf sie herab und fragte: „Wie fühlen Sie sich heute?“

„Schwach“, kam es von ihren Lippen.

„Das ist normal. Wenn Asthma und Bronchitis zusammenkommen, fühlt man sich miserabel. Bei Ihnen ist noch eine Lungenentzündung aufgetreten. Aber wir haben zum Glück heute die entsprechenden Mittel, um gegenzusteuern. Sie brauchen Ruhe, Ruhe und nochmals Ruhe. Nicht an Ihre Arbeit denken. Und brav die Medizin einnehmen. So kommen Sie am schnellsten wieder auf die Beine.“

Dr. Bindel nickte ihr aufmunternd zu und drückte ihr die Hand. Ihr schlaffes Pfötchen fühlte sich wie ein feuchter Lappen an.

Kurze Zeit darauf erschien der Krankenpfleger Sborski im Zimmer, Er trug ein Tablett mit sich, auf dem sich zwei Tabletten und ein Glas Wasser befanden.

„Ihre Arznei“, sagte er. Er schaute Claudia Graf mitfühlend an und fing an zu erzählen: „Ein Onkel von mir in Krakau leidet auch an einer schlimmen Bronchitis. Aber er hat sich noch immer davon erholt ...“

Dr. Kapp lachte. Es war ein leises Lachen, das eher nach innen vibrierte als nach außen schallte. Alexander Heinscher saß vor ihm und hatte ihm soeben eine Mitteilung gemacht, die Kapp offensichtlich gefiel. Jetzt erhob sich sein Chef und sagte: „Ihre Idee war glänzend. Darauf sollten wir anstoßen.“

Heinscher nickte beflissen. Ja, es hatte alles so funktioniert, wie er das vorausgesagt hatte. Kapp konnte zufrieden sein, und er selbst auch. Das Geschäft war gut über die Bühne gegangen. Allerdings gab es da ein Detail, über das sein Chef noch nicht Bescheid wusste oder jedenfalls so tat ...

Dr. Kapp ging nach hinten zu einem in der Wand eingelassenen Kühlschrank, öffnete ihn und überlegte einen Moment.

„Nein“, sagte er dann, „wir trinken nicht den *Henkell trocken*, der ist eher was für Gäste, wir wollen angemessen anstoßen, wir nehmen den *Fürst von Metternich*.“

Er zog die entsprechende Flasche aus dem Kühlschrank, drehte sich seinem leitenden Mitarbeiter zu, und sein vibrierendes Lachen wurde hörbar. Sogar sein grauer Haarhelm bewegte sich. Mit einigen raschen Handgriffen entkorkte er die Sektflasche, nahm zwei Gläser in die rechte Hand, die Flasche in die linke, kam zum Schreibtisch zurück und goss ein. Kapp reichte Heinscher das Glas und stieß mit ihm an.

„Auf Ihre Idee, auf unseren Deal."

Heinscher stand auf, und die beiden Männer tranken.

Dann sagte Heinscher: „Einen kleinen Wermutstropfen müssen wir leider schlucken ..."

Er ließ den Satz offen, schaute seinen Chef arglos an und machte eine Pause. Er wollte austesten, inwieweit Dr. Kapp über die letzten Vorgänge informiert war.

Kapp schaute fragend zurück. Machte er auf ahnungslos oder war er ein guter Schauspieler, der seine Rolle perfekt beherrschte? Jetzt zog er die Augenbrauen hoch und schürzte die Lippen. Das war ein bisschen zu viel gespielt, etwas zu viel Theater, dachte Alexander Heinscher insgeheim. Er stellte sein Glas ab und sagte: „Es gibt einen Kollateralschaden ..."

„Eigentlich brauchen wir ein neues Auto", sagte Florian, „der Rheingau schreit danach. Kurvig wie eine Diva."

Julia sandte ihm vom Beifahrersitz einen amüsierten Blick: „Was wissen Sie von Diven?"

„Heißt die Mehrzahl nicht Divas?", fragte Florian zurück, „und außerdem ist meine Freundin waschechte Wiesbadenerin, also eine Diva."

Florian Wunder und seine Chefin hatten Oestrich und Geisenheim hinter sich gelassen und quälten sich mit dem ältlichen VW Passat-Kombi jetzt nach Johannisberg hinauf.

Julia fragte: „Ein neues Auto ...?"

„Der Passat ist zu lahm. Bloßer Lastesel."

„Ein neues Auto", wiederholte Julia, „woran dachten Sie da?"

„An einen Ferrari. In Italien ist das normal. Die Carabinieri verfolgen die Gangster dort sogar im Lamborghini Gallardo."

„Was ist das? Ein verlängerter Fiat?"

Florian rümpfte die Nase, ließ sich dann aber doch zu einer Antwort herab: „Fiat ist was für kleine Frauen mit schmalen Füßen und langen Hälsen. Der Unterschied zu einem Ferrari ist etwa so groß wie zwischen 'nem Katzenfell und 'nem Persianer."

„Aber wer trägt denn heute noch einen Persianer? Das ist doch völlig out. Da sind die Tierschützer davor."

„Ich bin eher für die Menschenschützer", erwiderte Florian, „so ein bisschen Menschenspaß muss doch möglich sein."

„Wenn man sich den Spaß leisten kann."

„Wozu sind wir Beamte? Das Land Hessen sollte uns einen

Ferrari spendieren. Im Dienste der allgemeinen Sicherheit gewissermaßen."

„Müssen Sie immer das letzte Wort haben, Herr Wunder?"

„Nicht unbedingt, aber es macht Spaß. Ersatzspaß halt."

Die Firma Nelix, die sie ansteuerten, war ein grauer Klotz von Gebäude, der eigentlich nicht so recht in die Landschaft passte. Julia stellte den Passat auf dem zugehörigen Parkplatz ab, dann gingen sie auf das Hauptportal zu und wiesen sich bei der Dame hinterm Tresen aus. Die Empfangsdame bat sie Platz zu nehmen, ergriff das Telefon und gab Bescheid. Nach wenigen Minuten erschien ein Mann im dunkelblauen Anzug, weißem Hemd und blauer Krawatte. Er sah wie ein geplagter Endvierziger aus, den die Karriere nach oben gespült hatte, wo er sich nun festgebissen hatte, besaß eine Vollglatze und einen dunklen Kinnbart, aus dem ein paar weiße Haare hervorlugten. Schlichtmann heiße er, Gregor Schlichtmann, teilte er mit, er sei der Geschäftsführer der Firma Nelix. Julia zeigte ihm ihren Ausweis und wies auf ihren Kollegen Kommissar Wunder.

„Sie kommen wegen Herrn Metz?", fragte Schlichtmann, „ich weiß schon Bescheid. Ein grauenhafter Unfall."

„Sein Auto war nicht in Ordnung", erwiderte Julia, „und wir haben seltsame Spuren gefunden."

„Seltsame Spuren?", fragte Schlichtmann erstaunt.

„Der Geruch", schob Florian ein, „der Mann hat etwas ungewöhnlich gerochen ..."

Julia warf ihm einen Blick zu und Kommissar Wunder verstummte.

„Es gibt Ungereimtheiten", sagte sie in Richtung Schlichtmann, „denen wir nachgehen müssen. Das ist bloße Routine."

„Routine", wiederholte der Geschäftsführer und schien erleichtert.

„Was hat Herr Metz denn bei Ihnen gemacht?", fragte Julia.

„Er war kaufmännischer Angestellter. Wir sind ja nur ein Großhandel, wir produzieren nichts selbst. Er hat die eingehenden Medikamente überprüft und die Abrechnungen gemacht."

„Dürfen wir mal sein Büro sehen?", wagte sich Florian hervor.

„Ja, natürlich, kommen Sie bitte mit."

Die drei Personen setzten sich in Bewegung.

„Sagen Sie", fragte Julia im Gehen, „war Herr Metz in der Firma gut gelitten?"

„Ja, schon, er hat immer zu meiner Zufriedenheit gearbeitet, da war nichts Negatives." Schlichtmann hob den Kopf und schien zu überlegen: „Allgemein gesprochen ... also, ehrlich gesagt weiß ich nicht, ob er bei den Kollegen beliebt war." Er sann einen Moment nach: „Eher schon. War eben ein Durchschnittstyp, der Herr Metz."

Sie erreichten eine Tür mit geriffeltem Glas, und Julia fragte: „War er eigentlich verheiratet oder Junggeselle?"

„Er war verheiratet, das weiß ich, er hat hier im Rheingau gewohnt, ich glaub in Geisenheim oder Oestrich. Aber das können wir in der Personalabteilung nachsehen."

Schlichtmann öffnete die Tür, und Julia und Florian sahen einen bescheidenen Raum, der sparsam möbliert war mit einem Schreibtisch plus Computer und einem mannshohen Rollschrank an der Wand. Kommissar Wunder ging sofort zum Rollschrank und wollte ihn öffnen, was aber nicht gelang.

„Augenblick mal", sagte Schlichtmann, „ich habe hier den Schlüssel."

Er steckte einen simplen Schlüssel ins Schlüsselloch des Schranks und ließ die Verkleidung heruntersurren. Eine Welt aus Ordnern und Akten tat sich auf. Hier herrschte kein Durcheinander, kein noch so kleines Zettelchen schaute irgendwo heraus, die Ordner standen stramm nebeneinander und waren sauber beschriftet. Den Geschäftsführer schien dieser Anblick in Begeisterung zu versetzen.

„Ah ja", merkte er lustvoll an und verschränkte die Arme über der Brust, „das nenne ich Ordnung."

„Es gibt doch heute Computer", sagte Julia, „wieso brauchte Herr Metz einen Aktenschrank?"

Gregor Schlichtmann blickte sie wissend an: „In unserem Geschäft arbeiten wir mit Papier. Das hat sich als haltbarer herausgestellt. Und weniger fehlerhaft." Er machte eine opernhafte Bewegung mit der Hand über den Rollschrank: „Eingänge – Ausgänge. In diesen Akten ist alles festgehalten."

„Darf ich mal?", fragte Florian und griff nach einem Ordner.

Schlichtmann nickte, aber man sah ihm an, dass er um die Ordnung im Schrank fürchtete. Florian blätterte den Leitzordner durch. Listen, nichts als Listen mit Namen von Arzneimitteln und ellenlangen Zahlenkolonnen. Das erschöpfte schon beim bloßen Hinsehen. Er stellte den Ordner wieder zurück und fragte in Richtung Geschäftsführer: „Sehen die alle innen so aus?"

„Selbstverständlich“, antwortete Schlichtmann, als habe Florian die Ordnung im Ordner infrage gestellt.

„Irgendjemand, der Herrn Metz übel wollte, fällt Ihnen nicht ein?“, wollte Julia wissen.

Der Geschäftsführer senkte den Kopf und dachte angestrengt nach. Schließlich sagte er: „Nee, eigentlich nicht. Aber ich hab keine Ahnung, was mit seinem Privatleben los war.“

„Den Computer müssen wir trotzdem mitnehmen“, erwiderte Hauptkommissarin Held mit dienstlicher Stimme, „zur Überprüfung, reine Routine.“

Auf dem Weg zurück zum Passat schleppte sich Florian mit dem Computer ab. Draußen auf dem Hof ächzte er: „Dieser Metz war so grau wie seine Firma. Und das dramatischste Ereignis seines Lebens war sein Tod. Wenigstens hat er da mal was erlebt.“

Julia sagte: „Seine Frau – vielleicht hat er da auch was erlebt, vielleicht war die ein Vamp?“

„Oder eine Diva. Da muss man aufpassen“, fügte Florian an.

„Kollateralschaden ...?“, murmelte Dr. Kapp. Er schwieg und seine Miene wurde undurchdringlich.

Auch Alexander Heinscher sagte nichts. Er hütete sich, eine Erklärung nachzuschieben, jedes weitere Wort konnte ein Wort zu viel sein. Sein Chef war nicht dumm. In den Sektkelchen perlte der edle Fürst von Metternich vor sich hin. Es war das einzige Geräusch im Zimmer, aber nur für Leute, die gute Ohren besaßen.

Dr. Kapp machte ein paar Schritte vom Schreibtisch weg. Während er ging, fing er zu sprechen an: „Wie konnte das passieren?“

Was für eine Frage!, dachte Heinscher. Aber er wusste, dass er aufpassen musste. Reden war nur die zweitbeste Möglichkeit, besser war es zu schweigen. Möglicherweise ließ Kapp ein Tonband mitlaufen und schnitt das Gespräch mit. Er kannte seinen Chef gut oder glaubte es wenigstens. Dr. Kapp war nicht nur ein hervorragender Chemiker, eigentlich ein Genie auf seinem Gebiet – er war auch ein schlauer Fuchs. Und dass Heinscher sich in dessen Firma zu einer leitenden Stellung hocharbeiten konnte, hatte er nicht nur seiner eigenen Tatkraft und Intelligenz zu verdanken, sondern auch der Menschenkenntnis und dem scharfen Blick Kapps. Dr. Kapp war vollkommen klar, was er an ihm hatte.

Freundschaftlich war ihr Verhältnis nie gewesen, immer schon herrschte eine gewisse Distanz zwischen ihnen. Eine Distanz, die in den letzten Wochen lauernd geworden war.

Dr. Kapp blieb stehen, drehte sich auf dem Absatz herum und wiederholte mit gespielt besorgter Miene: „Wie konnte das passieren?"

Seine Frage war genau kalkuliert. Er wollte das Problem, um das es ging, emotionalisieren. Und zugleich seinem Angestellten das Gefühl vermitteln, dass er verantwortlich für diesen Kollateralschaden sei. War er das nicht auch? dachte Dr. Kapp insgeheim. Heinscher verschmähte kein Geld, war ein findiger Typ und hatte was in der Birne. Das war ja der Grund, weshalb er ihn schätzte. Er war ein innovativer Bursche. Und es war schließlich seine Idee gewesen ... eine ausgezeichnete Idee, um es diesen Flachköpfen von Rayer zu zeigen, die nur das Eine im Sinn hatten.

Kapp kam zurück zum Schreibtisch. Heinscher schaute ihm schweigend entgegen. Kapp nahm seinen Sektkelch in die Hand und trank einen Schluck.

„Kollateralschäden kommen vor", merkte er an, „so bedauerlich das auch ist."

Heinscher nickte.

„Kann man eine Spur zurückverfolgen?", fragte sein Chef.

Alexander Heinscher antwortete mit einem Wort: „Nein."

„Ganz sicher?"

Heinscher schüttelte den Kopf.

Kapp umkreiste seinen leitenden Angestellten mit dem Glas in der Hand. Es schien geradeso, als würde eine Katze um ihre Beute schleichen. Aber Heinscher ließ das nicht zu. Er machte zwei Schritte vom Schreibtisch weg und behielt ebenfalls sein Glas in der Hand, als sei es eine Waffe, mit der man schnell zustoßen konnte. Kapp blieb stehen.

„Wie ist Metz gestorben?", murmelte er.

Als ob er das nicht selbst wüsste, dachte Heinscher, doch sein Blick ging an die Decke, als könne er dort die Antwort ablesen. Dann senkte er ihn wieder und antwortete leise, aber unmissverständlich: „Wie Sie gesagt haben. Kaschierter Selbstmord."

Dr. Kapp sah Heinscher in die Augen, in seinem Blick glimmte Zorn auf – aber nur für einen Augenblick, dann führte er das Glas zum Mund und trank.

Kriminalrat Robert Feuer hielt höfliches Klopfen für überflüssig. Damit wollte er sich nicht aufhalten. Er riss die Tür auf und stürmte ins Dienstzimmer der Kommissare Held und Wunder. Julia schaute überrascht auf. Dabei war für sie das Gebaren ihres Chefs nichts Neues. Ihm bessere Manieren beizubringen, hatte sie inzwischen aufgegeben, aber sie hielt es für angebracht, ihn zurechtzuweisen.

„Anklopfen wär 'ne Alternative", merkte sie trocken an.

„Ist das von Shakespeare?", erwiderte Feuer und lachte dröhnend.

Robert Feuer war ein untersetzter Mann mit Stirnglatze, Mitte vierzig, Sternkreiszeichen Stier – und das entsprach ganz seinem Wesen. Er hatte ein Faible für Julia, und das wusste sie. Man durfte ihn allerdings nicht unterschätzen. Er gierte nach Höherem und wollte demnächst unbedingt Kriminaldirektor werden. Und er wusste auch, wie man das am besten anstellte. Gelöste Fälle stellte er gern in Pressekonferenzen groß heraus, und er vergaß dabei nie, von sich selbst zu sprechen. Er suchte das Rampenlicht wie die Motte die Glühbirne, und am liebsten waren ihm große Auftritte vor Funk und Fernsehen. Mit finsterer Miene erklärte er vor laufender Kamera, was sich in der üblen Realität abspiele und wie man der Unterwelt Einhalt gebieten müsse. Alles natürlich in wohlabgewogenen Worten, politisch korrekt und deshalb nichtssagend, doch mit rhetorischen Fragen versehen. Reden konnte er wie ein Politiker, und am meisten liebte er prominente Mordopfer. Fälle, die die Öffentlichkeit bewegten. Solche waren ein gefundenes Fressen für ihn, er trieb sie mit Macht voran – denn er sah in ihrer Lösung eine weitere Treppenstufe für seinen Aufstieg.

„Arbeiten Sie immer noch an dem Weinbergsfall?", fragte Feuer grinsend.

„Er ist nicht so klar, wie es scheint", antwortete Julia.

„Ach was!", entgegnete ihr Chef, „ein kleiner Angestellter hat sich umgebracht. Traurige Angelegenheit, aber wir haben doch andere Fälle. Größere Kaliber. Diese Sache mit den Rockmusikern von der Kulturfabrik zum Beispiel."

„Das untersucht der Kollege Dietrich schon."

„Ich könnte den Fall Ihnen übertragen. Da kleckert der Ruhm etwas heftiger."

Die Tür ging auf und Florian Wunder erschien.

„Ah, Herr Wunder, Sie kommen genau richtig. Der Fall mit dem Weinbergs-Toten scheint mir abgeschlossen, richtig?"

Florian kam gerade von der Toilette und hatte unterwegs zwei Becher Kaffee am Automaten gezogen. Jetzt, wo er Robert Feuer sah und seine Frage hörte, durchschaute er die Situation sofort und zögerte keinen Moment zu lügen: „Ich komme eben von der Rechtsmedizinerin. Sie hat da etwas Ungewöhnliches gefunden ..."

Feuer unterbrach ihn: „Zwei Becher Kaffee hat sie gefunden, wie? In der Tat, sehr ungewöhnlich." Seine Stimme triefte vor Spott.

„Nein, nein", erwiderte Florian Wunder ungerührt, „den Kaffee hab ich auf dem Rückweg gezogen. Kleines Aufputschmittel – wir sind ja schließlich im Dienst."

Florian wusste, dass Kriminalrat Feuer gern provozierte, da musste man cool bleiben, aber gaaanz cool. Er stellte die Becher auf den Schreibtisch und stellte fest: „Hätte ich gewusst, dass Sie uns beehren, hätte ich natürlich drei Kaffees mitgebracht, obwohl ich da zum Jongleur geworden wäre ..."

„Danke, aber einer genügt mir", sprach Feuer in seine Rede und griff nach einem Becher, um einen Schluck zu nehmen. Beim Absetzen sah er Florian stirnrunzelnd an: „Was gibt es Ungewöhnliches bei diesem gewöhnlichen Tod?"

„Es sieht nach einem Drogenfall aus", antwortete Florian wie aus der Pistole geschossen, „Frau Dr. Hauswaldt hat im Blut etwas gefunden, das da nicht hingehört."

„Was denn?", fragte Feuer unwirsch und wandte sich zu Julia Held.

Die hob die Schultern: „Das wissen wir noch nicht."

In dem Moment klingelte das Telefon, Julia machte eine entschuldigende Miene in Richtung ihres Chefs und hob ab.

Robert Feuer aber nahm seine beiden Mitarbeiter in den Blick und raunzte: „Machen Sie keine große Sache aus dieser Angelegenheit. Ich hoffe, wir verstehen uns." Damit rauschte er aus dem Zimmer.

Julia hatte seine letzten Worte kaum noch mitgekriegt, sie presste den Hörer ans Ohr, denn die schwache Stimme in der Leitung war nur schwer zu verstehen. Es war Claudia Graf, die sie aus dem Krankenhaus anrief. Sie könne Julia im Moment nicht treffen und weiter aufbauen, sagte sie, sie müsse selbst aufgebaut werden, sie liege in der Eusebios-Klinik mit einer schweren Bronchitis.

Julia erwiderte: „Kümmere dich im Moment nur um dich selbst. Ich komm dich besuchen, morgen, spätestens morgen."

Denn an diesem Nachmittag hatte Julia Held einen wichtigeren Termin zu erledigen, einen, den sie auf keinen Fall aufschieben wollte ...

Das Reihenhaus in Eltville machte einen friedlichen Eindruck. Der kleine Vorgarten wirkte gepflegt, und Müll- und Biotonne standen mit penibel eingehaltenem Abstand unter einem Vordach. Die Situation im Haus schien dagegen etwas unfriedlich. Der alte Herr in der grauen Strickjacke herrschte gerade seine erwachsene Tochter an: „Ja, siehst du sie denn nicht? Da draußen, diese Gestalten! Sie stöbern im Vorgarten herum und zertrampeln die Begonien."

Julia Held konnte keine Menschenseele draußen erblicken, wie sollte sie ihrem Vater beibringen, dass niemand im Vorgarten herumschlich, um Begonien zu zertrampeln? Jetzt kam ihr eine andere Idee. Sie streckte wie eine Schauspielerin ihren Kopf in Richtung Fenster und erklärte: „Ja, geh doch mal raus, Papa, und sag denen Bescheid. Du musst die kräftig zusammenstauchen."

Wolfgang Hillberger nickte. Ja, natürlich – er sollte nach dem Rechten sehen, er musste diesen Leuten Bescheid sagen, so ging das nicht. Er verließ das Wohnzimmer, eilte durch den Flur und öffnete die Haustür.

Julia wusste, dass er schnell wieder zurückkommen würde. Aber sie wusste nicht, ob das ihrem Vater wirklich helfen würde. Bisher war er mit der Situation nach dem Tod seiner Frau gut zurechtgekommen. Er war jetzt vierundsiebzig. Aber seit ein paar Monaten musste er zusätzliche Medikamente nehmen. Wir wollen einer Demenz vorbauen solang es noch geht, hatte ihr der Arzt in einem Gespräch erklärt. Sie war erschrocken. Demenz? Und die Vokabel Altersheim durfte sie bei ihrem Vater nicht in den Mund nehmen – er konnte das Wort weder verknusen noch verkraften. Sie hatte einmal dieses Wort ausgesprochen und konnte regelrecht sehen, wie er in sich zusammen fiel. Der Ausdruck machte ihn so trübsinnig und verzweifelt, dass sie seinen Anblick nicht ertragen konnte. Sie musste sich wegdrehen, und Tränen stiegen ihr in die Augen.

Was sollte sie nur tun? Sie besuchte ihren Vater wenigstens einmal in der Woche, kaufte für ihn ein, achtete auf seine Medikamente – eigentlich war er noch sehr rüstig und wirkte gesund. Wenn nur nicht diese Vorgartengestalten neuerdings in seiner Phantasie herumspukten.

Wolfgang Hillberger kam zurück: „Verschwunden! Alle verschwunden. Als hätten sie geahnt, dass ich herauskomme!"

„Na also", sagte Julia, „ich dachte mir gleich, dass sie abhauen, wenn nur die Tür geht."

Sie verschwand in die Küche, verstaute die mitgebrachten Lebensmittel im Kühlschrank und inspizierte die Arzneien ihres Vaters. Die blau-weiße Schachtel mit dem Cholesterin-Senker war bereits halbleer, das Gingko-Präparat, das sie ihm mitgebracht hatte, lag ungeöffnet auf der Anrichte, und die grüne Packung war mittlerweile abgelöst durch eine rot-weiße Verpackung. Aber es handelte sich offenbar auch um ein Anti-Demenz-Medikament. Ihrem Vater gegenüber hatte sie es als vorbeugendes Mittel gegen Durchblutungsstörungen dargestellt. Sie wusste genau, dass er den Beipackzettel nicht lesen würde.

„Beipackzettel sind pures Gift!", hatte er ausgerufen, „wenn man die liest, wird man erst richtig krank!"

Hatte er Unrecht damit? Nicht nur Hypochonder fühlten sich nach Lektüre eines Beipackzettels gesundheitlich ramponiert. Allein das Lesen der möglichen Nebenwirkungen verursachte eine gewisse Übelkeit. Julia griff nach der grünen und rot-weißen Packung des Demenz-Medikaments. Beide Schachteln wirkten noch jungfräulich, die Blister waren nicht aufgerissen – aber vielleicht hatte ihr Vater mehrere Tabletten auf einmal genommen? Sie eilte ins Wohnzimmer zurück, wo ihr alter Herr mit einer Zeitung im Sessel versunken war.

„Papa, nimmst du diese Medikamente?"

Ihr Vater schaute hoch: „Natürlich, immerzu."

„Sprichst du die Wahrheit auch? Man lernt den Mann nicht kennen, und hätt' man dafür auch zwei Leben!", rief Julia theatralisch aus.

Wolfgang Hillberger richtete sich im Sessel auf: „Ausgezeichnet! ‚Othello' in einer freien Übersetzung." Er musterte seine Tochter: „Etwas zu frei allerdings."

„Papa, du musst dieses Durchblutungsmittel nehmen. Aber nur eine Tablette pro Tag. Das ist wichtig."

„Mach ich, Frau Kommissarin. Werde mich streng an den Befehl halten."

Julia lenkte ihre Schritte zurück in die Küche, als die Stimme ihres Vaters ihr nachschallte: „Hab ich dir schon erzählt, dass meine Nachbarin mich neuerdings einlädt. Zum Teetrinken."

„Die Frau Becker? Das ist doch wunderbar", rief Julia zurück.

Ihr Vater lachte künstlich: „Wunderbar? Ich habe den Verdacht, dass sie mir heimlich Gift in den Tee schüttet."

Julia kam zurück: „Wie kommst du denn darauf?"

„Mir ist danach immer schwummrig. Und wenn sie einen ihrer Gesundheitstees braut, ist es besonders übel."

„Welche Gesundheitstees?"

„Sie verabreicht da eine Fenchel-Kohl-Mischung. Schmeckt grässlich. Da ist wahrscheinlich Rattengift drin."

„Aber Papa! Du lebst doch noch."

„Noch! Du sagst es. Ich werde langsam vergiftet. Schleichend. Und zum Schluss weiß keiner, wie's passiert ist."

„Dann geh nicht mehr rüber. Schon entgehst du der schleichenden Vergiftung."

„Das ist es ja! Die Frau ist eigentlich sonst nicht übel ..."

Wolfgang Hillberger erhob sich, schaute einen Moment sinnend zur Deckenlampe und sprach dann weiter: „Die Frau im Allgemeinen, preziös wie eine deutsche Uhr, dauernd zu reparieren, unzuverlässig, geht niemals wie sie soll, verstellt sich dauernd und muss bewacht sein. Sei's drum, manch einer liebt 'ne Gnädige und ich 'ne Durchgedrehte."

Julia lachte: „Herrlich, dass du das drauf hast. Das ist doch aus ..."

Ihr Vater senkte den Blick und half aus: „‚Verlorene Liebesmüh' von unserem gemeinsamen Freund Schüttelspeer."

„Stimmt es auch? Liebst du 'ne Durchgedrehte?"

Wolfgang Hillberger ließ sich ächzend in den Sessel sinken: „Die Gespräche mit ihr sind nicht unangenehm. Mir ist nur schleierhaft, warum sie mich partout vergiften will."

„Warum lädst du Frau Becker nicht zu dir ein?", erwiderte Julia, „lad sie zum Kaffee ein! In die Küche darf sie nicht, das ist dein Reich, du willst sie bedienen. Und schon ist das Problem gelöst."

Ihr Vater ließ die Zeitung sinken und sah sie grübelnd an: „Du meinst, *ich* soll ihr Gift in den Kaffee schütten?"

Als Julia Held ins Auto stieg und ihrem alten Herrn noch einmal zuwinkte, atmete sie tief durch. Ihr schwante, dass sich ein neuer Konflikt an ihre Fersen heftete.

3

Titania lauschte Oberon, der gerade seinen Monolog beendete, sie jetzt an der Hand nahm und mit ihr nach hinten wegsprang. Der Droll vorn an der Rampe erhob seine Stimme: „... sollt ihr bald was Bessres sehn, wenn wir bösem Schlangenzischen unverdienter Weis entwischen. Nun gute Nacht! Das Spiel zu enden begrüßt uns mit gewognen Händen!“

Der Vorhang fiel, und das Publikum befolgte unverzüglich die Aufforderung der Bühnenfigur, es tat, worum es gebeten wurde: Es klatschte Beifall. Der Vorhang öffnete sich wieder, und die Schauspieler traten nach vorn. Alle erhielten begeisterten Applaus, besonders aber wurde der Zimmermann Squenz bejubelt. Julia Held hatte noch Lachfältchen um die Augen, sie klatschte besonders stark und wollte gar nicht aufhören. Ihr Nachbar fühlte sich zur Solidarität mit ihr verpflichtet. Er, der schon die Hände in den Schoß gelegt hatte, fing auch wieder an zu klatschen. Schließlich aber erhob er sich und sagte zu ihr: „Der Squenz hat's wirklich verdient.“

Julia nickte, sie steckte gefühlsmäßig noch ganz in der Schlussszene von Shakespeares „Sommernachtstraum“, den sie gerade im Wiesbadener Staatstheater gesehen hatten. Eines ihrer Lieblingsstücke, schon häufig hatte sie es auf der Bühne erlebt, und kein einziges Mal war sie der Handlung und Sprache überdrüssig geworden.

„Wunderbare Inszenierung“, murmelte sie, „vielleicht die beste, die ich je gesehen habe.“

Sie und ihr Nachbar strebten der Garderobe zu und mussten ein wenig warten, bis man ihnen die Mäntel reichte.

„Das war wirklich eine tolle Idee von dir, mich in diese Aufführung zu entführen“, sagte sie.

„Ich entführ dich gern, weiß doch, was dir gefällt“, entgegnete er.

Jürgen Stockmann war ein gutaussehender Typ und alter Freund von Julia. Er sah aus wie Ende dreißig, war aber einiges älter. Man konnte ihn für einen Dirigenten halten mit seinem lockigen Haarschopf, der seine Tage und Nächte über Notenblättern und am Klavier zubrachte, um die Welt mit einer atemberaubenden Interpretation von Beethovens Neunter aufhorchen zu lassen. Tatsächlich war er Apotheker, ein solides Gewerbe, in dem er seinen Hang zu Literatur und Theater gewissermaßen in den Abendstunden ausleben konnte. Ihre Beziehung war platonisch, schon deshalb, weil Stockmann verheiratet war, und Julia nichts zulassen würde jenseits des Platonischen. Wie er darüber dachte, ist nicht ganz klar. Beischlafabstinent schien er nicht zu sein. Auf jeden Fall fand er die Theaterbesuche mit Julia angenehm. Seine Frau arbeitete als Journalistin und musste an diesem Abend einen anderen Termin wahrnehmen. Er wäre auch mit ihr zum „Sommernachtstraum" gegangen, aber mit Julia konnte er besser fachsimpeln. Und sie hatte sofort zugesagt, als er fragte, ob sie einspringen wolle. Shakespeare – natürlich! Und einen Abend in seiner Gesellschaft zu verbringen, konnte auch anregend sein. Vor allem, wenn man dabei einen Hintergedanken hatte.

„Sind wir bösem Schlangenzischen nun auch unverdienter Weis entwischen", sprach Jürgen Stockmann lächelnd, „fragt sich doch, ob wir nicht verdienter Weise ein Glas Wein ..."

„Ausgezeichnet. Der Tonfall stimmt. Du hast Shakespeare drauf", erwiderte sie.

Kurze Zeit darauf saßen sie in einem Weinlokal in der Innenstadt. Sie hatten einen kleinen Tisch für sich, so wie das in Wiesbaden üblich ist. Hier setzte man sich nicht zu anderen an den Tisch, und wüsste man es nicht besser, hätte man die beiden sogar für ein Liebespaar halten können. Sie stießen ihre Gläser aneinander, unterhielten sich leise, und die Situation konnte Außenstehenden durchaus intim vorkommen.

„Woran arbeitest du gerade?", fragte Jürgen, korrigierte sich aber gleich: „Ach, du darfst nichts sagen, stimmt ja. Aber sag, lohnen sich Verbrechen inzwischen?"

Julia grinste ihn an: „Fragst du aus eigenem Interesse? – Verbrechen lohnen sich immer noch nicht. Und sie unterhalten noch nicht einmal ..."

„Es sei denn", fiel er ihr ins Wort, „man liest sie oder sieht sie auf der Bühne oder im Kino."

„Dann lohnen sie sich. Wenigstens hofft der Autor das. Und wenn er Shakespeare heißt, behält er Recht."

„Und unterhaltsam sind Verbrechen auch", ergänzte er, „die Leute sind doch süchtig nach Mord und Totschlag."

„Das Publikum unterhält sich fürchterlich, stimmt schon, aber für unsereins ist es mühselige Arbeit."

„Woher kommt es eigentlich, dass Verbrechen so beliebt sind? In der Literatur und im Film zumindest."

Julias Antwort kam überraschend schnell: „Weil jeder ein Opfer sein kann. Und auch ein Mörder.“

„Auch ein Mörder?“ Jürgens Augen schauten ungläubig.

Julia nickte.

„Niemals!“, widersprach ihr Jürgen Stockmann.

„Dann geb ich dir noch ’ne andere Erklärung. In Büchern werden die Fälle mit purer Logik gelöst. Der Realität kommt man aber nur zum Teil mit Logik bei.“

„Hmm. Leuchtet mir schon eher ein. Die Leute wollen partout, dass das Gute siegt. Da muss die Logik sich auch mal krummlegen.“

Julia hob ihr Glas, die beiden stießen an und tranken.

Sie beugte sich zu ihrem langjährigen Freund vor: „Ich muss dich mal was fragen. Mein Vater sieht neuerdings Gestalten im Vorgarten, die nicht da sind, und er glaubt, dass seine Nachbarin ihn vergiften will ...“

„Und schon haben wir einen neuen Fall, einen, wo der Täter schon feststeht“, tremolierte er.

„Bitte bleib ernst“, sagte sie, „ich mach mir Sorgen. So was hatte er noch nie.“

„Entschuldige, ich war noch auf der Vergnügungsschiene.“

„Kann es sein, dass dieser Zustand etwas mit seinen Medikamenten zu tun hat?“

„Wie kommst du denn darauf?“

„Na ja, er bekommt doch dieses vorbeugende Mittel gegen Demenz. Jetzt habe ich zwei Packungen bei ihm in der Küche gesehen, ich hab die Beipackzettel gelesen, und soweit ich verstehe ist ungefähr dasselbe in den Tabletten, aber die Verpackungen sehen ganz unterschiedlich aus ...“

„Von verschiedenen Herstellern“, stellte er fest, „die Ärzte müssen das Billigste verschreiben. Das verlangen die Krankenkassen. Originale werden kaum noch verschrieben, meist sind es Generika ...“

„Generika?“, fragte Julia.

„Nachahmer-Produkte. Die sind aber nicht unbedingt schlechter als das Original. Früher gab es nur Aspirin, heute kannst du alle möglichen Schmerzmittel in der Apotheke kaufen.“ Seufzend fügte Jürgen hinzu: „Und leider auch im Internet.“

„Kommen denn ständig neue Generika heraus?“, fragte Julia.

„Nicht ständig, aber alle zwei Monate überprüfen die Kassen

die Preise. Dann muss der Arzt das billigere verschreiben, aber die Packung sieht ganz anders aus.“

„Und der arme Patient denkt, es seien zwei verschiedene Medikamente und schluckt beide?“, fragte Julia gereizt.

Jürgen nickte: „Möglich ist das.“

„Das meine ich doch! Vielleicht nimmt mein Vater die gleiche Arznei doppelt. Ist Tüdeligkeit ein Verbrechen? Und deshalb hat er diese Vorgarten- und Vergiftungsphantasien!“

Jürgen Stockmanns Miene war ernst geworden: „Hast du die Namen der Medikamente? Ich werde Inhaltsstoffe und Dosierung überprüfen.“

Julia sah ihn dankbar an: „Sag mir bitte bald Bescheid.“

Florian Wunder war am Ziel angekommen, in der Rheingaustraße in Oestrich. Er stieg aus dem Dienstwagen, den er ergattert hatte, einem kleinen VW Polo, und ging zielstrebig auf das dreistöckige Haus mit der Nummer 43 zu. Dort drückte er auf den Klingelknopf mit dem Namen Metz. Seine Mission war nicht ganz einfach, und er hoffte, dass ihm der Kollege aus Rüdesheim das Schwerste schon abgenommen hatte. Wahrscheinlich würde ihn eine Mutti mit wirrem Haar und rotgeränderten Augen empfangen, und er wusste nie so recht, wie er Trost spenden konnte.

‚Ihr Mann ist tödlich verunglückt – mein Beileid.‘ Nee, zu formell. ‚Ihr Mann ist im Weinberg gelandet – leider tot.‘ Bisschen direkt. ‚Ihr Mann weilt in einer besseren Welt – mein Glückwunsch.‘ Das ginge eventuell, wirkt aber vermutlich nicht bei Trauernden.

Der Türöffner summte, und er stieg in den ersten Stock hinauf. Dort stand an der offenen Tür eine Frau auf hochhackigen Schuhen und in hautengen Jeans, die ihre langen Beine noch länger machte. Ihr Oberteil bestand aus einem roten Nichts an Stoff, das ihre vollen Brüste ausgezeichnet zur Geltung brachte. Sie mochte Ende zwanzig sein, trug einen blond gelockten Haarschopf und sah ihm entgegen. Er ließ sich seine Überraschung nicht anmerken, stellte sich vor und zog seinen Dienstausweis.

„Frau Metz?“

„Sie kommen wegen meinem Mann?“, fragte sie zurück.

Er nickte mit ernster Miene.

„Ich weiß es schon“, sagte sie und wirkte gar nicht bekümmert. Wenn sie Trauer trug, dann konnte sie sie jedenfalls gut verbergen. Trost zu spenden schien hier überflüssig. Die Blonde machte keine Anstalten, Florian in die Wohnung zu bitten.

„Darf ich hereinkommen?“, fragte er, „ich muss Ihnen einige Fragen stellen.“

Sie drehte sich wortlos um und ging voraus. Er folgte ihr.

„Was wissen Sie *schon*?“, fragte er in ihrem Windschatten.

„Dass mein Mann tot ist. Unfall in den Weinbergen.“

„Richtig“, bestätigte er, „aber vielleicht war es kein Unfall. An seinem Auto stimmte etwas nicht.“

Mehr wollte Florian nicht sagen – schließlich sollte sie sprechen, und er musste sie dazu bringen.

„Diese alte Karre war doch ständig kaputt, auch wenn sie aus der Werkstatt kam“, erwiderte sie im Gehen.

Sie waren in einem Wohnzimmer angelangt, das schon bessere Tage gesehen haben musste. Das Sofa schien einmal blau gewesen zu sein, aber der Stoff hatte sich auf der Sitzfläche ins Graue verfärbt. Der niedrige Holztisch davor zeigte Flecken und Kratzer, die offenbar nicht mehr zu entfernen waren. Eine Stehlampe bog sich über das Tischchen, machte aber nicht den Eindruck, standhaft zu sein. Die ganze Einrichtung strahlte Glanz aus – allerdings den vergangener Zeiten. Etwas Muffiges ging von diesem Raum aus, was gar nicht zu dieser jungen und ziemlich attraktiven Frau passte. Frau Metz ließ sich auf's Sofa gleiten, forderte ihn aber nicht auf, dasselbe zu tun.

„Ich setz mich dann mal“, sagte Florian, „es handelt sich schließlich um einen Trauerfall.“

Sie nickte zustimmend, doch ihr Gesicht blieb reglos. Eigentlich könnte sie mir was zu trinken anbieten, dachte Florian, so eine Art Trauertrunk. Laut sagte er: „Die Bremsleitungen des Wagens ihres Mannes waren manipuliert. Das deutet darauf hin, dass jemand diesen Unfall herbeiführen wollte.“

„Tatsächlich?“, fragte sie, „und was meinen Sie mit manipuliert?“

Florian überlegte, ob er ihr Genaueres sagen sollte, entschied sich dann aber für eine Vorwärtsstrategie.

„Sie waren angeschnitten. Nicht durchgebissen.“

„Bitte?“

„Na ja, Marder beißen die Leitungen manchmal durch. War aber hier nicht der Fall.“

„Keine Marder?“ Frau Metz legte ein Bein über das andere,

was ausgesprochen sexy aussah, und machte ein Gesicht, als würde sie heftig nachdenken. War das gespielt oder echt? Florian versuchte, hinter ihre Stirn zu blicken. Schließlich wurde ihm ihr Nachdenken zu lang.

„Wie gesagt, keine Marder. – Hatte ihr Mann Feinde oder Leute, die ihm übel wollten?“

Sie bewegte leicht den Kopf von einer zur andern Seite. Dann sagte sie: „Nicht, dass ich wüsste.“

Florian war ihr mangelndes Mitgefühl allmählich leid, er ärgerte sich auch ein bisschen, dass sie ihm keinen Trauertrunk angeboten hatte. Normalerweise sind die Leute im Rheingau freundlicher. Einen Kaffee bekommt man als geplagter Polizeimann sonst immer angeboten.

„Denken Sie mal scharf nach!“, forderte er sie auf und schob nach: „Wir ermitteln in einem Mordfall.“

„Sind Sie da sicher?“, fragte die Blondgelockte.

Florians Stimme nahm einen harten Klang an: „Um Sie mal aufzuklären: Wir stellen die Fragen, und Sie geben die Antworten. Ich kann Sie auch nach Wiesbaden ins Präsidium laden, wenn Ihnen das lieber ist.“

Frau Metz lächelte auf einmal: „Aus Wiesbaden kommen Sie?“

„Beantworten Sie bitte meine Frage.“

Sie lehnte sich zurück, schaute an die Decke und sagte langsam: „Feinde? Nee. Mein Mann hatte eigentlich nur Freunde – die ich aber leider nicht kenne. Er hat sie mir nie vorgestellt.“

„Woher wissen Sie dann von ihnen?“

„Er sprach davon. Seine Spielfreunde.“

„Spielfreunde? Hat ihr Mann im Sandkasten gespielt?“

Frau Metz grinste ihn an: „Spiel und Sport. Sportwetten, verstehen Sie?“

„Nein“, erwiderte Julia Held.

„Es tut mir leid. Aber wenn Sie keine Familienangehörige sind, darf ich Ihnen nichts sagen.“

Julia stand an der Rezeption der Eusebios-Klinik und hatte sich soeben bei der Schwester hinter dem Tresen nach dem Befinden von Claudia Graf erkundigt. Sie war spät dran, eigentlich wollte sie schon am Vormittag ihre alte Freundin aufsuchen.

„Ich bin eine gute Freundin von ihr. Ich werde sie doch wohl besuchen können“, entgegnete sie.

Das Häubchen der weiß bekittelten Schwester wackelte bedenklich hin und her, sie schien angestrengt ihren nächsten Schritt zu überlegen. Schließlich sagte sie: „Ich rufe den Arzt."

Julia nickte zustimmend. Offenbar durften in diesem Krankenhaus nur die Halbgötter in Weiß die einfachsten Fragen beantworten und mussten höchstselbst die simpelsten Entscheidungen treffen. Sie ging ein paar Schritte nach hinten und setzte sich in einen der Korbstühle, wo schon andere Angehörige warteten. Von einer Bronchitis hatte Claudia gesprochen, überlegte Julia, so was konnte man heutzutage ja gut behandeln, schließlich lebt unsereins nicht mehr im 19. Jahrhundert oder im Mittelalter, wo jeder kleinste Pipifax das Aus bedeutete. Unter Bronchitis litten viele Menschen – mussten die eigentlich alle ins Krankenhaus?

Ein Mann im weißen Kittel und mit wohlgenährtem Gesicht näherte sich den Korbstühlen: „Wer wollte Frau Graf besuchen?"

Julia erhob sich, der Arzt stellte sich als Dr. Bindel vor und fragte nach ihrer Beziehung zu Frau Graf. Während sie sich erklärte, ging er ein paar Schritte den Gang entlang, so dass sie sich vom Eingang entfernten.

„Frau Held", sagte er, nachdem er ihr gelauscht hatte, „ich muss Ihnen leider eine betrübliche Mitteilung machen. Frau Graf ist in der letzten Nacht verstorben."

Julia blieb abrupt stehen.

„Nein", murmelte sie. Sie musste durchatmen und hätte sich am liebsten irgendwo festgehalten.

„Nein", wiederholte sie dann mit festerer Stimme, „das kann nicht sein! Das muss eine Verwechslung sein."

„Wir haben nur eine Claudia Graf hier", erwiderte Dr. Bindel sanft, „es tut mir leid. Ich möchte Ihnen mein herzliches Beileid aussprechen."

„Aber Claudia hatte nur eine Bronchitis. An einer Bronchitis stirbt man doch nicht!"

„Es kam eine Lungenentzündung hinzu", erklärte Dr. Bindel, „das ging sehr schnell. Frau Grafs Lunge war außerdem vorgeschädigt ..."

„Sie hat nie geraucht!"

„... durch Asthma", fuhr er fort, „ihre Lunge war durch Asthma vorgeschädigt."

„Ich verstehe das nicht", sagte Julia langsam und schwieg.

Man sah ihr die Erschütterung an. Dr. Bindel fragte: „Wollen Sie sich setzen? Soll ich Ihnen ein Glas Wasser holen?“

Julia schüttelte den Kopf. Dann sagte sie leise: „Es gibt doch heute gegen alles Medikamente. Gibt es denn keine Mittel gegen Lungenentzündung und Asthma?“

„Natürlich gibt es Antibiotika. Die hat sie auch bekommen. Aber wir sind nur Ärzte, wir können keine Wunder vollbringen. Leider.“ Dr. Bindels Miene wirkte traurig und betroffen. Er meinte es ernst, und es schien, als wolle er mitteilen, dass alle ärztliche Kunst ihre Grenzen habe.

Als Julia ins Polizeipräsidium zurückkam und die Tür zu ihrem Büro öffnete, rief ihr Florian Wunder zu: „Eine seltsame Witwe habe ich kennen gelernt, attraktiv und zwielichtig!“ Er schnüffelte in der Luft: „Meine Nase hat eine Fährte aufgenommen, ich habe da einen Verdacht ...“

Er hielt inne. Seine Chefin sah nicht so aus, als könne man ihr im Moment mit Späßchen kommen. Sie wirkte deprimiert und ging in sich gekehrt zu ihrem Platz. Florian wusste, dass jede Frage jetzt verkehrt wäre, Frau Held würde von allein sprechen, er musste nur den Mund halten. Vielleicht war es das Beste, wenn er einen Kaffee holte und ihn stumm auf ihren Schreibtisch stellte. Er war schon an der Tür, als Julia leise sagte: „Meine Freundin ist gestorben.“

Er räusperte sich: „Wie ist das passiert?“

„Im Krankenhaus. Bronchitis, Lungenentzündung.“

„Lungenentzündung? Aber da gibt es doch ...“

„Ja, Antibiotika. Aber es war zu spät. Wunder können sie nicht vollbringen.“

Florian näherte sich ihrem Schreibtisch: „Wunder erwartet doch keiner. Bloß so was wie Heilung.“

Julia ließ sich auf ihrem Schreibtischstuhl nieder. Sie stützte ihre Unterarme auf den Tisch, legte ihr Gesicht in ihre Hände und schwieg. Hoffentlich fängt sie nicht an zu schluchzen, dachte Florian, ich weiß dann gar nicht, was zu machen ist. Eine schluchzende Frau macht einen immer hilflos. Erschwerend kommt hinzu, dass es sich um eine Vorgesetzte handelt. Da geht die Hilflosigkeit in pure Verlegenheit über.

Julia schluchzte nicht, sie nahm die Hände von ihrem Gesicht und sagte: „Holen Sie uns doch mal zwei Kaffees. Bitte!“

Als Florian draußen war, ging sie zum Fenster und sah hinaus auf die Stadt. Die Sicht war klar und in der Ferne konnte man den Neroberg erkennen. Julia sah ihn aber nicht, vor ihrem geistigen Auge erschienen Claudia und ihr letztes Treffen im Café. Claudia hatte da diesen Hustenanfall, musste auf die Toilette, und sie, Julia, konnte sich nicht einmal richtig von ihr verabschieden. Wenn man wüsste, dass man zum letzten Mal jemanden sieht, den man mag, wie würde man dann handeln, was würde man sagen? Sie dachte an Thomas, ihren Mann, der sich mit einem Kuss von ihr verabschiedet hatte, bevor ihn ein Lastwagen auf der Autobahn überrollte. Ein Kuss, der ihr ganz normal erschien – und doch der Abschiedskuss war. Vielleicht war es besser, nicht zu wissen, was in der Zukunft lauert. Der Tod ist ein unbarmherziger Geselle, der auf Gefühle keine Rücksicht nimmt.

Die Tür ging auf und Florian erschien mit zwei Pappbechern in den Händen. Mit dem Fuß drückte er die Tür wieder zu. Er stellte einen Becher Kaffee auf Julias Schreibtisch. Sie drehte sich um.

„Danke."

Langsam ging sie zurück an ihren Tisch, nahm den Becher und trank einen Schluck.

„Wenn ich mal fragen darf", sagte Florian, „in welchem Krankenhaus ist Ihre Freundin gestorben?"

„Eusebios-Klinik."

Er nippte ebenfalls am Kaffee: „Eusebios-Klinik. In Mainz?"

Julia nickte.

„Der Name kommt mir bekannt vor ..."

Julia zuckte mit der Schulter und fragte: „Eine seltsame Witwe haben Sie kennen gelernt?"

„Moment mal", erwiderte er, „ich erinnere mich da an einen Zeitungsartikel ..."

Er setzte sich an seinen Schreibtisch, warf den Computer an und googelte den Namen des Krankenhauses, während er die Frage seiner Chefin beantwortete: „Ja, die Witwe Metz trauert kein bisschen, mir kam es sogar so vor, als würde ihr der Tod ihres Mannes überhaupt nichts ausmachen. Und außerdem ... Ah, hier haben wir es!"

Julia warf ihm einen interessierten Blick zu.

„Plötzlicher Tod in der Eusebios-Klinik." Florian beugte sich zum Bildschirm: „Das war vor drei Wochen."

„Plötzliche Tode kommen vor“, sagte Julia und dachte an ihren Mann Thomas.

„Der Tote im Weinberg“, erklärte Florian, während er den Bildschirm absuchte, „dieser Metz, das war ein Spieler. Hat mir seine Frau gesagt. Sportwetten.“

„Na und?“, fragte Julia.

„Da kann man sich in Schulden stürzen. Wettschulden. Und wer verschuldet ist, lebt gefährlich.“

Er schaute vom Computer hoch zu seiner Chefin: „Ein Satz wie von Shakespeare, was?“ Er wandte seinen Blick wieder zum Bildschirm: „Und in der Eusebios-Klinik gab es noch einen plötzlichen Tod.“

„Ich erinnere mich“, sagte die Rechtsmedizinerin Dr. Hauswaldt, „das haben wir damals untersucht. Ein Angehöriger aus Wiesbaden hatte zornig die Polizei informiert und eine Obduktion gefordert.“

Dr. Silke Hauswaldt ging von ihrem Büro in den Raum, wo zwei Leichen auf metallenen Liegen ihrer harrten.

„Ja und?“, fragte Kommissar Wunder, „was haben Sie herausgefunden?“

„Nichts.“

„Nichts? Das ist ein bisschen wenig.“

„Manchmal geht das Wenige in ein Nichts über.“

„Sie sind ein philosophischer Geist“, erwiderte Florian spöttisch, „aber so ganz ohne Grund werden sich doch die Angehörigen nicht aufgeregt haben.“

Die Rechtsmedizinerin drehte sich zu ihm: „Plötzliche Tode kommen öfter vor als der Laie denkt. Der plötzliche Kindstod gehört auch dazu. So etwas ist wirklich tragisch.“

„Man hört doch immer wieder von gefährlichen Keimen in Krankenhäusern, die bei harmlosen Krankheiten tödlich wirken. Könnte so etwas nicht dahinter stecken?“

Dr. Hauswaldt schüttelte den Kopf: „Für manche Tode gibt es keine rationale Erklärung.“

„Aber vielleicht eine konkrete Ursache?“

Frau Dr. Hauswaldt zog das Leinentuch von einer Leiche, der Kopf einer jungen Frau wurde sichtbar.

„Wie gesagt, ich habe in dem Fall vor drei Wochen obduziert – aber nichts Ungewöhnliches festgestellt“, erklärte sie.

Florian Wunder machte ein nachdenkliches Gesicht, sah der Rechtsmedizinerin einen Moment zu, wie sie ihre Instrumente ordnete, dann fragte er: „Und der Tote aus dem Weinberg? Haben Sie schon was über die Fremdkörper im Blut herausgefunden?"

Frau Dr. Hauswaldt knöpfte ihren weißen Kittel oben zu und sah ihn an: „Ich habe gestern nach Dienstschluss eine Stunde drangehängt, aber ich konnte diese fremden Partikel im Blut nicht bestimmen. Es muss sich aber um eine Droge handeln, eine unbekannte Droge, die in bestimmten Situationen zum Exitus führt."

Als Julia Held die Apotheke betrat, herrschte Hochbetrieb. Die Leute standen in drei Schlangen an, um ihre Medikamente zu bekommen. Dieser Laden musste eine Goldgrube sein, und es hatte den Anschein, als läge das Arzneihaus in einem medizinischen Notstandsgebiet. Vielleicht gab es nur noch Kranke in dieser Gegend? Julia sah einer alten Dame zu, die nach einer Hautcreme verlangte. Die Frau musste wenigstens achtzig sein und stellte gerade fest: „Die Falte am Hals bei mir – dagesche muss mer doch was tun. Die mache mich so alt. Ich fühl mich aber net so. Sie habbe doch da was dagesche, gell?"

Die Angestellte hinter dem Tresen schaute kurz auf ihre Problemzone, einen runzligen Hals, so verschrumpelt, dass er selbst gebügelt einem zerfurchten Pergament ähneln würde, nickte dann bereitwillig, drehte sich zur Wand hinter ihr um, wo eine Reihe Tiegel und Töpfe in einem Glasschrank auf gläubige und betuchte Kundschaft warteten und nahm zwei edel aussehende Packungen heraus. Die alte Dame griff mit strahlenden Augen danach: „Dess bringt sie zum Verschwinde, was?"

„Mit dieser Creme tun Sie eine ganze Menge für Ihre Haut", erwiderte ihr Gegenüber.

Im Hintergrund erschien der Apotheker Jürgen Stockmann mit wehendem Haarschopf, er hatte offenbar gerade etwas Spezielles zubereitet und händigte es dem Kunden aus, als er Julia erblickte.

„Einen Moment", nickte er ihr zu, gab dem Kunden noch einige Handreichungen, um dann einer Angestellten zur Rechten leise etwas zu sagen. Er winkte Julia durch einen schmalen Seitengang nach hinten und führte sie in sein Büro.

„Ich wollte dich schon anrufen, aber du siehst ja, was bei uns los ist", erklärte er.

„Ihr seid sogar auf dem Gebiet der Schönheitspflege aktiv“, stellte sie lächelnd fest.

„Wir können den Drogerieketten nicht das Feld überlassen“, antwortete er.

„Ist eigentlich ganz Gonsenheim krank?“, fragte Julia, „das ist ja ein unglaublicher Andrang hier.“

„Es gibt schwere Fälle, die regelmäßig ihre Medikamente brauchen. Die Leute werden halt immer älter. Aber Viele fühlen sich auch nur krank und wollen unbedingt was einnehmen.“

„Und da gibst du ihnen Placebos?“

„Es gibt Aufbaumittel, Stärkungsmittel, Beruhigungstees, Schlafdragees, alles Mögliche gibt's. Das schadet alles nichts, besänftigt aber, und darauf kommt es an. Kürzlich war ein älterer Mann hier, der fragte nach KnoCit – ich hatte das noch nie gehört.“

„Und?“, fragte Julia neugierig.

„Es handelt sich um eine Mischung aus Knoblauch und Zitrone. Er wollte eine Kurpackung und bestand auf ökologischem Anbau. So etwas müssten wir doch haben.“

„Das kann er sich doch selbst machen“, sagte Julia.

„Schon. Aber er wollte keinen Knoblauchgeruch. KnoCit ohne Geruch. Das würden wir doch hinkriegen, meinte er.“

„Ich merke schon, du hast es nicht einfach.“

Stockmann ließ sich auf einen der beiden Stühle vor seinem Schreibtisch fallen und bot ihr den anderen an.

„Ich will mich erst gar nicht setzen“, sagte Julia, „ich will dich nicht lange stören, du musst ja wieder nach vorn.“

„Ein bisschen Zeit hab ich schon. Also, ich hab mich mit dem Medikament, das dein Vater einnimmt, beschäftigt“, erklärte er und stand wieder auf. „Wahrscheinlich handelt es sich um eine Überdosierung. Als Nebenwirkung können solche Phantasien, wie er sie hat, auftreten.“

„Danke“, sagte Julia, „das beruhigt mich schon etwas. Ich muss mir halt was einfallen lassen, dass er alles richtig nimmt.“

„Vor allem nach dem nächsten Arztbesuch, wenn er vermutlich wieder ein anderes Generikum verschrieben bekommt“, fügte Jürgen Stockmann hinzu.

Julias Miene wurde ernst: „Ich hab noch etwas anderes, deshalb besuche ich dich hier in der Apotheke ...“

„Ja?“, fragte Jürgen und spürte, dass es seiner alten Freundin schwerfiel, weiterzusprechen.

„Du kennst doch Claudia Graf?“

„Sie ist Kundin bei uns.“

Julia räusperte sich: „Sie ist tot.“

„Nein!“ Der Apotheker wirkte ehrlich entsetzt. „Tot? Sie war nicht in einem Alter, in dem man stirbt.“

„Wir sind ungefähr gleichaltrig, haben zusammen Abitur gemacht, und uns erst vor einiger Zeit wiedergefunden.“

„Woran ist sie denn gestorben?“

„Lungenentzündung. Im Krankenhaus.“

„Lungenentzündung?“

„Der Arzt erklärte mir, dass ihre Lunge vorgeschädigt war ...“

„Ich weiß“, murmelte Jürgen, „eigentlich darf ich so was nicht mitteilen, aber du weißt es ja schon. Frau Graf hatte Asthma.“

„Sie lag in der Eusebios-Klinik“, sagte Julia.

„Ich kenne die Eusebios-Klinik, die beliefern wir sogar ...“

„Der Arzt sprach von einem plötzlichen Tod, und mein Kollege hat herausgefunden, dass es vorher zwei weitere plötzliche Tode dort gab.“

„Du meinst, der Tod von Frau Graf hat was mit diesem Krankenhaus zu tun?“

„Hältst du es für möglich? Mangelnde Hygiene, gefährliche Keime?“

Jürgen Stockmann bewegte langsam seinen Kopf hin und her, bis er endlich sagte: „Kann ich mir nicht vorstellen ...“

„Der Tod Claudias geht mir nahe“, sagte Julia, „es will mir einfach nicht in den Kopf, dass sie an einer Lungenentzündung gestorben ist. Im Krankenhaus!“

Jürgen machte ein betrübtes Gesicht: „Aber so etwas gibt es. Leider. Plötzliche Tode, die nicht wirklich erklärbar sind.“

4

„Ist der Weinbergs-Fall endlich abgeschlossen?"

Kriminalrat Robert Feuer hatte wie üblich ohne anzuklopfen die Tür von Julia Helds Büro aufgerissen und ohne jede Begrüßung seine Frage gestellt. Julia wollte gerade den Telefonhörer auflegen, sie hatte mit Florian Wunder gesprochen, das Gespräch war beendet, aber jetzt überlegte sie es sich anders.

„Verstehe, Sie meinen also wir sollten ...", sprach sie mit angestrengter Miene in die Muschel. Sie ließ das Ende offen, und ihre Miene wirkte hochkonzentriert. In Wirklichkeit hatte Florian sein Handy längst abgeschaltet, er war aus der Leitung, aber Julia lauschte nach wie vor seiner imaginären Stimme. Sollte Feuer doch warten, er hatte es nicht besser verdient. Sie warf ihm einen bedauernden Blick zu, um gleich darauf wieder ein paar belanglose Worte in die Muschel zu sprechen, allerdings mit bedeutungsvollem Unterton. Dabei überlegte sie, wie lange sie dieses Spiel fortsetzen könnte, gereizt war Feuer schon jetzt, aber ihren klammheimlichen Spaß wollte sie noch eine Weile auskosten.

Ihr Vorgesetzter stapfte inzwischen angespannt und mit langen Schritten durch das Büro. Seine Zeit hielt er für kostbar. Immer diese Verzögerungen. Wahrscheinlich führte die Hauptkommissarin Held ein völlig überflüssiges Gespräch mit irgendeinem Zuträger. Julia konnte ihm direkt ansehen, dass er am liebsten auf die Gabel des Apparats gesprungen wäre, um ihr Telefonat zu beenden. Ein Telefonat, lächelte sie in sich hinein, das schon längst nicht mehr lief.

„Das interessiert mich sehr", sprach sie jetzt in die Muschel, „das müssen Sie mir genauer erklären."

Robert Feuer blieb abrupt stehen und warf einen scharfen Blick zu ihr. Sie legte die Hand auf die Muschel und sagte in seine Richtung: „Tut mir leid, aber das ist wirklich wichtig." Die Miene des Kriminalrats verdüsterte sich, er drehte sich auf dem Absatz um und verließ den Raum. Als sich draußen seine Schritte entfernten, legte Julia grinsend den Hörer auf. Sie dachte an Florian Wunder, mit dem sie vor wenigen Minuten telefoniert hatte. Was er im Schilde führte, hätte sie ihm gar nicht zugetraut ...

Auf den Hof der Firma Kappmed rollten zwei schwarze Mercedes S-Klasse-Limousinen. Dr. Manfred Kapp hatte sie schon erwartet, jetzt trat er aus dem Eingang des Verwaltungsgebäudes, um die Herrschaften von Rayer zu begrüßen. Das Unternehmen Rayer war ein Gigant in seinem Business, verglichen mit Rayer schrumpfte seine eigene Firma auf Zwergengröße. Das war Kapp natürlich vollkommen klar, auf eine Auseinandersetzung hätte er es nie ankommen lassen. Und insgeheim dankte er Heinscher für seine glänzende Idee. Aus einer feindlichen Übernahme hatte er eine freundliche gemacht. Eine freundliche? So jedenfalls lautete die offizielle Sprachregelung.

Alexander Heinscher stand hinter ihm, als die Herren von Rayer sich ihnen näherten. Und Heinscher erkannte sofort, dass kein einziges Vorstandsmitglied sich darunter befand. Man hatte ihnen die zweite Riege geschickt, irgendwelche aalglatten Exekutivmanager. Nichts anderes als ein Zeichen dafür, dass man dieses Geschäft für untergeordnet hielt. Man wollte die Angelegenheit rasch erledigen, die geschäftliche Operation gewissermaßen schnell und schmerzlos hinter sich bringen.

Dr. Kapps Miene verzog sich zu einem freundlichen Lächeln, als er den in schwarze Nadelstreifen Gekleideten die Hand reichte. Diese lächelten ebenfalls. Außenstehende konnten glauben, dass sich hier wohlsituierte Herren zu einem kleinen Umtrunk trafen. Doch bei dem Zähnezeigen der Nadelgestreiften handelte es sich um ein Raubtierlächeln. Und Kapps liebliche Miene war natürlich gespielt. Viel lieber hätte er jeden von ihnen einzeln erschossen. Kopfschuss – und aus! Aber das war nicht sein Stil. Besser wäre so etwas wie Bozin. Es genügte, das Innere eines Glases damit einzureiben, der Wirkstoff löst sich im Wein oder Sekt auf und hinterlässt keine Spuren. Und hat den Vorteil, besonders starke Qualen hervorzurufen und den Todeskampf zur Folter zu machen. Kapp hasste diese aalglatten Manager-Typen, die sein Lebenswerk so nebenbei einkassierten. Selbstverständlich ließ er sich seine wenig humanen Gedanken nicht anmerken, sondern parlierte höflich und eloquent mit den Herren von Rayer, während sie auf dem Weg in den Konferenzraum waren.

Heinscher tat es ihm nach, beim Gehen in der zweiten Reihe hinter seinem Chef machte er Small-talk, jedenfalls strengte er sich an. Reden nur um des Redens willen war eigentlich nicht seine Sache, aber er wusste, dass es im Berufsleben Situationen gab, wo genau das gefragt war. Reden ohne Inhalt, Reden als

Schmierstoff der Kommunikation, Reden statt die Pistole zu ziehen. Und er hütete sich, auch nur eine Silbe über die Produkte von Kappmed zu sagen. Bloß kein Selbstlob! Diese Nadelgestreiften würden das als Selbstanpreisung auffassen, als geschäftliche Unzulänglichkeit, ja als Schwäche. Und so etwas würden sie erbarmungslos ausnutzen. Das hier war keine lyrische Veranstaltung. Hier wurde Krieg geführt und nichts anderes. Krieg mit anderen Mitteln, aber genauso grausam und unbarmherzig. Und wer nicht zu den Siegern gehörte blieb mausetot auf dem Schlachtfeld liegen und war nichts anderes als ein Fressen für die Geier. Die Herrschaften erreichten den Konferenzraum, Dr. Kapp öffnete die Tür und forderte sie auf, einzutreten. Auf dem Tisch standen bereits alkoholfreie Getränke und Gläser, und die Sekretärin Kapps fragte nach, ob auch Kaffee gewünscht sei. Der Wortführer der Rayer-Abordnung verneinte. Dr. Kapp zeigte seinen Besuchern ein öliges Lächeln und bat sie, Platz zu nehmen.

Florian Wunder steckte sein Handy zurück in die Innentasche seiner Jacke. Er schmunzelte. Da hatte er doch seine Chefin wirklich kalt erwischt. Verblüffung am Morgen vertreibt alle Sorgen. Könnte von Shakespeare sein, der Spruch. Er musste grinsen. Frau Held wollte gar nicht glauben, was er zu tun beabsichtigte. Sie hatte ihn sogar gewarnt. In Mainz wolle er ermitteln? Mainz gehöre nicht zum Polizeipräsidium Westhessen, das sei gewissermaßen Ausland, vor allem, wenn sie an die Kollegen in der Nachbarstadt denke. Wiesbaden und Mainz, Mainz und Wiesbaden – das war seit jeher ein prekäres Verhältnis. Von Rivalität überschattet. Als ob er das nicht wüsste! Aber eine Anhängerin des Aufsteigerklubs Mainz 05 wie Julia Held sollte nicht so zimperlich sein. Er hatte da seine eigenen Methoden.

Florian ging geradewegs zum Haupteingang der Eusebios-Klinik, auf deren Parkplatz er den Dienstwagen abgestellt hatte. Am der Rezeption erkundigte er sich nach Dr. Bindel, er habe einen Termin mit ihm. Die Dame mit dem Häubchen bat ihn, Platz zu nehmen. Dann telefonierte sie, legte wieder auf, gab ihm aber nicht Bescheid. Kommissar Wunder wartete eine Weile, dann stand er auf und fragte nach. Dr. Bindel würde gleich kommen, teilte sie ihm mit. Hörte er da nicht eine gewisse Nervosität heraus? Was war mit dem Häubchen los? Er hatte doch gar nicht den Kommissar raushängen lassen. Er hatte lediglich seinen Namen genannt und eine leidvolle Miene gezogen.

Im Gang hinten erschien ein Mann im weißen Kittel. Florian ging auf ihn zu und fragte, ob er richtig bei ihm sei ... Dr. Bindel? Der andere bestätigte, sein gut genährtes, etwas speckig wirkendes Gesicht schaute fragend auf den Besucher.

Florian Wunder räusperte sich. Er habe nur Gutes über ihn gehört, erklärte er leise, er glaube, dass mit seiner Lunge etwas nicht stimme, so ein Pfeifen höre er da, ob ihn der Arzt mal durchchecken könne?

„Waren Sie schon bei Ihrem Hausarzt?“, fragte Dr. Bindel.

„Natürlich, der hat mich ja hierher geschickt“, log Florian, „Sie seien *der* Spezialist auf dem Gebiet.“

„Das ist übertrieben, es ist überhaupt so, dass wir hier ...“, wiegelte Dr. Bindel ab und wollte fortfahren, den lästigen Besucher abzuwimmeln, als Florian in seine Rede fiel: „Wahrscheinlich stimmt auch mit meinen Blutwerten was nicht. Ich bin zu dick geworden. Ich bring zu viel auf die Waage. Können Sie da nicht mal ein EKG bei mir machen?“

Dr. Bindel schaute ihn mit seinem fleischigen Gesicht sinnend an. Ein Hypochonder, dachte er, wie werde ich den wieder los? Der erzählt mir demnächst von tausend anderen Krankheiten, die sich bei ihm eingenistet haben, und wenn ich nicht aufpasse, stehe ich noch in zwei Stunden mit ihm hier rum. Der raubt mir die Zeit, und am Ende will er auf Teufel komm raus operiert werden. An welcher Stelle ist ihm wahrscheinlich egal. Dr. Bindel kannte solche Patienten. Meist hatten sie in der Zeitung von irgendeiner Krankheit gelesen hatten und waren nun überzeugt davon, dass sie genau daran litten. Die gaben keine Ruhe. Mit einer gewissen Wut im Bauch dachte er daran, dass es in seiner Branche sogar Krankheitserfinder gab, die ein gutes Geschäft witterten, wenn sie nur den Leuten einreden konnten, dass die neue Krankheit auch sie bedrohte. Aber sie könnten vorbauen mit gewissen Pillen oder einer teuren Impfung.

„Also gut“, sagte er, „dann machen wir ein Belastungs-EKG, und ich zapfe Ihnen ein bisschen Blut ab. Da kann man schon alles Mögliche erkennen.“

Die Antwort stimmte Florian heiter, er frohlockte innerlich, und ihm ging durch den Kopf, dass er im Grunde zum Undercover-Agenten geboren war. Er war in die Mainzer Klinik eingedrungen und würde einen scharfen Blick auf ihre hygienischen Zustände werfen. Man muss nicht Bond heißen, um im feindlichen Ausland zum Erfolg zu kommen. Man muss nur wie ein Idiot lächeln können.

„Danke“, sagte er mit einem schiefen Grinsen und versuchte, sowohl glückselig wie einfältig aus der Wäsche zu gucken, „wo soll ich mich ausziehen?“

Julia saß bereits im Auto und fuhr über Biebrich am Rhein entlang in Richtung Eltville, während Florian Wunder in der Eusebios-Klinik seinen Oberkörper freimachte. Er musste seine Augen nicht besonders weit aufreißen und auch nicht lange warten, bis ihm etwas auffiel, das nicht in eine Klinik passte und seinen Abscheu hervorrief.

Als Julia das Reihenhäuschen in Eltville erreichte, stand ihr Vater schon in der Tür, als würde er sie erwarten. Statt eines Grußes rief er ihr aber zu: „Alle wieder verschwunden!“

„Die Begonien-Zertrampler?“, fragte sie an der Tür.

Wolfgang Hillberger nickte: „Ich schaue ab und zu nach. Schwupp!, sind sie weg.“

Er ging nach innen, Julia schloss die Tür und folgte ihm. Ihr Vater schien heute in guter Stimmung zu sein, er verschwand in der Küche und rief ihr heiter zu: „Einen Kaffee? Trinkst du einen Kaffee mit mir?“

„Klar trinke ich einen Kaffee mit dir.“

Sie packte die Lebensmittel aus, die sie unterwegs eingekauft und ihm mitgebracht hatte.

„Warst du beim Arzt. Hat er dir was Neues verschrieben?“

„Nein, nein, ich hab ja noch alles.“

Julia war froh über diese Auskunft, sie musste also nichts aussortieren.

„Nimmst du das Gingko-Präparat von mir?“

„Was für ein Gingko-Präparat? Ich nehm’ die Sachen, die da liegen.“

Ihr Vater deutete auf eine Ecke der Anrichte, wo seine Medikamente lagen. Julia erfasste sie mit einem Blick, nahm die GingkoSchachtel in die Hand und öffnete sie. Die Blister waren völlig unangebrochen.

„Nichts genommen“, sagte sie enttäuscht.

„Was! – Muss ich wohl vergessen haben.“ Er warf ihr einen

verschmitzten Blick zu: „Oder hat mich das Giftgrün der Packung abgeschreckt?“

Das Wasser tropfte durch den Filter mit dem Kaffeemehl und allmählich bedeckte die schwarze Flüssigkeit den Boden.

„Ich denke darüber nach, die starke Flexion in der Sprache wieder einzuführen“, sagte ihr Vater sinnend, „statt ‚tropfte‘ sollte es heißen ‚trupf‘, statt ‚nieste noss‘. Was hältst du davon?“

„Warum nicht. Vielleicht findest du ja Anhänger der starken Flexion.“

„Lasst die Sprache ungehudelt!“, rief Wolfgang Hillberger aus, „sie verkommt ja völlig. Hör dir nur das Politikergequatsche an. Gesundheitsreform ist auch so ein Wort. Als könnte man die Gesundheit reformieren!“

Julia nickte. Wenn ihr Vater solche Pläne wälzte, musste er ein Herkules sein – jedenfalls ein geistiger. Vielleicht hatte er die Gingko-Tabletten alle geschluckt und durch eine neue Packung ersetzt?

„Geh rüber, ich bring uns den Kaffee“, sagte ihr Vater.

Julia verschwand ins Wohnzimmer, das den Blick auf eine Terrasse und einen kleinen Garten freigab. Hier hatte sie als Kind oft gespielt, im Sommer, wenn die Terrassentür offen stand und der Birnenbaum schon Früchte trug. Ihr kam es vor, als sei es gestern gewesen, und ein Anflug von Sentimentalität überkam sie. Die Jahre vergehen schneller als man denkt. Und je älter man wird, desto schneller vergehen sie.

Ihr Vater kam mit einem kleinen Tablett, auf dem Kanne und Tassen standen samt Milch und Zucker. Das hatte ihm seine Frau beigebracht, ihre Mutter. Kaffeekultur nannte sie das, es sollte auch irgendwie schön aussehen. Er goss ein und fragte: „Erzähl mal, woran arbeitest du gerade? Welchen Mördern bist du auf der Spur?“

„Ach, Papa, meine Arbeit ist nicht so interessant wie die meisten denken. Ich sitze viel am Schreibtisch.“

„Du fängst die Mörder am Schreibtisch?“

„Man weiß oft gar nicht, ob es sich um Mord handelt, am Anfang tappt man im Dunkeln.“

Ihr Vater sah sie mit großen Augen an, er schien wirklich interessiert und wirkte heute gar nicht vergesslich oder gedanklich daneben. Julia freute sich über seinen Zustand und wollte ihm was Gutes tun. Ein bisschen mehr erzählen könnte sie schon.

„Es muss unter uns bleiben“, sagte sie, „aber hier um die Ecke ist ein Mann mit seinem Auto im Weinberg verunglückt ...“

Wolfgang Hillberger nahm einen Schluck aus seiner Tasse und sah sie an: „Ja und ...?“

„Komischerweise ist er nicht daran gestorben, sondern an einer Vergiftung.“

„Ach nee! – Was für ’ne Vergiftung?“

„Das wissen wir noch nicht.“

Ihr Vater spitzte die Lippen, dann sagte er: „Ich hätte da eine Vermutung. – Wie wär’s mit meiner Nachbarin, der Frau Becker. Die hat’s ja bei mir auch probiert.“

Der Undercover-Agent Florian Wunder saß in einem Raum, der nach Desinfektionsmitteln roch. Er saß jetzt schon eine ganze Ewigkeit, jedenfalls kam es ihm so vor. Er saß mit nacktem Oberkörper da und dachte darüber nach, ob man sich auf die Weise eine Lungenentzündung holen könnte. Ein Bronchial-Katarrh würde es auch tun. Was ist das eigentlich genau? überlegte er im nächsten Moment und bedauerte, dass er medizinisch nicht ganz so gebildet war. Auf jeden Fall macht mir das Wort schon Angst. Irgendwie führt das hier alles in ein und dieselbe Richtung, die Wegweiser in dieser Klinik stehen auf Tod. Florian wollte sich gerade wieder anziehen, um Katarrh oder Lungenentzündung zu entgehen, als sich die Tür öffnete.

Herein kam ein weißbekittelter blonder Mann Mitte dreißig. Er sah etwas abgehärmt aus und fing gleich zu sprechen an. Es tue ihm leid, dass der Patient so lange warten musste. Er habe unerwartet die Morgenschicht übernehmen müssen. Ein EKG und Blutabnahme stehe an, ja?

„Augenblick mal“, sagte Florian, „haben Sie auch die vergangene Nacht gearbeitet?“

Der Weißbekittelte nickte: „Ja, bis 22 Uhr, im Moment sind wir etwas knapp mit Personal.“

„Sind Sie Arzt?“

„Nein, ich bin Pfleger, mein Name ist Sborski. Ich habe aber eine Ausbildung und darf Blut abnehmen und das EKG machen.“

„Und wenn Ihnen vor Müdigkeit die Augen zufallen beim Blutabzapfen, und ich plötzlich blutleer dasitze?“

Sborski lachte wie über einen guten Witz und zog aus einer Schublade eine Art Binde. Er näherte sich damit Florian, der sich argwöhnisch aufrichtete und fragte: „Was ist das, was haben Sie vor?"

„Ich lege Ihnen den Arterienabbinder am Oberarm an, das staut den Blutfluss, dann suche ich eine Ader und ziehe etwas Blut ab. Entspannen Sie sich, es geht ganz schnell."

Entspannen sollte er sich? Wie soll man sich entspannen, wenn der Sensenmann einem an die Arterie will? Florian war das genaue Gegenteil von entspannt. Er fühlte sich verkrampft. In dieser Eusebios-Klinik waren die Freundin von Julia Held und zwei andere Patienten gestorben. Vielleicht, weil sie sich zu sehr entspannt hatten. Nach seiner Überzeugung wurde in diesem Krankenhaus geschlampt. Da musste man aufpassen, dass man nicht als Leiche rausgetragen wurde. Der Arterienabbinder schnürte seinen Oberarm ein, sodass der sich schon ganz leblos anfühlte. Und Florian kam in den Sinn, dass er eigentlich wahnsinnig mutig war. Denn der Liebesdienst, den er seiner Chefin erweisen wollte, konnte sich als Todesgang herausstellen – und wem war denn schon gedient, wenn er den Löffel abgab? Ihm selbst jedenfalls am allerwenigsten. Und der SV Wehen-Wiesbaden brauchte ihn auch dringend als Fan.

Was machte dieser Sborski jetzt? Er zog eine Schublade auf und holte eine Spritze heraus. Musste man da nicht Latexhandschuhe überziehen? Müsste er seine Hände nicht desinfizieren? Vielleicht war er vorher auf dem Klo gewesen. Vielleicht litt er unter Dünnschiss. Vielleicht hatte er sich die Hände nicht gewaschen. Wer weiß, was da noch an den Händen hing. Aber dieser ausgemergelte Typ mit seiner medizinischen Viertelbildung griff mit seinen schmutzigen Fingern nach der Spritze und wollte sie ihm in den Arm rammen, in irgendeine Ader, in der das Blut arglos vor sich hin floss und nichts Schlimmes ahnte. Ein Stich, der sein Leben ruinieren konnte, ein Stich, der ihn auf immer berufsunfähig machen würde, ein Stich, der ihn in den Rollstuhl verbannte ...

In diesem Moment sprang der Undercover-Agent Florian Wunder auf.

„Wir lassen das! Ich hab's mir anders überlegt. Keine Blutabnahme."

Der Pfleger Sborski sah ihn überrascht an: „Aber es ist ganz ... es tut auch nicht weh ..."

Florian streifte sich bereits das Unterhemd über den Kopf: „Hier braucht man ja Gefahrenzulage als Patient."

Sborski versuchte es weiter: „Dann kommen wir also gleich zum EKG ...“

„Nein“, brummte Florian, „ich brauch auch kein EKG, ich spiel Fußball, da ist das EKG schon mit drin.“

Als Julia Held die Rheingaustraße in Oestrich erreichte, fing es zu nieseln an. Und eigentlich waren es auch keine kleinen Tropfen, die hernieder kamen, es handelte sich eher um eine Durchfeuchtung der Luft. Mit dem Nachteil, dass diese Feuchtigkeit auf Dauer klatschnass machte. Sie ging mit schnellen Schritten auf das Haus Nr. 43 zu und drückte auf die Klingel neben dem Namen Metz. Weder ertönte ein Summen an der Tür noch eine Frage über die Gegensprechanlage. Sie klingelte noch einmal und ein drittes Mal. Wieder keine Reaktion. Julia wollte sich schon abwenden, als sich eine etwa siebzigjährige Frau mit einem unförmigen Hut auf dem Kopf und zwei Aldi-Tüten in den Händen der Tür näherte.

„Wolle Sie rein?“, fragte sie.

Julia nickte.

„Ich mach Ihne uff. Zu wem wolle Sie dann?“

„Zu Frau Metz“, antwortete Julia brav.

„Ja, ja“, erwiderte die Alte und ließ offen, ob das zustimmend oder nachdenklich gemeint war.

„Danke“, sagte Julia, nachdem die Tür offen war, „kann ich Ihnen vielleicht die Tüten abnehmen?“

„Dess wär gut. Wisse Sie, die sind halt doch sehr schwer für mich.“

Julia hatte gehofft, dass die alte Dame im Erdgeschoss wohnt. Leider war das eine Täuschung. Die Aldi-Kundin stieg ächzend von einem Stockwerk ins nächste. Bis ins dritte hinauf. So weit oben zu hausen ist ab einem gewissen Alter gar nicht gesund. Oben angelangt, fingerte die Frau nach ihrem Wohnungsschlüssel.

„Wolle Sie auf en Kaffee mit rein? Sie habbe sich so angestrengt.“

„Vielen Dank“, erwiderte Julia, „aber ich muss wieder runter.“

„Ja, richtig – zu der Frau Metz.“

Die Alte machte ein bedenkliches Gesicht: „Der ihr Mann iss gestorwe, wisse Sie dess?“

Julia nickte: „Ich weiß.“

„Die heißt mit Vorname Yvonne. Was fer en Name. Als wärn mer in Frankreich. Dess sind komische Verhältnisse da unne."

„Wie meinen Sie das?"

„No ja, die Yvonne Metz iss doch viel jünger als ihr Mann. Die hat annere Ansprüch."

„Die konnte ihr Mann nicht erfüllen?"

„Wie dann? Dess war doch en kleine Angestellte. Da war doch im Portemonnaie immer Ebbe."

Die alte Dame sah sich vorsichtig um, als fürchtete sie Mithörer.

„Komme Se doch auf en Sprung rein."

Das schien Julia inzwischen auch ratsam. Denn die Aldi-Kundin konnte ihr vielleicht doch mehr verraten als gedacht.

Die Wohnung, in die sie eintrat, war klein und bescheiden eingerichtet. Sie verströmte den Charme einer Zeit, die schon in die Geschichtsbücher Eingang gefunden hatte.

„Ich heiß übrigens Meier", sagte die alte Dame und hängte ihren unförmigen Hut an einen Haken.

„Held", stellte sich Julia vor.

„Stelle Sie die Beutel in die Küch", wies Frau Meier Julia an, „ich mach uns en Kaffee."

Frau Meier war offenbar glücklich und dankbar, endlich mal einen Gesprächspartner gefunden zu haben. Sie holte eine altmodische Kanne und einen Handfilter aus dem Küchenschrank und berichtete von den Sonderangeboten bei Aldi, während Julia überlegte, wie sie auf nette Art der alten Dame klar machen konnte, dass ihre Zeit beschränkt war.

„Ich hab gerade einen Kaffee getrunken", erwiderte sie sanft, „zu viel Kaffee ist ja ungesund." Sie machte eine kleine Pause, um nachzuschieben: „Bei den Metzens war also immer Ebbe im Portemonnaie? Hat er nicht gut verdient?"

Frau Meier sah sie scharf an: „Sind Sie e Freundin? Sie sehe garnet so Yvonne-mäßig aus."

„Ich bin gerade hier vorbeigekommen", erwiderte Julia ausweichend, „da wollte ich sie mal besuchen. Kondolieren gewissermaßen."

Frau Meier schien zufrieden mit der Antwort und babbelte munter drauflos, während sie die Beutel auspackte: „Da gab's doch immer Krach, dess hat mer bis hier hoch gehört. Ein Tohuwabohu war dess."

„Ach was!“, warf Julia ein.

„Immer Remmidemmi. Ich glaub, der hat sei Frau auch geschlache.“

„Geschlagen?“, fragte Julia zurück.

„Grün und blau sah die manchmal aus“, ergänzte Frau Meier, „ich hab dess gesehe, obwohl die sich geschminkt hat wie en Weltmeister.“ Sie schob nach: „Dicke Schminke uffem ganze Gesicht. Wenn mer des abkratzt, ist nix mehr los.“

Frau Meier verließ die kleine Küche und wanderte ins Wohnzimmer zum Fenster: „Mer muss ab und zu lüfte. Stoßlüftung, verstehn Sie?“

Julia war ihr gefolgt und nickte: „Genau. Mach ich auch bei mir daheim.“

Die alte Dame öffnete das Fenster, und die durchfeuchtete Luft strömte nach innen und vertrieb wohltuend den dumpfen Geruch. Julia ging zum Fenster und sah hinaus, und jetzt ... jetzt hörte sie eine Stimme von unten.

„Da hab ich auch immer gestande, wenn ich den Krach von unne gehört hab“, erklärte Frau Meier, „in dem Haus wohne nämlich sonst nur ruhige Mieter.“

Im Moment hörte die neugierige, aber offenbar mitunter schwerhörige Frau Meier nichts, denn sie drehte sich wieder in Richtung Küche und fragte: „Wolle Sie net doch en Kaffee?“

Julia sagte schnell „Ja, ja“, um sie ruhig zu stellen und versuchte zu erlauschen, was sie von unten hörte. Es war eine männliche Stimme, und sie konnte nur Sprachfetzen verstehen. „Schulden ... Geld zurück ... kein Spaß.“

Dann hörte sie ein Scheppern, als fiele ein Topf auf die Fliesen, dann ein weiteres Geräusch, das sich wie ein gedämpfter Schuss anhörte, danach einen Schrei. Julia eilte zur Wohnungstür, wollte aber nicht ganz unhöflich sein und rief in die Küche: „Ich komm ein andermal wieder.“ Als sie schon draußen im Flur auf dem Weg nach unten war, erschien Frau Meier am Türrahmen zur Küche und murmelte: „Ei, und wer trinkt jetzt meinen gute Kaffee? Ich hab doch extra zwei Tasse gemacht.“

Im ersten Stock blieb Julia vor der Tür von Frau Metz stehen. Sie horchte. Komischerweise war jetzt nichts mehr zu hören von dem Krach. Es war still, beunruhigend still. Sie wollte gerade anklopfen ... da wurde die Tür aufgerissen, und ein Mann stürzte an ihr vorbei. Es ging so schnell, dass sie nur seine in die Stirn gezogene schwarze Rappermütze wahrnahm und die braune Lederjacke, die er trug. Im ersten Moment wollte sie ihm hinterher, besann sich aber anders. Sie öffnete ihren Mantel, und mit der Hand an ihrer Dienstwaffe betrat sie vorsichtig die Wohnung von Yvonne Metz ...

Die beiden schwarzen Mercedes S-Klasse-Limousinen rollten vom Hof der Firma Kappmed. Dr. Manfred Kapp ging zum Eingang des Verwaltungsgebäudes zurück. Er hatte die Herren von Rayer noch bis hinausbegleitet und war sich dabei wie ein Politiker vorgekommen, der verhasste Staatsgäste empfangen und ein offizielles Protokoll einhalten musste. Insgeheim hatte er die ganze Übernahmeprozedur in einer Mischung von Schaudern und Frösteln erlebt, und in einer Pause musste er ein Beruhigungsmittel auf der Toilette einnehmen.

An der Tür wartete Alexander Heinscher auf ihn. Er war bleich im Gesicht und sah so aus, als hätte er gerade an seiner eigenen Beerdigung teilgenommen. Was nicht ganz verkehrt war. Denn die Manager von Rayer hatten knallhart ihre Bedingungen auf den Tisch gelegt und waren kein Jota davon abgewichen. Von einer freundlichen Übernahme konnte keine Rede sein, es war nicht nur feindlich, sondern bösartig zugegangen – der Konferenzraum ein Schlachtfeld mit lebenden Toten.

„Die Schweine sind weg“, sagte Kapp und schritt an Heinscher vorbei, „jetzt sind wir beide Angestellte.“

Heinscher folgte ihm und dachte bei sich: Fragt sich nur, wie lang.

Die beiden Männer gingen die Treppe hoch in den ersten Stock. Einige Angestellte hatten die Szene unten im Hof von ihren Fenstern aus beobachtet und tuschelten nun bei offenen Türen.

„Einen schweren Gang haben wir noch“, sagte Kapp mit einem Seitenblick zu den Belegschaftsmitgliedern.

Heinscher zündete sich eine Zigarette an und dachte bei sich: den soll der Chef mal schön allein beschreiten. Er beugte sich im Gehen zu Dr. Kapp und sagte leise: „Dafür haben wir den ersten Preis erobert. Ganz unsichtbar für alle.“

5

Als Kommissar Florian Wunder zum Parkplatz der Eusebios-Klinik ging, atmete er tief durch und machte plötzlich einen Luftsprung, sodass die Passanten auf der Zahlbacher Straße verwundert nach ihm blickten. Dem Folterzimmer entronnen. Er lebte noch! Für ihn war die Sache klar. In dieser Klinik wurde geschlampt. Und er lobte sich innerlich, dass er so gründlich im Internet recherchiert hatte. In Krankenhäusern sterben jährlich mehr Menschen als im Autoverkehr. An Keimen und Infektionen, die sie sich dort zuziehen. Na bitte! Er hatte gerade erlebt, wie so was zustande kam. Ein medizinischer Nothelfer wollte ihm mit verseuchten Händen sein kostbares Blut abzapfen.

Und was hatte er noch auf einer Seite im Internet gelesen? Eine Krankheit, die längst besiegt schien, war wieder im Vormarsch. Tuberkulose-Keime siedelten sich zu gern in Krankenhäusern an und fielen über geschwächte Patienten her. Das traf exakt auf die Freundin von Julia Held zu. Sie war doch wegen einer Bronchitis dort. Bronchitis, Lungenentzündung, ein paar Tuberkulose-Keime – und Exitus! War es ein Zufall, dass es in der EusebiosKlinik noch zwei weitere plötzliche Todesfälle gab? Da konnte ihm Frau Dr. Hauswaldt sagen, was sie wollte. Nichts Ungewöhnliches bei der Obduktion festgestellt! Von wegen. Die Rechtsmedizinerin sollte sich mal in der Eusebios-Klinik Blut abnehmen lassen! Da könnte sie schnell Ungewöhnliches feststellen.

Diese Tuberkulose-Keime kamen aus dem Osten, hatte er gelesen. Warum musste sich die EU auch ständig vergrößern? Da kamen Staaten dazu, die auf dem Stand von Entwicklungsländern rumkrauchten. Jedenfalls medizinisch und hygienisch gesehen. Deren Einwohner schwappten hier rüber, schleppten ihre Bakterien ein und wurden an der Grenze nicht aufgehalten. Und dieser Pfleger, der ihm mit ungewaschenen und nicht desinfizierten Händen an die Ader wollte – wie hieß der? Sborski. Das klingt polnisch, das klingt verdächtig.

Wenn er es recht überlegte, dachte Florian, muss diese Klinik samt Personal überprüft und nötigenfalls geschlossen werden. Drei Tote – das sind auf jeden Fall drei zu viel. Da beißt die Maus keinen Faden ab. Das musste er mit Frau Held besprechen. Und dann müssten sie Kriminalrat Feuer davon überzeugen.

Aber der würde sich sträuben, würde ihn fragen, was er auf der anderen Seite des Rheins verloren hatte, was diese Krankenhausgeschichte ihn überhaupt anging. Da war nichts zu holen für Feuer, keine Pressekonferenz, keine Scheinwerfer, und wenn überhaupt Ruhm kleckerte, musste er sich den mit dem Kollegen von Mainz teilen.

Schwierig, schwierig. Vielleicht sollte er einen anderen Weg einschlagen, überlegte Florian, einen, der mehr Erfolg versprach ...

Julia ging wachsam den Gang in der Wohnung von Yvonne Metz entlang. Er war kurz und an seinem Ende stand eine Tür offen.

„Frau Metz!“, rief sie.

Ein leises Stöhnen kam als Antwort. Offenbar war niemand mehr außer der Witwe des Toten in der Wohnung. Aber man konnte nie wissen. Vorsicht ist die Mutter der Porzellankiste – die wichtigste Regel der Polizeiarbeit. Im Gang befanden sich zwei weitere Türen, und Julia drückte leise die Klinke der einen herunter, schob die Tür auf und warf einen Blick in den Raum. Die Küche. Niemand zu sehen. Dann öffnete sie die andere Tür genauso vorsichtig. Es war das Bad, ebenfalls leer. Sie erreichte die offen stehende Tür hinten und sah eine Unbekannte am Boden. Sie saß mit vornüber hängendem Kopf in einer Ecke. War sie tot? War es Frau Metz? Ja, sie musste es ein. Die blonden Haare – Florian hatte ihr davon erzählt. Das kitschige Bild über dem Sofa hing schief, Scherben lagen herum, die Schubladen des Wohnzimmerschranks standen offen. Julia erfasste mit einem Blick, dass sich außer der Lady in der Ecke niemand in dem Raum befand. Die Vorhänge vor dem Balkon waren zurückgestreift, der Balkon war leer. Sie ging zu der Unbekannten und kniete sich neben sie.

„Frau Metz?“

Die Frau hob langsam den Kopf. Ihr Haar war durcheinander, an ihrer Stirn zeigte sich eine blutende Wunde. Das Blut lief ihr über die Wange und tropfte auf den Hals. Eine Platzwunde, erkannte Julia, das Blut ließ es schlimmer aussehen als es war. Hier genügte ein sauberes Tuch, eventuell musste genäht werden.

„Können Sie aufstehen?“

Die Blondine bewegte zustimmend ihren Kopf, offenbar strömten die Lebensgeister wieder in sie. Julia reichte ihr die Hand und zog sie hoch.

„Sie sind doch Yvonne Metz?“

Die Andere nickte, und als sie aufrecht stand, erwiderte sie: „Ich muss furchtbar aussehen, ich will nur mal schnell auf die Toilette.“

Julia nickte. Frau Metz sah tatsächlich schrecklich aus, was aber weniger an der blutenden Wunde lag, sondern an ihrem ganzen Aufzug. Sie trug ein glitzerndes Minikleid, das grotesk verrutscht war, von einer Frisur konnte keine Rede sein, ihr blondes Haar strebte wirr in alle Richtungen, und sie stand schwankend auf ihren Stöckelschuhen, als könnte sie jederzeit abstürzen. Mit unsicheren Schritten ging sie auf den Gang hinaus und zog die Tür zum Bad hinter sich zu.

Julia schaute sich im Wohnzimmer um. Hier hatte ganz offenbar jemand etwas gesucht. Und auch gefunden? Vielleicht. Vielleicht auch nicht. Der flüchtende Mann mit der Rappermütze hatte es jedenfalls eilig gehabt. Sie ging zu dem Bild, das schief überm Sofa hing. Neben dem Bild erkannte sie ein Loch in der Tapete, kniete sich aufs Sofa und tastete mit der Hand danach. Ein Einschussloch. Sie hatte also doch richtig gehört oben bei Frau Meier. Hier war ein Schuss mit Schalldämpfer abgefeuert worden. Von Frau Metz oder ihrem Besucher? Und bei der Distanz, mit der sich die beiden gegenüberstanden, musste es sich entweder um einen miserablen Schützen handeln – oder es war ein Warnschuss gewesen. Die Blondine namens Yvonne Metz würde ihr gleich Genaueres dazu sagen.

Julia ging zu den offenen Schrankschubladen. Vermutlich würde sie nichts mehr von Interesse finden. Falls der unbekannte Mann Geld gesucht hatte, war es garantiert nicht mehr da. Sie hob eine Mappe heraus, die sich als Fotoalbum entpuppte. Hochzeitsbilder vom Ehepaar Metz, sie sah jung und unschuldig aus, er wirkte wie ihr Vater. Sie mit weißem Schleier, er im schwarzen Anzug. Sie mit neugierigem Gesichtsausdruck, er mit seligem Lächeln. So ist der Beginn einer Ehe immer. Neugier und Seligkeit halten selten lange an. In einer anderen Schublade lagen zerknitterte Strom- und Wasserrechnungen herum, Rechnungen für die Hausumlagen und das Heizöl. Erstaunlich hoch diese Rechnungen – bei einer so bescheidenen Wohnung. Sie legte alles wieder zurück. Wo blieb Frau Metz? Sie wirkte zwar derangiert, aber inzwischen hätte sie sich wiederherrichten können.

Julia ging nach draußen in den Gang und rief nach ihr. Keine Antwort. Sie klopfte an die Badezimmertür.

„Frau Metz, geht es Ihnen gut?“

Keine Reaktion. Julia durchfuhr es, die Frau des Toten im Weinberg würde doch nicht etwa zusammengebrochen sein? Der Schreck, das Blut im Gesicht – das ist für Zartbesaitete zu viel, da knicken die manchmal um. Sie drückte die Klinke nach unten und schob die Tür auf ... Das Bad war leer. Von Frau Metz keine Spur.

Als Julia eine knappe Minute später aus der Wohnungstür trat, kam von oben Frau Meier herunter.

„Na!“, sagte sie verschwörerisch, „was macht dann die Witwe? Iss die Trauer arg groß?“

Hauptkommissar Ernst Mielke war ein beleibter Mann von Anfang fünfzig und saß mit über dem Bauch verschränkten Händen hinter seinem Schreibtisch. Er musterte den Burschen vor ihm skeptisch, ließ ihn aber aussprechen. Dann schüttelte er sein kahles Haupt, legte die Hände auf den Schreibtisch und ließ ein knurriges Lachen ertönen.

„Das ist abstrus, was Sie sagen. Die Eusebios-Klinik gehört zu den angesehenen Krankenhäusern der Stadt, ja, zu den angesehensten überhaupt.“

Er beugte sich ein wenig vor und tat geheimbündlerisch: „Warum kommen Sie überhaupt zur Blutabnahme nach Mainz? Kennt man so was in Wiesbaden nicht? Oder werden da nur Operndiven behandelt?“

„Euerm Domsgickel wird bei uns jedenfalls kein Blut abgezapft“, antwortete Florian Wunder spitz und ahnte im gleichen Moment, wie sich das Gespräch weiterentwickeln würde. Den letzten Satz hätte er sich vielleicht verkneifen sollen. Doch statt einer bissigen Entgegnung lachte Mielke. Er lachte laut und kein Knurren war mehr in seinem Lachen. Ohne Zweifel gefiel ihm diese Antwort des jungen Kollegen von dribbdebach. Meine Mainzer, dachte Florian, lachen können sie, den Humor kann man ihnen jedenfalls nicht absprechen.

„Verstehe“, sagte Mielke, als er ausgelacht hatte, „Sie meinen also, weil Ihnen ein Pfleger mit schmutzigen Händen Ihr teures Blut abzapfen wollte, sollen wir die ganze Klinik schließen?“

Das war natürlich eine pure rhetorische Frage, die keine Antwort verdiente, aber Florian war nicht auf den Kopf gefallen.

„Drei Tote!“, sagte er und ließ Empörung mitklingen.

„Die Fälle vorher sind untersucht worden, sogar von Ihrer Rechtsmedizinerin. Da war nix Verdächtiges."

Hauptkommissar Mielke stand auf. Jetzt sah man, dass es ein Bär von Mann war und wenigstens einen Meter neunzig groß. Er kam um den Schreibtisch herum, offenbar wollte er zum gemütlichen Teil des Gesprächs übergehen.

„Herr Kollege", sagte er, „wir müssen uns damit abfinden, dass Krankheiten mitunter die unangenehme Nebenwirkung besitzen, tödlich zu sein. Langfristig gesehen müssen wir alle den Löffel abgeben, am besten mit einem Lachen." Er machte eine Pause und schob freundlich nach: „Das lernen auch die Wiesbadener schon noch."

„Und kurzfristig gesehen?", murmelte Florian im Abgehen, erwartete aber keine Antwort mehr.

Julia Held ging zum Fenster ihres Büros und schaute auf die Stadt Wiesbaden hinaus. Florian Wunder starrte auf den Bildschirm. Er wirkte angestrengt, aber das war pure Gschaftlhuberei. Aus dem Computer war nichts mehr rauszuholen. Er konnte noch stundenlang weiterlesen, der Apparat würde ihn doch nicht klüger machen. Computer sind auch nicht anders als Menschen. Sie wiederholen sich und machen irgendwann Feierabend.

„Das hätte ich Ihnen gleich ausreden sollen", sagte Julia vom Fenster her, „dieser Klinikbesuch – und anschließend zu Mielke gehen."

Sie schüttelte den Kopf, war aber nicht wirklich aufgebracht, eigentlich fand sie die Aktion von Florian sogar sympathisch. Er hatte ihr davon erzählt, und sie ahnte, dass er ihr etwas Gutes tun wollte. Der Tod ihrer Freundin hatte sie mitgenommen, er spürte das und versuchte Licht in das Dunkel zu bringen. Welches Dunkel? Gab es überhaupt ein Dunkel? Claudia war an einer scheinbar harmlosen Krankheit gestorben, das war ungewöhnlich, aber nicht unmöglich.

„Was halten Sie von dieser Yvonne Metz?", fragte Florian, um das Gespräch auf ein anderes Gleis zu schieben, „das Verhalten von ihr ist doch total merkwürdig."

„Sie ist geflüchtet ..."

„... weil sie offenbar Angst hat", vollendete er den Satz.

Julia nickte.

„Wir müssen sie vorladen, ganz knallhart, der Staat muss Zähne zeigen!"

„Und Sie glauben wirklich, dass diese Frau kommt?“, fragte Julia.

„Da müssen eben Ordnungsstrafen wie Fallbeile auf sie niedersausen – dann kommt die schon.“

„Selbst wenn sie kommt – wird sie unter diesen Umständen aussagen? Nein, nein, wir müssen da anders ran.“

„Psychologisch?“ Florian ahnte Unangenehmes.

Julia fasste zusammen: „Wie ist der Stand der Dinge? Wir haben einen Toten im Weinberg, dessen Tod kein Unfall war. Auf seinem Computer ist nichts von Belang gefunden worden. Der Mann ist ein kleiner Angestellter bei der Firma Nelix. Nach Auskunft seiner Frau war er ein Spieler. Möglich ist, dass er gezockt hat, um seiner jungen Yvonne etwas zu bieten. Vermutlich hatte er Schulden. Seine Frau weiß von seinen Sportwetten und bekommt Besuch von einem Geldeintreiber, der sie zusammenschlägt ...“

„Und warum tut er das?“, fragte Florian und gab sich gleich die Antwort: „Weil Metz nicht gezahlt hat, und dieser Bursche das Geld holen wollte. Er hat es in der Wohnung vermutet.“

„Vielleicht liegt es auf der Bank. Überprüfen Sie das Konto von Metz!“

Florian nickte, und Julia sprach weiter: „Auf jeden Fall weiß die Frau des Toten etwas. Sie weiß viel mehr, als sie Ihnen beim ersten Mal gesagt hat. Sie hat aber Angst ...“

„Die ist stiften gegangen, kann aber nicht ewig von Heim und Herd fernbleiben. Die muss irgendwann mal wieder zurückkommen.“

„Ganz genau“, sagte Julia und ging vom Fenster zu Florians Schreibtisch, „und genau hier beginnt Ihr Einsatz.“

Florian schaute mit treuen Dackelaugen zu ihr auf und ahnte schon, was auf ihn zukam: „Nein, bitte nicht. Für so was bin ich ungeeignet.“

„Ach was, erinnern Sie sich an Ihre psychologische Grundausbildung.“

„Ich erinnere mich nicht.“

„Da hilft nichts für: Das ist der Fluch des Dienstes“, sprach Julia, und Florian hörte mit geübten Ohren sofort das Zitat heraus.

„Hier sitze ich und seh’ mich außerstande!“, erwiderte er formvollendet und schob als Erklärung nach: „Auch Shakespeare.“

„Wenn Sie mir sagen, aus welchem Stück, wäre ich eventuell geneigt zu akzeptieren“, sagte Julia und lächelte hochnäsig.

„Das ist ... ‚Hamlet‘.“

„Falsch. Mein Zitat stammt aus ‚Othello‘, Ihres ist leider auf eigenem Mist gewachsen.“

„Aber auch irgendwie gut“, sträubte sich Florian, „klingt doch total nach Shakespeare. Seh’ mich außerstande. Das sagt doch heute keiner mehr, ist pures 18. Jahrhundert.“

Julia quittierte die Rettungsversuche ihres Assistenten mit einem bedauernden Blick, aber Kommissar Wunder ließ nicht locker: „Wenn ich gesagt hätte, ich flipp gleich weg, ich steh doch nicht im Weinberg und mach den bösen Mann – das hätten Sie merken können, das ist nicht ganz die Sprache unseres Altvorderen ...“

Julia unterbrach ihn: „Auf jeden Fall sind wir uns einig. Sie machen den bösen Mann, aber bitte mit viel psychologischer Einfühlung.“

Alexander Heinscher ging den langen Gang hinunter zu Dr. Kapps Büro. Er beeilte sich nicht sonderlich, wie er es noch vor kurzem getan hätte. Er blieb sogar einmal stehen und schaute durch die großen Fensterscheiben auf den Hof hinunter. Dort standen zwei Transporter, die Pakete mit Medikamenten einluden. Er beobachtete die Szene eine Weile, und ihm ging dabei allerlei durch den Kopf. Dann setzte er sich wieder in Bewegung, und als er an der Tür von Kapp anlangte, klopfte er einmal kurz und trat sofort ein.

Dr. Manfred Kapp schaute vom Schreibtisch hoch. Sein Günter-Netzer-Haarhelm war etwas durcheinander, was bei ihm ungewöhnlich aussah. Hatte er sich etwa ins Haar gefasst, war er bei einer Grübelei seiner Stirn zu nah gekommen?

„Da sind Sie ja“, begrüßte er Heinscher, und in seinen Worten schwang Ungeduld.

Heinscher nickte, als wollte er diese simple Feststellung bestätigen, machte aber keine Anstalten, sich für die Verspätung zu entschuldigen. Kapp wies auf einen Stuhl am kleinen Konferenztisch, und Heinscher nahm ohne Umstände Platz. Jetzt stand Kapp auf, als hätte er nur darauf gewartet, dass sein Mitarbeiter sitzt, und er auf ihn herunterschauen konnte.

„Wir haben“, sagte er, indem er um den Schreibtisch herumging und sich Heinscher näherte, „ein neues Problem.“

Alexander Heinscher schaute ihn interessiert an, stellte aber keine Frage.

Kapp baute sich vor ihm auf: „Sie fragen nicht. Vielleicht haben Sie es geahnt. Vielleicht wissen Sie es."

Heinscher schüttelte bedächtig den Kopf. Er durfte nicht vorpreschen, richtiger erschien es ihm, weiterhin den loyalen, etwas tumben, aber doch einfallsreichen Angestellten zu spielen.

Dr. Kapp nahm ihn in den Blick und musterte ihn mit kalten Augen. Dann wiederholte er: „Ein neues Problem." Er machte eine bedeutsame Pause und schob nach: „Eines, das wir lösen müssen ..."

Julia kam zu spät. Als sie das Café „Laubenheimer" betrat, saß ihr alter Freund Stockmann schon an einem Tisch und blätterte in einer Zeitung.

„Da bist du ja", sagte er, als sie an sein Tischchen kam.

„Tut mir leid. Immer diese Verspätungen."

Sie nahm Platz, und der Apotheker winkte der Kellnerin.

„Cappuchino, wie üblich?", fragte er in Julias Richtung.

Sie nickte, und er gab die Bestellung weiter.

„Kommst du auch bei deinen Morden zu spät?", fragte er lächelnd.

„Ja, regelmäßig, das ist ja das Problem."

„Könnte man sie verhindern, wenn man rechtzeitig am Tatort wäre?", überlegte Stockmann laut, und gab sich selbst die Antwort: „Ich glaube nicht, da würde man gleich mit erschossen werden."

„Du solltest Kriminaltheoretiker werden statt in der Apotheke alten Frauen Faltencremes zu verkaufen", sagte Julia und grinste ihn an.

„Meinst du? Ich verspür jedenfalls eine gewisse Neigung für dein Metier."

„Ich bin sicher, du würdest die Fälle theoretisch einwandfrei auflösen. Mit purer Logik und etwas Pharmazie."

„Dass du dich immer über mich lustig machen musst, ist ein unschöner Zug von dir", erwiderte er und lächelte sie an.

Der Cappuchino kam, Julia hob mit dem Löffel etwas Schaum ab und ließ ihn genießerisch im Mund zergehen.

„Mir gefällt auf jeden Fall, dass dir der Kaffee noch schmeckt. Bei den üblen Fällen, denen du Tag für Tag nachjagst."

Julia überhörte den leisen Spott, sie trank einen kleinen Schluck und fragte: „Wusstest du schon, dass in der Eusebios-Klinik ein bisschen geschlampt wird?"

„Geschlampt?“

„Das sagt mir jedenfalls mein Kollege. Er war dort und wollte sich Blut abnehmen lassen. Ist aber wieder gegangen, weil eine Hilfskraft ihm verdächtig vorkam.“

„Wieso verdächtig?“

„Er wollte ihm mit nicht desinfizierten Händen Blut abnehmen.“

„Ich bitte dich!“, schüttelte Jürgen seine Künstlermähne, „da kann gar nichts passieren. Er fasst doch nur die Kanüle an.“

„Na gut, vielleicht hat mein Mitarbeiter übertrieben. Aber kann es nicht sein, dass es in dieser Klinik etwas lax zugeht? Es sterben doch mehr Menschen in Krankenhäusern als im Straßenverkehr.“

„Ich versteh dich“, sagte Jürgen, „deine Freundin ist dort gestorben und das treibt dich um. Glaubst du, mir geht das nicht nahe. Ich kannte sie doch auch, die Claudia Graf ...“

„Stimmt es denn nicht“, fiel sie ihm ins Wort, „dass zum Beispiel Tuberkulose-Keime wieder im Vormarsch sind und manchen Krankenhäusern zu schaffen machen?“

„Ja, das stimmt. Keime können zu Infektionen führen und die sind für geschwächte Patienten gefährlich ...“

„Genau das könnte doch bei Claudia der Fall gewesen sein! Vielleicht hat man bei der Behandlung nicht genügend aufgepasst.“

„Das ist denkbar, aber pure Theorie. Wir haben schließlich heute Antibiotika zur Hand. Und natürlich hat Claudia Graf ein Lungenantibiotikum in der Klinik bekommen ...“

„Und so ein Antibiotikum hilft immer? Man kann da nichts falsch machen?“

„Natürlich. Es gibt eine ganz andere Gefahr, an die du wahrscheinlich gar nicht denkst ...“

Jetzt ließ Apotheker Stockmann den Satz offen, und Julia sah ihn ungeduldig an.

„Sag schon!“

„Die Patienten selber gehen mit Medikamenten häufig gedankenlos um. Sie nehmen ihre Arznei nicht wie vorgeschrieben, manchmal zu viel, manchmal zu wenig.“

Julia dachte sofort an ihren Vater. Hatte er nicht auch zu viel von dem Anti-Demenz-Mittel genommen? Weil die Verpackungen so unterschiedlich aussahen.

Jürgen Stockmann sprach weiter: „Unterdosierungen, manchmal auch Überdosierungen führen häufiger zum Tod als der Laie ahnt.“

„Wirklich?“, fragte Julia entsetzt, „da muss ich ja meinen Vater noch genauer kontrollieren ...“

„Im Grunde musst du ihm die Medikamente, die er täglich nehmen soll, auf einen Teller legen“, ergänzte Jürgen, „so wird's im Krankenhaus ja auch gemacht.“

Julia fasste sich: „Also an den Medikamenten liegt's nicht, sagst du, eher an den Patienten.“

„Nicht so laut“, mahnte Jürgen und ging in einen Flüsterton über, „die Patienten sind schließlich meine Kunden, und mit Patientenbeschimpfung ist man noch nie weitergekommen.“

Julia sah auf ihre Uhr. Sie war schon wieder zu spät. Aber etwas wollte sie von Jürgen unbedingt noch erfahren ...

Auch Florian Wunder schaute auf seine Uhr. Er saß auf dem Sofa im Wohnzimmer seiner Freundin Carola, während sie im Badezimmer an ihrer Frisur letzte Korrekturen vornahm. Sie wollten ins Kino gehen, das hatte er ihr versprochen. In welchen Film eigentlich? Er hatte es vergessen, aber hoffentlich war es kein Krimi. Bloß nicht das – und ins Kino konnte er heute Abend überhaupt nicht. Schon zweimal hatte er einen Anlauf gemacht, es ihr zu erklären und war sich dabei vorgekommen wie ein Verbrecher, der eine Beichte ablegen muss. Das war Feigheit vor dem Feind. Na ja, Feind war vielleicht nicht ganz der richtige Ausdruck. Feigheit vor der Freundin, einer exaltierten Frau, die sich leicht zum Feind mausern konnte – das käme eher hin.

„Ich muss dir was sagen ...“, begann er zu sprechen und erhob sich.

„Was sagst du?“, schallte es laut zurück.

Florian spürte, wie ihn seine Kräfte wieder verließen. Er sank zurück, doch in einem Anfall von Vorwärtsstrategie rief er: „Ich kann nicht mit!“

Sofort stand Carola im Wohnzimmer: „Wie? Du kannst nicht mit?“

Er hob die Arme wie ein geplagter Teppichhändler, aber sie sprach schon weiter: „Jetzt haben wir uns schon mal den Termin ausgeguckt, wir gehen ja selten aus, und schon wieder kannst du nicht! Und warum sagst du mir das erst jetzt?“

„Ich wollte ja vorhin schon ...“

„Ich hab mir die Haare gemacht, ich hab meine neuen Schuhe angezogen, ich hab mich gefreut, dass wir endlich mal zusammen ausgehen – zack, wieder nichts!“

Carola machte ein verzweifeltes Gesicht, sodass Florian es als gute Lösung ansah, aufzustehen und sie in die Arme zu schließen.

„Fass mich nicht an!“

Er senkte den Kopf: „Ich kann doch nichts dafür, es ist ...“

„Mit wem musst du denn heute Abend dienstlich ausgehen?“, fragte sie spitz.

„Mit niemandem.“

„Na, dann kannst du auch mit mir weg.“

„Das geht eben nicht. Ich muss observieren.“

„Oberservieren“, lachte Carola künstlich, „mir kann man ja alles auftischen. Oberservieren muss der Herr Kommissar! In welchem Restaurant denn? Und um welche Dame geht's?“

Florian überlegte scharf. Er durfte ihr auf keinen Fall sagen, dass er auf eine Frau warten musste. Das würde Carola in den falschen Hals bekommen. Da könnte er sich gleich einen Strick besorgen.

„Wir sind da an einem kniffligen Fall dran. Ich muss ... in den Rheingau, einen Weinberg ... ganz ungemütlich bei dem Wetter.“

Carola schob den Kopf vor: „Vielleicht ist der Weinberg ja eine Weinstube, eine heimelige Weinstube, in der man eine attraktive Mörderin observiert.“

„Nein“, sagte Florian gequält.

„Eine Mörderin, deren Unschuld sich bei einem Gläschen Wein herausstellt. Könnte das sein?“

„Du siehst das falsch. Polizeiarbeit ist Dreckarbeit ...“

„Und warum wühlst du dann im Dreck?“

„Weil ich's gut finde!“, erwiderte er abrupt, „ich bin nun mal ein Dreckwühler.“

Sie sah ihn erschrocken an, drehte sich dann um und ging ins Bad zurück. Das war vielleicht ein bisschen heftig von mir, dachte er, und eigentlich bin ich doch gar kein Dreckwühler, sondern eher ein Sauberkeits-Fan. Einer der will, dass es bisschen ordentlicher auf der Welt zugeht. Er stiefelte ihr nach.

„Tut mir leid“, murmelte er an der Tür, „wir könnten doch morgen oder am Wochenende ...“

Keine Antwort. Carola tat so, als sei sie stark mit ihrem Spiegelbild beschäftigt.

„Ich hab dir was mitgebracht. Lektüre für den Abend. Ein wunderbares Buch, du kannst es von vorn und hinten lesen. Diva und Domsgickel heißt es.“

Er zog das Büchlein aus seiner Jackentasche, ging zu ihr und legte es wie ein Geschenk vorsichtig auf den Waschbeckenrand. Dann entfernte er sich leise. Sie warf einen schnellen Blick auf das Buch, nahm es in die Hand und warf es ihm hinterher. Florian konnte gerade noch den Kopf einziehen – ein Buch im Auge, das hätte das Aus für ihn bedeuten können. Krankenhausreif geworfen! Aber die Idee ist gut, dachte er, als er die Wohnungstür öffnete. Das Buch als Waffe! Man muss es allerdings im übertragenen Sinn verstehen.

Apotheker Stockmann sah Julia nachdenklich an.

„Eigentlich darf ich so etwas nicht ausplaudern. Es handelt sich ja auch nicht um einen Fall, an dem du arbeitest."

„Na, komm schon", sagte Julia, „zier dich nicht so, du verletzt schon nicht deine Pflichten."

„Na ja, eigentlich doch."

„Sie ist tot."

Er zögerte und warf einen Blick in die Runde. Doch im Café „Laubenheimer" saß niemand, den er kannte. Trotzdem beugte er sich etwas vor und sagte kaum hörbar: „Claudia Graf hat früher schon ein Lungenantibiotikum bei mir geholt. Natürlich bekommt man so etwas nur mit Rezept ..."

„Und das hat geholfen?"

„Ja, natürlich. Ohne Antibiotika wäre die Medizin aufgeschmissen."

„Und im Krankenhaus hat sie auch dieses Antibiotikum bekommen?"

„Mit Sicherheit. Bei ihrem Krankheitsbild war das ein absolutes Muss."

„Woher bekommt die Eusebios-Klinik eigentlich ihre Medikamente?"

„Von mir. Ich beliefere sie." Jürgen Stockmann machte eine kleine Pause und erklärte leise: „Glaubst du, ich verlasse mich auf die Laufkundschaft, die in die Apotheke kommt."

Julia nickte: „Verstehe, auf alte Damen, die teure Hautcremes kaufen, ist kein Verlass. Die könnten ja merken, dass die Cremes sie nicht jünger machen."

Jürgen schwang zurück und wirkte empört.

„Jetzt sag ich dir schon mal Interna, und du machst mir Vorwürfe."

„Ich mach dir keine Vorwürfe, ich versuche nur, klar zu sehen."

„Und jetzt sag ich dir noch was. Die Medikamenten-Kontrolle ist in Deutschland sehr scharf. Das ist ein ganz engmaschiges System, wo niemand durchkommt, der zu schummeln versucht ..."

„Hab doch gar nichts von Schummeln gesagt."

Jürgen achtete nicht auf ihren Einwand: „Das Gesundheitsministerium verschickt sogenannte Rote-Hand-Briefe an alle Apotheken, wenn irgendeine Arznei beanstandet wird. Die muss dann sofort aus dem Verkehr gezogen werden. Wir leben schließlich nicht auf dem Balkan oder gar in Griechenland."

„Die Patienten sind also selber schuld, wenn sie sterben", fasste Julia trocken zusammen.

Jürgen Stockmann machte eine Miene, als könne er dem Tod keine Anweisungen geben. „Unser Gesundheitssystem ist top. Da kann nichts passieren", erklärte er. „Es ist der gedankenlose Umgang mit den Medikamenten, ich hab dir doch schon gesagt, wie oft das vorkommt. Unterdosierungen, Überdosierungen, Einnahmen zum falschen Zeitpunkt – alles ist möglich."

„Auch in einer Klinik?", fragte Julia.

6

Die werden gruselig, wenn man nicht mit ihnen ausgeht, sinnierte Florian und dachte dabei an Freundin Carola. Er befand sich längst im Auto unterwegs in den Rheingau. Wieder mal hatte er nur einen Dienst-Corsa ergattert. Biebrich lag hinter ihm, und er steuerte auf Walluf zu. Vielleicht war er schon zu sehr mit Carola verbandelt, vielleicht war das ein Zeichen von Besitzstreben. Aneignung einer fremden Person – so was in der Art. Auf jeden Fall musste er aufpassen. Seiner Madame fehlte der Sinn für seine Arbeit. Und für gute Bücher fehlte ihr auch der Sinn – sie verwendete sie als Wurfgeschosse. Sehr kulturfern dieses Verhalten. Im nächsten Moment fiel ihm ihr Vorwurf ein: In einer Weinstube würde er eine attraktive Lady observieren. Wenn's das nur wäre! So einen Auftrag hätte er mit Kusshand angenommen. Stattdessen musste er diese halbseidene Yvonne Metz zum Sprechen bringen. Er fingerte vom Beifahrersitz eine bereitgelegte CD und schob sie in den Schlitz des Autoradios. Das Huub-Dutch-Duo. Er hatte die beiden Swing-Musiker kürzlich im Kloster Eberbach spielen gehört, war begeistert von ihnen und hatte sofort ihre CD gekauft. „An Englishman in New York" erschallte. Es war sein Lieblingstitel, und er sang ihn mit.

Kommissar Wunder ließ Eltville hinter sich, passierte Erbach und fuhr mit vorgeschriebenem Tempo auf der Uferstraße am Rhein entlang. Es war noch hell, aber der Himmel trübte sich ein und überhaupt lag Trübsinn in der Luft. Auf dem Fluss links von ihm schipperte ein Frachtkahn, den er langsam überholte. Immer noch rollten eine Menge Autos auf der Rheinuferstraße entlang, immer noch Feierabendverkehr. Jetzt fuhr er in Oestrich ein, er kannte den Weg in die Rheingaustraße und stellte den Corsa schräg gegenüber vom Haus 43 ab.

Florian schaute nach oben zu den Fenstern des ersten Stockwerks. Die Vorhänge verrieten nicht, ob jemand zu Hause war. Sie waren jedenfalls beiseite gezogen. Er stieg aus, ging zum Eingang und drückte auf die Klingel neben dem Namen Metz. Keine Reaktion. Er probierte es noch einmal. Wieder nichts. Er wollte sich schon abwenden, als die Haustür von innen geöffnet wurde. Eine alte Dame stand vor ihm – es war Frau Meier aus dem obersten Stockwerk.

„Wolle Sie rein?"

„Ja“, antwortete er, „aber ich kann auch warten.“

Sie sah ihn misstrauisch an: „Was dann jetzt? Rein oder raus?“

„Rein“, entschied er sich.

„Na, dess iss doch en Wort“, erwiderte Frau Meier spöttisch, „zu wem wolle Sie dann?“

Florian überlegte. Sollte er sagen, dass er zu Frau Metz wollte? Die alte Dame war sicher nur neugierig – falsch machen konnte er nichts.

„Zu Frau Metz“, sagte er.

Frau Meier zog ein besorgtes Gesicht: „Die hat neuerdings arg viel Besuch. Seitdem ihr Mann unner der Erd liegt.“

Er könnte sie aufklären und ihr sagen, dass Herr Metz keineswegs unter der Erde liegt, sondern immer noch in der Rechtsmedizin, aber Florian verlor kein Wort darüber. Stattdessen machte er ihr Platz, und sie warf ihm im Vorbeigehen einen weiteren misstrauischen Blick zu. Kaum war die Haustür ins Schloss gefallen, schlich er leise die Treppe hoch. Oben vor der Wohnungstür der Witwe Metz prüfte er, ob seine Dienstwaffe richtig saß. Man konnte nie wissen, wer hinter der Tür lauerte. Dann klopfte er an. Einmal, zweimal, dreimal. Nichts rührte sich. Er lauschte nach innen, legte sogar sein Ohr an die Tür. Es war absolut kein Geräusch zu hören War Frau Metz über alle sieben Berge des Taunus geflüchtet? Am Ende sogar mit der Fähre übergesetzt ins Rheinhessische, um im Niemandsland der Pfalz zu verschwinden? Auf jeden Fall schien sie nicht da zu sein. Er überlegte einen Moment, dann entschied er sich, unten im Auto zu warten. Als er über die Straße ging, fing es zu regnen an, ein feiner Nieselregen sprühte ihn ein und wusch ihm das Gesicht. Wenigstens eine kostenlose Gesichtswäsche ist bei dieser Observation drin, dachte er, eine Gesichtswäsche aus gutem Rheingauer Regen – und stieg ein. Was er nicht bemerkte, war die Gestalt in einer silbernen Alfa-Limousine etwas weiter weg auf der anderen Straßenseite. Sie lehnte mit einer Zeitung in der Hand auf ihrem Sitz und verfolgte doch jede seiner Bewegungen ...

Julia Held hatte sich entschlossen. Es war, als hätte sie Witterung aufgenommen. Gerade nach dem Gespräch mit Jürgen Stockmann spürte sie, dass sie sich in den Fall verbissen hatte. Ein Fall? War es überhaupt einer? Jürgen hatte ihr doch klargemacht, dass es im Gesundheitswesen sauber zuging. Die Patienten selber schienen die Schuldigen zu sein. Und am schuldigsten waren offenbar die toten Patienten.

Julia stellte ihr Auto in der Grillparzerstraße ab und ging zielstrebig auf das Haus zu, in dem ihre Freundin Claudia Graf vor kurzem noch gewohnt hatte. Sie wollte deren Wohnung inspizieren. Sie wusste nicht genau, warum und was sie suchte – die Intuition lenkte ihre Schritte. Eigentlich war das ein bisschen illegal, was sie vorhatte, aber darum machte sie sich keine Sorgen. Sie griff in ihre Manteltasche, spürte den Bund mit den diversen Spezialschlüsseln und wusste, dass eine verschlossene Tür kein Hindernis für sie war.

Das Haus kannte sie, es war eine zweistöckige alte Villa, und Claudia hatte sie zuvor schon einmal in ihre Wohnung zu einem Samstagnachmittags-Schwätzchen eingeladen. Das Tor zum Haus stand offen, und die Haustür lehnte merkwürdigerweise auch einen Spaltbreit offen. Sorgten sich die Vermieter im Erdgeschoß nicht um Diebe? Julia eilte nach oben in den ersten Stock und fingerte im Gehen schon in ihrer Manteltasche nach einem passenden Schlüssel. Doch die Wohnungstür von Claudia stand halboffen, und als Julia höflich anklopfte, erschien an der Tür eine ältere Dame mit besorgter Miene und verweinten Augen. Julia stellte sich der Unbekannten vor, und als diese erkannte, dass sie eine Freundin Claudias war, bat sie sie herein.

Es handelte sich um die Mutter Claudias. Sie ging in die Küche, ließ sich auf einen Stuhl am Tisch sinken und wies mit kraftloser Bewegung auf einen anderen Stuhl. Julia setzte sich zu ihr und hörte der alten Dame zu.

„Es ist ungerecht, dass das Kind vor der Mutter stirbt. Das ist gegen die Natur. So etwas sollte es nicht geben.“

Julia nickte, sagte aber selbst kein Wort. Jedes davon wäre überflüssig gewesen.

„Vor einem halben Jahr ist mein Mann gestorben ... nach langer Krankheit. Ich habe ihn bis zum Schluss gepflegt, und Claudia hat uns oft besucht ... sie war so ein gutes Kind ...“

Die alte Dame musste schluchzen, und Julia ergriff ihre Hand und drückte sie.

„Ich laufe hier in der Wohnung herum und weiß gar nicht, wie ich das machen soll ... das alles hier ...“

Frau Graf sah Julia mit einem verzweifelten Blick an. Der plötzliche Tod ihrer Tochter, die Erinnerungen, die Wohnungsauflösung. Das ging über ihre Kräfte. Sie senkte ihren Kopf, schluchzte wieder und verfiel in ein trostloses Schweigen. Julia schwieg mit ihr, sie wusste aus Erfahrung, dass alles Reden in solchen Situationen nichts hilft, eher die Sache schlimmer machte. Es war für die alte Dame schon ein Trost, dass die Freundin ihrer Tochter hier bei ihr saß. Nach einer Weile des stummen Beieinanders griff Frau Graf in ihre Handtasche auf dem Boden, zog ein feines Taschentuch hervor und tupfte sich damit über die Augen.

„Entschuldigen Sie, dass ich mich so gehen lasse", sagte sie leise.

Julia entgegnete auch jetzt nichts, sie sandte Frau Graf lediglich einen mitfühlenden Blick. Allmählich fasste sich die alte Dame wieder, und nun fragte sie: „Soll ich uns vielleicht einen Tee machen?"

„Wenn Sie ein Glas mit mir trinken – sehr gern."

Das war wie ein Signal für Frau Graf. Sie erhob sich, ging zum Küchenschrank, um nachzusehen, welche Teesorten vorrätig waren und erwiderte jetzt mit klarer Stimme: „Ja, natürlich, ich trinke gern einen Tee mit Ihnen." Sie setzte Wasser auf, und Julia merkte, dass Frau Graf froh war, von ihrer Trauer ein wenig abgelenkt zu werden.

„Sie sind Studienfreundinnen gewesen?", fragte sie, „ich kann mich gar nicht an Sie erinnern. Und jetzt sind Sie Kommissarin, ja?"

Julia bestätigte, und Frau Graf fragte neugierig: „Ist das nicht ein brutaler Beruf? Haben Sie nicht dauernd mit Mord und Totschlag zu tun? Und Blut?"

„Mit Blut nicht unbedingt. Viele Verbrechen geschehen unblutig. Man muss manchmal schon genau hinsehen", antwortete Julia ein bisschen ausführlicher, als sie das normalerweise getan hätte. Sie wollte der alten Dame das Gefühl einer echten Gesprächspartnerin geben.

Frau Graf kam mit einer Kanne Tee und zwei Gläsern zum Küchentisch zurück. Während sie eingoss, fragte sie: „Aber Sie sind doch nicht hier, weil es ein Verbrechen gegeben hat? Oder?"

Diese Frage hatte Julia befürchtet, und sie hatte schon darüber nachgedacht, wie sie sie vermeiden könnte. Aber nun war sie draußen. Was sollte sie antworten, um die alte Dame nicht zu ängstigen?

Sie trank einen Schluck vom heißen Tee und sagte dann:

„Claudia war eine wunderbare Freundin, ich trauere ihr sehr nach. Schon deshalb wollte ich noch einmal hierher kommen ..."

Jetzt fasste die alte Frau Graf nach der Hand von Julia und drückte sie. Das, was die Kommissarin eben gesagt hatte, berührte sie, es war Balsam für ihre Seele.

Nach einer Weile sprach Julia weiter: „Aber ich sage Ihnen ehrlich, dass ich auch hier bin, weil ich nachsehen wollte, welche Medikamente sie einnahm. Ich weiß von meinem Vater ..."

Frau Graf ließ sie nicht ausreden: „Aber da kann ich Ihnen weiterhelfen! Ich weiß genau, was meine Tochter eingenommen hat. Ihre Bronchitis hat ihr zu schaffen gemacht ..."

„Sie meinen also ..." Dr. Kapp ließ den Satz offen und schwieg.

Alexander Heinscher hob die Schultern, als hätte er nichts Weltbewegendes gesagt, als wäre ihm diese Idee ganz beiläufig gekommen. In Wirklichkeit hatte er schon seit mehreren Tagen über diesem Gedanken gebrütet. Er ahnte, dass seine Tage in der Firma gezählt waren. Aber nun stand auch der Chef vor dem Rausschmiss. Der Chef, der nicht mehr wirklich Chef war. Da ging Kapp die Muffe. Und mehr als das. Der Mann fühlte sich angeschossen wie ein waidwundes Wildschwein, und das war kein bloßes Gefühl, sondern bittere Realität. Mit Wundenlecken war da nicht weiterzukommen, das wusste Kapp genau. Er musste und er wollte handeln. Schon aus Selbstachtung. Ein waidwundes Tier geht zum Angriff über.

Alexander Heinscher war sich im Klaren darüber, dass ihn und Kapp nichts verband – außer einem geschäftlichen Interesse. Doch dieses gemeinsame Interesse besaß gefährliche Unwägbarkeiten. Und die Situation hatte sich nicht verbessert – jetzt, wo sie beide Angestellte in Kapps alter Firma waren, also gewissermaßen auf Augenhöhe miteinander sprachen. Er musste nach wie vor aufpassen, nicht unter Kapps Räder zu kommen.

„Also gut", sagte Dr. Kapp, „wir sind nicht die Männer, die sich die Butter vom Brot nehmen lassen!"

Er nickte Heinscher grimmig zu, ließ ein gezwungenes Lachen folgen und fügte an: „Sie wissen, dass wir ein Problem lösen müssen, dass durch den Kollateralschaden entstand."

Heinscher zündete sich eine Zigarette an, nahm einen Zug und sagte: „Die Chargennummern gelten auch für die nächste Lieferung, ich habe bei Metz vorgesorgt."

Kapp musterte ihn: „Gut. Sehr gut. Dann können wir also loslegen." Er machte eine Pause und fragte wie nebenbei: „Wissen Sie auch, dass die Kommissarin aus Wiesbaden keine Ruhe gibt? Sie hängt an der Witwe."

Heinscher erhob sich: „Ich weiß. Aber die Witwe hat ganz andere Probleme." Er ging ein paar Schritte zum Fenster, schaute hinaus auf die Transporter, die eben den Hof verließen und sagte dann wie für sich: „Ihre Geldsorgen bringen sie um."

Florian bekam allmählich Hunger. Er saß jetzt schon über eine Stunde im Auto und beobachtete die Straße und den gegenüberliegenden Hauseingang, doch nichts rührte sich. Ein paar Autos waren vorbeigefahren, und er hatte darauf gelauert, dass eines davon stehen blieb und Frau Metz herausließ. Aber nichts dergleichen war geschehen. Er hätte sich was zu lesen mitnehmen sollen ... aber wahrscheinlich wäre diese Yvonne ins Haus geschlüpft, wenn er gerade den Kopf ins Buch steckte. Wenigstens an Proviant hätte er denken können. Solche Observationen sind ziemlich lästig. Normale Menschen machen sich keine Vorstellung davon, wie langweilig Polizeiarbeit sein kann. Von wegen Gefahr ist mein Geschäft! Dasitzen, glotzen und Kohldampf schieben, das war sein Job. Eine mitfühlende Freundin hätte ihm paar Brote und eine Thermoskanne Kaffee mitgegeben. Aber Carola kam so was überhaupt nicht in den Sinn. Die saß jetzt mit ihren neuen Schuhen im Kino und knurrte vor sich hin. Weil er eine attraktive Frau in einer Weinstube beschattete.

Warum eigentlich nicht? kam es ihm in den Sinn. Warum sollte ich nicht einen kleinen Appetithappen zu mir nehmen? Ausgehungerte Kripomenschen sind doch was Grauenhaftes. Diese Ausgemergelten jagen wie Kranke den Gaunern hinterher und vergessen darüber ihr leibliches Wohl. Und ihm fiel Hauptkommissar Mielke ein, der beleibte Mainzer Kollege, wie er vor ihm gesessen hatte, mit über`m Bauch verschränkten Händen. Ein Gegenbild, noch dazu von der andern Rheinseite, aber ein absolut nachahmenswertes Gegenbild. Wäre Mielke nackt gewesen, hätte er auch als Buddha durchgehen können.

Florian Wunder stieg aus. Es war inzwischen fast dunkel geworden, und die Straßenlaternen spendeten ein schummrig-gelbliches Licht. Der Nieselregen hatte aufgehört, und die Rheingaustraße lag einsam da. Wenn nicht ein paar Fenster erleuchtet gewesen wären, hätte man glauben können, dass sei Niemandsland hier und ausgestorben. Florian hatte zum Glück auf der Herfahrt gesehen, dass sich am Eingang der Straße, um die Ecke herum, ein Lokal befand. Dorthin lenkte er seine Schritte, ein hungriger Magen und eine durstige Kehle wissen schließlich, wo Barthel den Most holt. Vielleicht achtete Florian zu sehr auf seinen Hungermagen, denn als er eilig davonstob, entging ihm, dass die Tür jenes silberfarbenen Alfas leise geöffnet wurde, eine Person ausstieg, die Tür zudrückte und ihm folgte ...

Es war nicht das einzige, was Florian entging. Kaum waren er und sein Verfolger die Straße nach unten verschwunden, stieg eine dunkle Gestalt am Eingang einer Seitenstraße aus einem Opel Insignia, schaute ihnen hinterher, um dann auf Kreppsohlen zum Eingang des Hauses Nr. 43 zu gehen. Das Türschloss war für die Person kein Problem, offenbar besaß sie einen Nachschlüssel. Ohne im Flur den Lichtschalter zu betätigen, verschwand der Unbekannte nach oben in den ersten Stock, um dort ebenso problemlos die Metzsche Wohnung zu öffnen. Jetzt endlich machte die Person Licht – und nun konnte man sehen, dass es Alexander Heinscher war. Der leitende Angestellte von Kappmed kannte sich in der Wohnung offenbar aus, und er wusste anscheinend auch, dass Frau Metz ausgeflogen war.

Es war unübersehbar, dass er etwas suchte. Er ließ seinen Blick über Wohnzimmerschrank, Kommode, Sofa und Sessel schweifen, rührte aber nichts an. Jetzt griff er in seine Manteltasche und streifte sich Latexhandschuhe über. Er ging zielstrebig in die Küche, öffnete die Schubladen des Küchenschranks und griff suchend nach hinten, ob da etwas verborgen war. Er fand nichts und warf einen schnellen Blick auf seine Armbanduhr. Dann hob er einen Stuhl an den Wandschrank, stellte sich darauf und tastete die Decke des Schranks ab. Auch dort wurde er nicht fündig. Nachdem er den Stuhl wieder akkurat an den Tisch gestellt hatte, beugte er sich zu dem Schränkchen unter der Spüle, öffnete es und sah dort ein Putzmittel und hintendran zwei kleine Eimer. Er fasste zuerst in den einen – und bekam einen feuchten Putzlumpen in die Finger. Doch in dem anderen Eimer fühlte er einen trockenen Lumpen, der einen harten Gegenstand umschloss. Ein Lächeln zeigte sich auf Heinschers Gesicht. Er hatte gefunden, was er suchte. Und als er Putzlumpen aufwickelte, sah man, was sich darin befand: eine kleine Pistole.

„Ich weiß von ihrer Bronchitis", sagte Julia, „sie hat mir bei unserem letzten Treffen davon erzählt. Sie hatte im Café sogar einen bösen Hustenanfall."

Frau Graf sah sie betrübt an: „Aber ich hätte nie gedacht, dass sie daran stirbt."

„Soviel ich weiß sind mehrere Faktoren zusammengekommen ..." Julia wollte weitersprechen, ließ es aber sein, weil ihr einfiel, dass sie damit der alten Dame nur neuen Kummer bereiten würde. Doch Frau Graf vervollständigte das Unausgesprochene selbst: „Sie hatte auch Asthma, ja, und eine Lungenentzündung. Aber das sind doch heute keine tödlichen Krankheiten mehr. Wir leben doch nicht mehr im Mittelalter."

„Das dachte ich auch", erwiderte Julia, „aber ich musste mich belehren lassen. Es gibt so etwas wie plötzliche Tode."

Das Gesicht der alten Frau verzog sich zu einer weinerlichen Miene: „Ja, schon, aber warum denn ausgerechnet bei meiner Tochter! Der plötzliche Tod findet doch genug Opfer auf der Welt."

Julia musste lächeln – aber sie lächelte nach innen. Frau Graf sollte es nicht merken. Jeder steht sich selbst am nächsten, vor allem, wenn es um Krankheiten und den Tod geht, dachte sie. Besser ist es allemal, wenn andere krank werden oder sterben. Möglichst solche, die weit weg leben auf fernen Kontinenten. Dort, wo man es nicht mitkriegt. Dort, wo man eben an Allerweltskrankheiten stirbt. Dort, wo man mit einem Achselzucken über solche Tode hinweggeht.

Julia stand vom Tisch auf und sagte der alten Dame zum Trost: „Sie haben schon Recht, aber wir müssen uns damit abfinden, dass der Tod unberechenbar ist. Leider."

Frau Graf rutschte spürbar in sich zusammen, als hätte sie soeben erfahren, dass auch die Kommissarin ihre Tochter nicht mehr ins Leben zurückrufen konnte.

„Wo sind denn die Medikamente ihrer Tochter?", fragte Julia.

„Im Bad." Die alte Dame hob ihre Hand und deutete auf die Wand, an der ein Kühlschrank stand. Dahinter befand sich offenbar das Bad.

„Darf ich mir die Sachen mal ansehen?"

Frau Graf hob den Kopf und nickte.

Julia verließ die Küche und ging nach drüben. Claudia Grafs Badezimmer sah ein bisschen unaufgeräumt aus. Eine Reihe von Schminkutensilien und Flakons standen verstreut neben dem Waschbecken, einige BHs hingen auf einer Leine in der Dusche, und auf der Waschmaschine lagen etliche Slips herum. Das Ganze wirkte sehr weiblich. Eine Komposition wie in meinem Bad, ein Stillleben besonderer Art, ging es Julia durch den Kopf. Sie öffnete ein Schränkchen neben dem Spiegel, und schon fielen ihr einige Schächtelchen und Briefchen entgegen. Seltsame Ablage, dachte Julia und sah sich die Kuverts an. Es waren sechs Stück, die alle denselben Adressaten und dieselbe Adresse zeigten. Den männlichen Namen auf den Kuverts hatte Claudia einmal erwähnt, es war ihr Freund, der nach New York übergesiedelt war, dorthin sollten auch die Briefe gehen. Komisch waren nur die fehlenden Briefmarken. Sie hatte ihrem untreuen Freund offenbar Briefe geschrieben – aber diese nie abgeschickt. Eine gute Methode, um Abstand zu gewinnen, nnierte Julia. Sie strich mit den Fingern über die Kuverts, es befand sich nichts anderes als Papier darin. Und öffnen würde sie die Briefe auf keinen Fall – das wäre ein zu intimer Eingriff gewesen.

Aber was befand sich in den Schächtelchen? Es waren Arzneien, die ihre Freundin offenbar dringend benötigt hatte. Julia kam sich vor wie bei ihrem Vater, dem sie auch die Medikamente kontrollierte. Aber hier konnte sie nichts mehr ordnen und dosieren, ihre Freundin war tot. Sie legte die Schächtelchen nebeneinander. Da war ein Mittel gegen Bronchitis, ein Spray gegen Asthma, und ein weiteres Medikament gegen hohen Blutdruck ... Julia stutzte. Hoher Blutdruck? Hatte Claudia unter hohem Blutdruck gelitten?

An der Tür erschien die alte Frau Graf: „Haben Sie was gefunden?“

„Ich wusste gar nicht, dass ihre Tochter mit hohem Blutdruck zu tun hatte.“

Die alte Dame seufzte: „Der Stress in der Agentur! Der war schuld. Der hat ihren Blutdruck hochgetrieben.“

Julia nahm ein weiteres Schächtelchen in die Hand, es war ein Antibiotikum mit dem Namen Nivalux. Sie öffnete die Packung, im aufgerissenen Blister befanden sich noch zwei Tabletten.

„Haben Sie etwas dagegen, wenn ich diese Medikamente mitnehme?“, fragte Julia Frau Graf.

„Glauben Sie denn, die Sachen haben etwas mit ihrem Tod zu tun?“, fragte Frau Graf zurück.

„Nein“, beruhigte Julia sie, „es ist nur für alle Fälle.“

„Ach, meine Claudia wird dadurch auch nicht lebendig“, klagte die alte Dame und machte eine Geste, als könne Julia alles einpacken, was ihr wichtig erscheint.

Das Lokal in Oestrich war wunderbar. Ganz nach Florian Wunders Geschmack. Da konnte man Adils Dönerimbiss in Wiesbaden glatt vergessen. Er ließ sich einen Rehgoulasch schmecken und trank dazu einen köstlichen Johannisberger Riesling. So gefiel ihm die Observation der Frau Metz schon viel besser. Diese Wirtschaft sticht doch jede Dönerbude aus, ging es ihm mit dem letzten Schluck Wein durch den Kopf, hier sollte ich jeden Tag speisen und nicht in Wiesbaden an irgendwelchen Ecken Fastfood in mich stopfen. Er überlegte, ob er sich vielleicht ein weiteres Glas Wein gönnen sollte – aber verstieß den Gedanken. Schließlich war er beruflich unterwegs. Er musste noch ein bisschen observieren, wahrscheinlich erfolglos, und irgendwann konnte er beruhigt zurückfahren. Auftrag erfüllt, Observation beendet. Ein Polizeibeamter mit Alkohol im Blut, das machte sich nicht gut.

Florian griff sich mit beiden Händen an den Bauch und ächzte lustvoll auf. Dann hob er den rechten Zeigefinger in Richtung Bedienung. Eine korpulente Frau mit glänzendem Gesicht und einer Schürze um die Taille kam näher: „Na, hat's geschmeckt?“

„Sehr gut war's. Ich hab grad beschlossen, dass ich Dauergast bei Ihnen werde.“

„Dess freut mich. So habbe mir's gern. Und bringe Sie ruhig noch jemand mit.“

Carola? fragte sich Florian, ob ich die mal mitnehme? Ein Versöhnungsessen würde sich gut machen, da könnte sie nichts dagegen haben. Wir fahren auf Observation nach Oestrich! Das wird dir gefallen. Schließlich ist die Wirtin hier unverdächtig, da weder jung noch schön. Und das Lokal selbst macht nicht den Eindruck, als würden hier wilde Sexpartys gefeiert werden, nachdem jeder seine Portion Rehgoulasch oder Wildschwein verdrückt hatte. Florian bemerkte nicht, dass eine Person an einem Tisch in der Ecke aufstand und am Tresen ihre Rechnung beglich. Offenbar wollte sie vor ihm das Lokal verlassen.

Kommissar Wunder war mit sich im Reinen, nachdem er bezahlt hatte und draußen auf der Straße stand. Bei aller Observation muss der Mensch schließlich leben, auch einem Kommissar kann man kulinarische Wohlfühl-Erlebnisse nicht verwehren. Es war finster geworden, sogar stockfinster – die Laternen blinzelten im Sparmodus, nur eine am Ende der Straße spendete schummriges Licht. Er stapfte gemessenen Schrittes zurück in die Rheingaustraße zu seinem Corsa und wollte gerade die Tür öffnen, als er mit einem Blick nach oben zum Fenster der Frau Metz bemerkte, dass dort Licht brannte. Die Lady ist da, dachte er, also doch nicht im Taunus verschwunden oder über den Rhein hinweg in der Pfalz versackt. Da wollen wir doch mal anklopfen. Er ging über die Straße hinweg zur Haustür und überlegte, ob er klingeln oder doch besser einen anderen Weg ins Haus finden sollte – als sich die Tür von ganz allein öffnete. Drinnen war es dunkel, da musste gleich einer das Licht anmachen. Florian tastete sich in den Eingang hinein, die Tür sackte hinter ihm lautlos ins Schloss – und in dem Moment erwischte ihn der Schlag. Er spürte plötzlich einen Schmerz am Hinterkopf, so stark, dass er die Engel singen hörte, während es schwarz um ihn wurde, und er reglos umkippte ...

7

Julia Held wollte gerade den Telefonhörer abnehmen und eine Nummer eintippen, als Kriminaldirektor Feuer in ihr Büro stürzte. Natürlich ohne anzuklopfen.

Sofort legte er los: „Ich habe da was für Sie! Das ist ein Fall wie für Sie geschaffen. Er nimmt gerade größere Dimensionen an ..."

„Guten Morgen", fiel ihm Julia ins Wort und legte den Hörer wieder zurück, „aber ich bin noch stark mit dem Weinbergsfall beschäftigt ..."

Jetzt unterbrach Robert Feuer sie: „Ich dachte, die Sache sei längst abgeschlossen! Es ist höchste Zeit, dass Sie die Akte zuklappen!"

„Würde ich ja gern tun, aber es gibt neue Indizien ..."

„Indizien, Indizien! Indizien bringen in den seltensten Fällen weiter. Die werden doch meist von der Gegenseite zerpflückt."

Feuer blickte sich im Raum um: „Wo ist übrigens Kommissar Wunder? Ich habe ihn schon seit Tagen nicht mehr gesehen. Ist er verschollen?"

„Das ist leicht übertrieben. Kollege Wunder observiert. Ich habe ihn nach Oestrich geschickt."

Robert Feuer spitzte die Lippen: „In den Rheingau? Na, da wissen wir ja, wo wir suchen müssen ..." Er wollte eigentlich weitersprechen, verkniff sich aber die Fortsetzung des Satzes. Doch Julia ahnte, was er zu sagen beabsichtigte. Sie sah ihn streng an: „Sie wissen doch genau, dass Herr Wunder mustergültig in seiner Arbeit ist! Der gönnt sich nicht mal ein trockenes Brötchen bei einer Observation."

„Ja, ja, natürlich", beschwichtigte Feuer sofort, um sofort wieder auf Angriff zu schalten: „Warum hängen Sie eigentlich immer noch an dem Weinberg-Toten? Sind Sie persönlich an dem Fall interessiert?"

Julia schüttelte den Kopf und log ohne mit der Wimper zu zucken: „Nein. Aber die Firma, bei der Metz gearbeitet hat, kommt mir nicht ganz koscher vor. Außerdem ist seine Witwe bedroht worden und geflüchtet."

„Ja und? Was steckt dahinter?"

„Es könnte die Wettmafia sein. Metz hatte Spielschulden."

„Die Wett-ma-fia." Feuer dehnte das Wort in die Länge, als hätte es ein besonders angenehmes Aroma, das er auskosten wollte. Dann schob er nach: „Das ist allerdings interessant. Eventuell doch ein Fall, mit dem wir punkten können.“

Er beugte sich vor und stützte sich mit den Händen auf Julias Schreibtisch: „Beordern Sie den Kollegen Wunder aus dem Rheingau zurück! Genug Rheingau. Ich will hören, was diese Wettwitwe weiß.“

Er drehte sich um und ging zur Tür. Im Abgehen murmelte er: „Vielleicht ist doch mehr dran an der Sache. Machen Sie weiter, Frau Kollegin. Ich habe volles Vertrauen in Sie.“

Kaum war Robert Feuer aus der Tür, hob Julia aufs Neue den Telefonhörer hoch. Wo steckte Florian? Sie wollte es Feuer gegenüber natürlich nicht zugeben, aber sie fragte sich selbst, wo ihr Mitarbeiter blieb. Musste sie sich Sorgen machen? Sie rief seine Handynummer an, aber da ging keiner dran. Etwas ungewöhnlich war das schon. Sie stand auf und machte ein paar Schritte zum Fenster. Es regnete nicht, doch der Himmel war bedeckt. Immerhin konnte sie in der Ferne den Neroberg erkennen. Ab und zu brauchte sie den Fensterblick. Dabei kamen ihr die besten Gedanken. Und auch jetzt kehrte sie nach kurzer Zeit zu Schreibtisch und Telefon zurück und wählte eine ganz bestimmte Nummer ...

Heinscher schloss die Tür des Büros von Dr. Kapp und ihm ging durch den Kopf, warum sein Chef nicht nachgefragt hatte. Eigentlich hätte er doch Genaueres in Erfahrung bringen müssen. Ihre Geldsorgen bringen sie um, hatte er, Heinscher, gesagt – und diese Bemerkung war als Köder gedacht. Aber Kapp hatte den Köder nicht geschnappt, er hatte ihn links liegen gelassen. Konnte es sein, dass Kapp über die Geldsorgen der Witwe Metz besser als er Bescheid wusste? Wo war die Riesensumme, die Metz bekommen hatte, geblieben? Spielte die Witwe ein Versteckspiel? Oder sogar ein doppeltes Spiel? Eigentlich unmöglich bei ihrem dürftigen Verstand. Andererseits – diese Frau war ein gerissenes Luder und besaß Bauernschläue. Sie hatte den Geruch der Knete in die Nase bekommen, und wenn sie im Besitz der Kohle war, dann wollte sie sie festhalten und auf keinen Fall mehr herausgeben. Aber das konnte gefährlich werden, sowohl für sie wie für Leute, die ihr intime Fragen stellen wollten wie diese Wiesbadener Kommissarin und ihr Gehilfe. Heinscher ging langsam den Gang von Kapps Büro zurück, als ihm schließlich ein weiterer Gedanke kam. War es eventuell möglich, dass Kapp mit der Witwe unter einer Decke steckte ...?

Als Florian zu Bewusstsein kam und die Augen öffnete, war es dunkel um ihn herum und sein Kopf schmerzte, als würde jemand von innen gegen die Schädelwand picken.

Aber ich scheine zu leben, überlegte er, wer Schmerz spürt kann noch nicht tot sein. Jedenfalls hab ich das mal gelesen. Als Leser ist man halt immer im Vorteil, selbst in so einer Situation. Jetzt kam ihm ein Geruch in die Nase ... dem Himmel sei Dank, seinen Geruchssinn hatte er nicht verloren. Und es roch gar nicht unangenehm. Es roch nämlich nach Wein. Es roch sogar stark nach Wein. Wo befand er sich? Hatte man ihn in einen dunklen Weinkeller geworfen? Er wollte sich aufrichten, stellte aber fest, dass seine Hände auf dem Rücken gefesselt waren. Er tastete mit den Fingerspitzen auf dem Boden entlang ... das fühlte sich nicht nach Beton an, nicht nach glattgestampfter Erde, sondern – nach Holz. Gab es Weinkeller mit Holzböden? War er in einem exquisiten Teakholz-Weinkeller gelandet? Er drückte sich mit den Fingern vom Boden ab und versuchte aufzustehen – aber sein Kopf stieß sofort an eine Grenze. An eine schmerzhafte Grenze, wie er zurücksinkend feststellte. Da musste über ihm ein Deckel sein. Er stieß mit seinen Füßen nach der Seite. Auch dort eine Begrenzung. Er drehte sich herum und probierte es nach der anderen Seite. Jetzt wurde ihm seine Lage klar. Er war in einen Bottich gesperrt, in ein Fass möglicherweise. Daher rührte der Weingeruch. Vielleicht wollte man ihn demnächst im Wein ertränken. Eigentlich kein so unangenehmer Tod – wenn es denn ein guter Rheingauer wäre.

Wie komme ich hier heraus?, überlegte Florian. Mit dem Kopf durch den Deckel stoßen? Nee, dafür ist mein Kopf zu schade. Er drehte sich nach unten und streckte die Beine nach oben aus. Tatsächlich erreichten sie den Fassdeckel. Er trat heftig aus. Nichts passierte. Das obere Teil rührte sich nicht. Jetzt stellte er fest, dass es heller wurde in seiner dunklen Behausung. Durch die Ritzen des Fasses fiel schwaches Licht. Bekam er Besuch? Hatte man vielleicht Kerzen angezündet? Er lauschte, ob er Schritte hörte, aber draußen blieb es still. Er spannte sich an und trat wieder gegen den Verschluss seiner unfreiwilligen Behausung. Noch einmal und noch einmal – und da schließlich gab der Deckel seinen Widerstand auf, löste sich und fiel nach der Seite ab.

Florian schaute in seiner gekrümmten Lage von unten nach oben, und was er sah war nicht die schwarze Decke eines Gewölbekellers, sondern der Himmel. Ein Himmel, der sich aufhellte und gerade die Nacht verabschiedete. Er drehte sich so, dass er auf den Füßen zu stehen kam und richtete sich auf. Aber mit gefesselten Händen konnte er sich nicht herausschaffen, er musste ... es half nichts ... er musste das Fass umkippen. Er verlagerte sein Gewicht auf eine Seite, seine Behausung hob sich knarzend und fiel schließlich um. Nur schnell raus jetzt, wer weiß, wo er war. Vielleicht stand das Fass an einem Abhang, und er könnte mit ihm davonrollen, irgendwohin, wo er nicht willkommen war.

Kommissar Wunder schob sich eilig nach draußen, und nun stellte er fest, dass er auf feuchtem Boden lag, und um ihn herum sah er Weinreben. Kein Zweifel, man hatte ihn in einem Weinberg abgeladen. Er setzte sich auf und schnaufte durch. Erstmal die gute Luft genießen und die Weinfassatmosphäre wegatmen. Sein Handy in der Jackentasche klingelte. Aber er kam nicht dran. Gefesselt zu sein hat gewisse Nachteile beim Telefonieren. Ihm ging durch den Kopf, ob er vielleicht mit seiner Nase an die Tasten kommen konnte, doch da verstummte der Apparat. Florian drehte sich zur Seite. Da lag das Fass und machte keine Anstalten wegzurollen. Diese Leute, die ihn überfallen hatten, kannten keinen Respekt, aber auch gar keinen. Einen Kommissar des Polizeipräsidiums Westhessen in ein Weinfass zu sperren und seinem Schicksal überlassen – das war ziemlich uncool.

Er stand auf. Die Hände auf dem Rücken musste er noch freibekommen. Aber wie? Er könnte einfach ins nächste Dorf laufen: „Binden Sie mich los. Ich komme aus einem Weinfass. Aber ich bin eigentlich Kripobeamter." Na ja, das wäre etwas unwürdig. Die Polizei besaß sowieso schon einen schlechten Ruf. Er sollte sich besser auf einen spitzen Stein setzen und die Fessel per Rubbeln durchtrennen. Aber wo in diesem Wingert fand er einen spitzen Stein? Sein Blick irrte auf dem lehmigen Boden umher, er ging die grünen Reihen entlang, wo die Trauben nur auf die Ernte warteten – und da auf einmal spürte er seinen trockenen Mund und seine ausgedörrte Kehle.

Er war durstig, sogar unbändig durstig, wie er jetzt feststellte, und diese Träubchen, die da vor ihm hingen, waren voller Saft und konnten den Durst lindern. Florian beugte sich hinunter zu einer Rebe und bekam mit dem Mund eine dieser herrlichen Trauben zwischen die Lippen. Er biss sie ab und ließ die Traube langsam am Gaumen zergehen. Eigentlich eine wunderbare Gegend, in der ich lebe, ging es ihm durch den Kopf. Nach einem Überfall wird man in einen Weinberg geworfen und kann sich mit schmerzendem Schädel an einer Rieslingstraube laben ...

Da schnitt eine scharfe Stimme in seine Gedanken: „Was mache Sie dann da?“

Julia Held saß im Auto. Sie hatte noch einmal versucht, ihren Assistenten Wunder anzurufen – ohne Erfolg. Später würde sie es noch einmal probieren. Jetzt dachte sie schon an ihren nächsten Termin. Die Person, mit der sie sich gleich treffen wollte, kannte sie nicht persönlich. Aber sie hatte recherchiert und herausgefunden, dass er auf seinem Gebiet ein Fachmann war. Und sie erhoffte sich von ihm einige Auskünfte, die sie weiterbringen würden.

Sie musste über den Rhein, hatte die Schiersteiner Brücke schon hinter sich gelassen, fuhr von der Mombacher Straße jetzt die Wallstraße hinauf, wo um die Ecke herum ihr Ziel lag. Sie steuerte auf den Parkplatz, stieg aus und schaute auf das ausufernde Bauwerk, das sich in alle Richtungen und sogar auf die andere Straßenseite erstreckte. Der Südwestrundfunk in Mainz. Früher mal ein kleiner Sender, heute ein Gigant – jedenfalls von der Gebäudewucherung her gesehen. Kein akustischer Tempel mehr, sondern ein audiovisueller Palast.

Julia fand schnell die Kantine, in der sie sich verabredet hatten. Sie befand sich im hinteren Teil des Senders, und die Kommissarin erkannte Jörg Fredenthaler sofort. Er hatte von seiner prominenten Nase und der Stirnglatze gesprochen, die ihn auswiesen, aber das war sowohl über- wie untertrieben. Denn die Nase war ein steiler und nicht besonders langer Zinken, und oben herum besaß der Mann nur noch einen schmalen Haarkranz, der wie ein Trauerflor seinen Schädel umschloss. Zahnschmerzen waren das wenigste, was man bei ihm diagnostizieren konnte, wenn man ihn so sah. Er musste um die fünfzig sein, wirkte aber älter, irgendwie zusammengefallen. Frohe Stunden schien der nur vom Hörensagen zu kennen. Kein echter Mainzer offenbar. Egal, das war kein Liebesdate, sondern eine berufliche Verabredung.

„Herr Fredenthaler?“, fragte sie.

Er nickte, und sie stellte sich ihm vor. Er bot ihr den Platz ihm gegenüber an und fragte, ob sie einen Kaffee wolle.

„Sehr gern."

Sofort eilte er davon und wirkte nun auf einmal nicht mehr so gebrechlich wie beim ersten Anblick. Er kam auch schnell wieder mit einem Becher und Milchkännchen zurück. Eine Zuckerdose stand auf dem Tisch.

„Wie sind Sie auf mich gekommen?", fragte er.

„Sie sind ein ausgewiesener Medizin-Journalist, und ich habe einiges von Ihnen online gelesen."

Jörg Fredenthaler nickte zufrieden. Eine solche Bestätigung der eigenen Arbeit hört man doch immer gern. Er hatte häufig den Eindruck, dass seine Sendungen überhaupt nicht zur Kenntnis genommen wurden. Die Leute wollten nur über Gesundheit etwas wissen, aber nichts über Krankheiten.

„Ach, wissen Sie, die Situation in der medizinischen Versorgung heute ist übel", begann er zu reden, „Fallpauschale, Fangprämien, Organhandel – der Patient wird zur Ware, und die Kranken misstrauen nicht ohne Grund den Halbgöttern in Weiß."

„Tatsächlich?", warf Julia ein.

„In Deutschland gibt es überdurchschnittlich viele Apotheken und überdurchschnittlich viele Krankenhausbetten – gemessen am europäischen Schnitt. Und trotzdem beißen die Deutschen früher ins Gras als die Bewohner anderer EU-Länder. Ist das nicht merkwürdig?"

„Vielleicht ist die Todessehnsucht bei uns stärker ausgeprägt?", fragte Julia.

Fredenthaler sah sie interessiert an, seine Mundwinkel zeigten ein schiefes Grinsen: „Entweder haben Sie Witz, oder Sie sind Zynikerin. Berufskrankheit, was?"

„Ich hab mich nur um eine Erklärung bemüht", erwiderte Julia förmlich.

„Erklärungen sind meist einfacher, als man denkt. Und dabei habe ich noch gar nicht von den Krankenkassen gesprochen."

„Erzählen Sie mir was!"

Fredenthaler nahm einen Schluck aus dem Kaffeebecher: „An dem Finanzdesaster unseres Gesundheitswesens sind zum großen Teil die Krankenkassen schuld. Es geht los bei den hohen Gehältern für die Funktionäre, die sich am liebsten selbst die Taschen voll stopfen, setzt sich fort über die Wucherpreise, die unsere

Kliniken zahlen müssen für alles was sie brauchen, vom Putzlappen über Latexhandschuhe bis zum Röntgengerät und endet bei Abrechnungsschwindel und Rezeptbetrug ..."

„Augenblick mal", unterbrach ihn Julia, „Rezeptbetrug geht doch von den Ärzten aus."

„Ja, natürlich, aber die Kassen kennen ihre schwarzen Schafe, zeigen sie aber fast nie an. Im Gegenteil, sie decken meist notorische Betrüger. Und wenn was rauskommt, wollen sie von nichts gewusst haben."

Julia nickte nachdenklich.

„Außerdem haben die Krankenkassen mit großer Lust Verwaltungswasserköpfe geschaffen. Wussten Sie, dass die Verwaltung unserer Ersatzkassen mehr als sieben Milliarden Euro pro Jahr verschlingt?"

Julia schüttelte den Kopf: „Nein."

„Diese Funktionäre gehen mit dem Geld ihrer Versicherten um, als hätten sie es zu Weihnachten geschenkt bekommen. Die schicken ihre Leute schon mal zu einem Kongress nach Acapulco – in Mainz-Hechtsheim kann man so was ja nicht machen. Zu billig."

„Interessant", bemerkte Julia, „das war mir nicht klar."

„Wenn im deutschen Gesundheitswesen Geld zum Fenster rausgeworfen wird, werfen die Krankenkassen fleißig mit. Davon können Sie ausgehen. Die Kassen haben lange Jahre die Korruption im Medizinbetrieb mit allen Kräften angefeuert."

„Aber heute müssen die Ärzte doch das Billigste verschreiben, diese sogenannten Generika."

Fredenthaler nickte müde: „Ja, ja, die Bedürfnisse der Patienten sind den Kassen egal." Er machte eine Pause: „Haben Sie denn ein konkretes Interesse?"

Julia trank vom Kaffee: „Sie kennen doch die Eusebios-Klinik hier in Mainz. Da gab es sogenannte plötzliche Todesfälle ..."

„Ja", fiel er ihr ins Wort, „damit habe ich mich beschäftigt. Das sind tragische Fälle, aber soweit ich recherchiert habe, ging alles mit rechten Dingen zu. Die Patienten, die verstarben, wurden alle ordnungsgemäß behandelt."

„Das sagte man mir auch ...", erwiderte Julia und ließ den Satz offen.

„Sie zweifeln?"

„Ich bin Laie, deshalb wende ich mich an Sie."

Fredenthaler räusperte sich: „Wir alle kennen ja die Berichte in der Boulevard-Presse. Mann starb nach Leistenbruch-Operation an den Folgen einer Blutvergiftung. Frau wurde ein Loch in Blase und Darm geschnitten. Patientin wurde Gallenblase entfernt – danach starb sie an allergischer Überreaktion. All diese Sensationsmeldungen sind zwar nicht erfunden, aber sie stimmen meist auch nicht ganz ..."

„Wenn sie nur halb stimmen, genügt es schon, sich vor Krankenhäusern zu fürchten", warf Julia ein.

„Schon richtig, ich bin ja auch nicht deren Anwalt, aber der Eusebios-Klinik ist nichts vorzuwerfen. Man hat da vor Jahren einmal resistente Keime entdeckt und sofort das ganze Haus desinfiziert und strenge Hygiene-Vorschriften erlassen ..."

„Resistente Keime? Was bewirken die?"

„Sie können für Patienten gefährlich werden, deren Immunsystem geschwächt ist."

„Kann das bei den Verstorbenen nicht der Fall gewesen sein?"

„Das ist untersucht worden und wenn man die kleinste Spur gefunden hätte, wäre es sofort in die Medien gekommen. Aber die Verstorbenen hatten sich nicht mit Keimen infiziert. Wie etwa in Bremen die Neugeborenen ..."

„Die Frühchen dort, ich erinnere mich", warf Julia ein.

„Ein Riesenskandal. Die Eltern eines Frühchens haben per Videokamera eine Szene gefilmt, die zum Beweis wurde. Die nackten Hände einer Krankenschwester greifen in den Brutkasten, eine Verpackung wird aufgerissen, eine Spritze gesetzt."

Julia fühlte sich erschöpft und nahm einen Schluck vom Kaffee. Er war nur noch lauwarm.

„Wie kommen überhaupt Keime in Krankenhäuser?", fragte sie.

„Ganz einfach. Durch die Besucher. Keime haften an Händen, Türklinken, Kitteln, Handys – überall."

„Am Ende sind noch die Besucher schuld, wenn die Patienten sterben", erwiderte Julia mit ironischem Tonfall.

Ihr Gegenüber blieb sachlich: „Helfen kann nur gründliche Hygiene. Das gilt für Besucher wie für das medizinische Personal. Vor dem Kontakt mit Kranken sollte man sich immer die Hände desinfizieren."

Sie sah ihn erstaunt an.

„Das ist viel zu wenig bekannt, ich weiß", erklärte Fredenthaler mit ernster Stimme, „und man sollte sich nicht scheuen, die

Ärzte vor einer Behandlung zu fragen, ob sie sich die Hände gewaschen und desinfiziert haben."

„Vielleicht hilft mir das in der Zukunft", erwiderte Julia und dachte dabei an ihren Assistenten Florian. Wenn sie dem das mitteilte, würde der seinem Arzt Latexhandschuhe mitbringen, sie ihm selbst überstreifen und nachprüfen, ob sie auch exakt sitzen.

„Gut, soweit bin ich informiert", sagte sie, „ich wollte Sie aber noch etwas anderes fragen ..."

„Was mache Sie dann da?", wiederholte die Stimme.

Florian schaute auf, den Mund voller Trauben, die er hastig zerbiss und herunterschluckte.

„Der Durst hat mich geplagt. Ja, und der Hunger auch", antwortete er.

Der Mittsechziger, der sich ihm mit Gummistiefeln und einem Stock in der Hand näherte, schaute ihm skeptisch entgegen. Einige Meter vor ihm machte er Halt. Es war ganz offenbar ein Weinbauer, der seinen Besitz inspizierte und nachsehen wollte, wie es um seine Trauben bestellt war.

„Durst? Hunger? Und da mache Sie bei mir im Wingert rum?"

„Der Schein trügt", erwiderte Florian, „ich bin hier ausgesetzt worden ..."

„Ausgesetzt?"

Jetzt schob der Mann seine Mütze in den Nacken und seine Miene verriet, dass er scharf nachdachte.

„Sie sind ein Dieb", stellte er nach einigen Sekunden fest.

Ein Schnelldenker, dachte Florian, ausgerechnet ich muss immer an solche Typen geraten.

„Mundraub!", erklärte er, „das war Mundraub. Und ich bin von der Kripo."

Jetzt lachte der Weinbauer: „Dess werd ja immer besser! Der Herr Kriminaldirektor begeht Mundraub und fährt dadezu in en Weinberg."

„Es ist ganz anders, als Sie denken!" Florian ging zwei Schritte auf den Mann mit der Mütze zu. Der aber hob seinen Stock und rief: „Bleibe Sie, wo Sie sind. Gefährliches Pack kommt mir nicht in Körpernähe."

„Ich will Ihnen doch nur was zeigen!"

Florian drehte sich um, damit der Andere seine Fesselung sah. Der aber blieb ungerührt: „Und dess soll mich überzeugen?"

„Man hat mich niedergeschlagen und gefesselt. Und dann im Weinberg abgeladen. In einem Fass. Dort vorne liegt es."

Der Weinbergsbesitzer setzte wieder seine nachdenkliche Miene auf. Florian starrte ihn böse an. Nach einer Weile intensiven Nachdenkens sagte der Mann mit der Mütze: „Was soll ich Ihne dann noch alles glaube? Halte Sie mich für doof?"

„Nein, natürlich nicht", erwiderte Florian und dachte an seinen Psychologie-Kurs auf der Polizeischule. Man darf solche Zweifler, erinnerte er sich, nicht mit der Brechstange behandeln. Man muss Ihnen mit sanfter Stimme klarmachen ... ja, was eigentlich? Dass sie behämmerte Doofköppe sind? Die einen Kommissar nicht von einem Kriminellen zu unterscheiden wissen?

„Ich verstehe Sie ja", sagte Florian gütig, „mir ginge es nicht anders in Ihrer Situation. Aber Sie können sich ganz leicht überzeugen, wer ich wirklich bin. Sie brauchen nur in die Brusttasche meiner Jacke zu greifen. Da steckt mein Ausweis."

Der Weinbauer sah ihn zweifelnd an.

„Ich bin gefesselt!", erklärte Kommissar Wunder.

„Ihr Brüder könnt doch Karate. Wenn ich näher komm, springe Sie mir noch ins Gesicht."

Florian seufzte auf und fing an zu grübeln, wie er den Mann knacken könnte. Es musste doch irgendetwas geben, was diesen Weinbauer von seiner Unschuld überzeugte ...

„Sicher kann ich Ihnen etwas zur Situation in der Branche sagen", erklärte der Medizin-Journalist und ließ seinen Blick durch die Kantine schweifen.

Hielt Fredenthaler nach jemand Verdächtigen Ausschau? Wer sollte das sein? Hier in der SWR-Kantine lungerten höchstens resistente Keime auf Kaffeebechern und Kuchentellern.

„Es ist schwieriger geworden", teilte er ihr leise mit.

„In der Arzneimittelbranche? Ich dachte, die boomt."

Er trank vom Kaffee und beugte sich vor: „Sie wissen, dass jedes Medikament Nebenwirkungen hat?"

Julia nickte zögernd.

„Ohne Nebenwirkung keine Hauptwirkung, das ist ein Grundsatz, der jedem Arzt geläufig ist. Häufig kann man die Nebenwirkungen vernachlässigen. Es gibt aber auch unerwünschte Arzneimittelwirkungen. Jetzt sage ich Ihnen etwas, was die meisten Leute nicht wissen und worüber die Pharma-Hersteller einen Mantel des Schweigens legen. Die Todesrate durch Nebenwirkungen von Medikamenten ist um einiges höher als etwa die der gefürchteten EHEC-Keime ..."

„Meinen Sie diese Gurken-Epidemie?"

„Na ja, eine Epidemie war es nicht gerade ..."

„Gefühlsmäßig schon. Jedenfalls hat doch keiner mehr Gurken oder anderes Grünzeug gegessen."

„So etwas kann immer wieder vorkommen, und dann ist das Geschrei groß", erwiderte er, „da können wir uns gar nicht dagegen schützen."

Fredenthaler machte eine Pause: „Aber die Sterblichkeit durch unerwünschte Nebenwirkungen von Medikamenten – die ist höher einzuschätzen."

„Tatsächlich?"

„Darüber wird nicht gesprochen, schon gar nicht laut. Man will die Pferde nicht scheu machen."

„Die Patienten."

„Na klar, die Patienten. Und solche Leute wie mich. Die das eventuell veröffentlichen."

Jetzt beugte sich Julia ein wenig zu ihm vor, sodass man fast den Eindruck haben konnte, ihr Treffen sei konspirativ.

„Was wissen Sie noch?", fragte sie.

„Unser ganzes Gesundheitssystem leidet unter starkem Kostendruck", erklärte Fredenthaler und verzog dabei den Mund, als litte er selbst auch darunter. „Zwischen den Krankenkassen gibt es kein kollegiales Miteinander – da herrscht Krieg, eine scharfe Konkurrenz ..."

„Ist da so schlecht?", warf Julia ein.

„Die Kassen schließen alle paar Monate neue Verträge mit Pharma-Herstellern ab – und wer bekommt den Zuschlag?"

Julia hob die Schultern: „Sagen Sie es mir."

„Die billigsten natürlich, und das sind immer jene, die Nachahmer-Produkte anbieten, sogenannte Generika."

Das wusste Julia schon, aber sie fragte trotzdem: „Und sind diese Generika gefährlich?"

„Nein, natürlich nicht. Sonst dürften sie gar nicht verkauft werden. Die Situation ist viel vertrackter. Dadurch, dass neuerdings so viele Generika auf dem Markt sind, können die Patienten die Mittel verwechseln, die sie einnehmen müssen ..."

„Das kommt mir bekannt vor, ich kenn das von meinem Vater."

„Na, bitte! Es ist nicht selten, dass dreimal dasselbe Medikament auf dem Nachttisch liegt, aber die Packungen unterschiedlich aussehen. Die Oma, die die Pillen nehmen muss, denkt natürlich, es seien drei verschiedene Arzneien und verdrückt sie alle. Nach dem Motto: Viel hilft gegen viel. Es gibt Fälle, wo aus diesen Gründen jemand gestorben ist ..."

„Die Patienten müssen also mehr aufpassen", sagte Julia.

„Und wie! Auch auf Wechselwirkungen. Auf dem Markt ist zum Beispiel ein Fettsenker, ein Mittel, das den Cholesterinspiegel senkt. In Verbindung mit anderen Medikamenten kann es tödlich wirken."

„Aber der Arzt klärt doch da auf?"

„Wollen wir's hoffen. Die Halbgötter in Weiß sind oft überlastet. Aufs platte Land wollen sie schon gar nicht mehr, da ist nicht mehr viel zu holen."

Er hielt inne und griff nach seinem Kaffeepott. Julia ging ihr Vater durch den Kopf. Eltville – war das etwa schon plattes Land? Musste sie noch genauer die Medikamente des Vaters kontrollieren?

„Hinzu kommt, dass viele Leute heute im Internet ihre Medikamente kaufen", sprach Fredenthaler weiter, „sie glauben, da sei es billiger." Er schickte seinem Satz ein hüstelndes Lachen hinterher.

„Ist es das nicht?", fragte Julia.

„Vielleicht ... aber nehmen wir mal Viagra ...." Er machte eine Pause, grinste anzüglich und schob nach: „... oder ähnliche Aufbaupräparate. Wenn man so was im Internet bestellt, weiß man nie, was man bekommt."

„Tatsächlich? Was wird da verschickt? Was schlucken die Männer denn?"

„Die Packungen sehen dem echten Viagra täuschend ähnlich, aber ob was Aufbauendes für die Potenz drin ist steht in den Sternen."

„Das müssen die Männer doch merken."

Fredenthaler zog ein Gesicht, als würden ihn die Zahnschmerzen wieder bedrängen: „Die Empfänger sind doch alle Laien. Und glauben Sie, dass sich die Männer anschließend beschweren, weil es doch nicht klappt?" Er stellte seinen Zeigefinger auf –

eine Geste, die Julia vollkommen überflüssig fand. Dann sprach er weiter: „Die getrauen sich doch nicht zu protestieren, die denken viel eher, dass es an ihnen liegt. Nix geht mehr – Lendenlahm bleibt Lendenlahm. Und Viagra hilft halt auch nicht mehr, richtet sie gewissermaßen nicht auf ..."

„Wissen Sie was", sagte Florian und versuchte, einen sympathischen Ton in seine Stimme zu zwingen, „Sie könnten mich ins nächste Polizeirevier fahren. Da sind Sie vor mir sicher."

Der Weinbauer sah ihn nachdenklich an: „Dess hab ich mir auch schon überlegt. Aber da müsse mir nach Rüdesheim. Wer bezahlt mir die Fahrt?"

„Ach, machen Sie sich keine Sorgen, der hessische Staat ist dafür immer gut."

„Gut gebabbelt – aber stimmt's auch?" Der Mann in den Gummistiefeln hielt einen Moment inne und setzte ein Gesicht auf, als würde ihm eine grandiose Idee durch den Kopf gehen: „Iss vielleicht ein Kopfgeld uff Sie ausgesetzt?"

Florian überlegte blitzschnell. Wenn er Nein sagte, würde er nicht von hier wegkommen ...

„Das kann gut sein", erwiderte er verschwörerisch, „unter uns – Sie haben jemanden dingfest gemacht, der gesucht wird ..."

„Hab ich mir's doch gedacht! Sie kame mir gleich so verdächtig vor."

„Dann können wir also fahren?", fragte Florian vorsichtig.

„Sie komme nach hinne, und ich muss Ihne Ihr Füß fessele. Da müsse Sie Verständnis habbe."

„Hab ich doch", ächzte Florian, „ich bin ja ewig auf der Flucht. Und der dauernde Mundraub – das macht den Menschen kirre."

„Sie spreche ja ganz vernünftig auf einmal. Wolle Sie noch paar Träubcher?"

Der Weinbauer schien plötzlich eine Art Sympathie für den Dieb im Wingert zu entwickeln. Auch gesuchte Schwerverbrecher müssen nicht von grundauf schlecht und böse sein, ging es ihm durch den Kopf, wenn man sie nur richtig anfasst, dann wandeln sie sich zu ordentlichen Zeitgenossen.

„Warum nicht", antwortete Kommissar Wunder, „ich hab Durst."

„Komme sie erstmal mit, dort vorne steht mein Auto."

Bei seinem Geländewagen handelte es sich um ein altes japanisches Modell, das lehmverkrustet vor sich hinbrütete. Der Weinbauer öffnete die hintere Klappe. Der Transportraum war durch ein Gitternetz vom Passagierraum abgetrennt.

„Wisse Sie was", sagte der Weinbauer, „am beste springe Sie hinne rein. Da könne Sie mir net gefährlich wern."

„Springen?", fragte Florian, „ich bin doch gefesselt."

„Sie stütze sich mit de Händ ab und hippe enoi. Ganz einfach."

Seufzend tat Florian wie ihm befohlen. Nur kein Widerwort jetzt, der Weinspezialist hatte gerade gute Laune. Kaum saß Florian Wunder auf dem schmutzigen Boden, der garantiert noch nie Passagiere befördert hatte, machte der Weinbauer zwei Schritte in seinen Wingert, riss ein Bündel Weintrauben ab und warf es Florian zu: „Kein Mundraub! Wegzehrung!"

Er zog die Klappe zu, wuchtete sich hinter's Steuer, und das Gefährt setzte sich rumpelnd in Bewegung. Sie fuhren einen Feldweg entlang, bis sie auf eine geteerte Straße kamen, die abschüssig nach unten ging.

„Wo sind wir eigentlich?", fragte Florian mit vollem Mund. Diese Trauben schmeckten wirklich hervorragend, und ihr Saft spritzte ihm durch den Mund.

„In Oestrich", antwortete sein Fahrer.

Da bin ich nicht weit vom Tatort entfernt, dachte der Kommissar, bevor ihm einfiel, dass ihn die Dunkelmänner auch in den Rhein hätten werfen können. Da wäre er abwärts getrieben und vielleicht hätte ihn bei Koblenz irgendjemand rausgefischt. Vielleicht. Vielleicht aber auch wäre das Fass mit ihm gesunken, und er würde jetzt auf dem Grund des Rheins die Fische an sich vorbeischwimmen sehen und allmählich Moos ansetzen. Und niemand wüsste, wo er steckte. Kommissar Wunder ist spurlos verschwunden – vermutlich hat er seinen Dienst quittiert und ist klammheimlich auf die Bahamas gezogen. So was in der Art würde wahrscheinlich Kriminalrat Feuer herausposaunen, und seine Chefin konnte nicht einmal das Gegenteil beweisen. Zu gern hätte sich Florian an den Kopf gefasst, er spürte den Schmerz wieder deutlich. Als sie durch Oestrich fuhren rief er zum Fahrer nach vorn: „Haben Sie vielleicht ein Aspirin oder was Ähnliches?"

„Wozu dann?"

„Für meinen Kopf!", schrie Florian, „er tut saumäßig weh!"

8

Julia saß im Auto und war auf dem Weg nach Eltville. Ganz wohl war ihr nicht. Der Medizinjournalist Fredenthaler hatte sie doch etwas bange gemacht. Bei seinen Erklärungen war ihr der Vater durch den Kopf gegangen, sie musste seine Medikamente noch mal kontrollieren, es war doch wohl kein Fettsenker dabei? Oder kollidierte sein Durchblutungsmittel mit anderen Arzneien?

Ob das Internet-Viagra denn gefährlich sei? hatte sie Jörg Fredenthaler gefragt, denn Fälschungen seien da ja offenbar an der Tagesordnung.

„Es sind Placebos", hatte er geantwortet, „sie machen keinen Mann munter, richten aber auch keinen Schaden an. Keinen medizinischen. Sie ruinieren nur das Selbstbewusstsein der Männer."

„Und bei Asthma, Bronchitis und hohem Blutdruck?", wollte sie wissen und dachte dabei an ihre Freundin Claudia, „können die Patienten da auch Placebos bekommen?"

„Kann man ausschließen. Bei Asthma nehmen die Patienten ein Dosier-Aerosol. Das sprüht man sich in den Mund. Der Inhaltsstoff ist Cortison, das auf die Bronchial-Schleimhäute entkrampfend wirkt. In einer Klinik kann da nichts schief gehen. Die Kliniken bekommen schließlich ihre Medikamente alle von Apotheken, und die Medikamente selbst werden genau kontrolliert."

„Bei meiner Freundin Claudia Graf kam eine Lungenentzündung hinzu", erläuterte Julia, „kann da was passieren?"

„Eigentlich nicht. Es gibt spezielle Antibiotika."

Als sie den Medizin-Journalisten verließ, wirkte er nachdenklich, als würde er über einen Fall nachgrübeln, der ihm in den Sinn gekommen war. Draußen auf dem SWR-Parkplatz zog Julia ihr Handy aus der Tasche und versuchte Florian Wunder anzurufen. Sie ließ es eine ganze Weile piepen – aber niemand ging dran, und sie machte sich allmählich Sorgen. War die Suche nach Frau Metz gefährlicher als angenommen? Hatte Florians psychologische Behandlung versagt?

Julia war längst von der Schiersteiner Brücke abgefahren, hatte Walluf hinter sich gelassen und fuhr eben in Eltville ein. Im Vorgarten des Reihenhauses ihres Vaters war keine verdächtige Gestalt zu sehen. Selbstverständlich nicht! Ihr war das klar, aber mal abwarten, was der Herr Papa meinte. Sie klingelte, und ihr Vater öffnete. Er sah herausgeputzt aus, trug sein blaues Sakko mit den Goldknöpfen und dunkelblaue Hosen und wirkte quicklebendig. In der Hand hielt er eine Zigarre, mit der er sie hereinwinkte.

„Mein Julchen, komm herein in die gute Stube. Erhol dich beim Väterchen von deinen Amtsgeschäften!"

Sie nickte und drehte fragend den Kopf in Richtung Vorgarten.

„Alle vertrieben, die dunklen Gestalten!", rief er, „das ist vorbei, die Begonien leben und streben."

„Rauchst du wieder?", fragte Julia und folgte ihm nach innen.

„Ich habe diese Sünde wiederentdeckt, jawoll. Man hat ja sonst gar nichts vom Leben. Ich habe Besuch."

Julia folgte ihrem Vater ins Wohnzimmer, und weiter nach draußen auf die Terrasse. Dort saß an einem Tisch eine Frau, die sich ebenso fein zurechtgemacht hatte. Sie musste Ende sechzig sein, und der Tisch war mindestens so elegant hergerichtet wie sie selbst. Auf einer weißen Tischdecke standen eine Blumenvase und daneben eine Kaffeekanne, ein Streuselkuchen und zwei der guten Porzellantassen samt Blümchenuntertellern.

„Frau Becker, meine Nachbarin!", erklärte Wolfgang Hillberger und stellte seine Tochter vor.

„Seien Sie vorsichtig mit Äußerungen jeder Art", schmunzelte er zur Nachbarin, „meine Tochter ist Kommissarin! Sie ist bei der Kripo und lässt nichts durchgehen."

Julia setzte sich neben Frau Becker, während ihr Vater in die Küche eilte, um eine weitere Tasse zu holen. Die Nachbarin begann sogleich, Julia auszufragen. Was sie denn genau mache? Das sei ja hochinteressant! Wie sie den Mördern auf die Schliche komme? Und da lebe sie doch bestimmt auch gefährlich!

Wolfgang Hillberger erschien auf der Terrasse: „Sie darf nix sagen! Das ist alles geheim." Er wandte sich zu seiner Tochter: „Richtig?"

Julia nickte, während ihr Vater eingoss und dabei weitersprach: „Den Streuselkuchen hab ich selbst gebacken. Ureigenes Rezept. Ich wollte, dass Frau Becker mal in den Genuss kommt." Er zwinkerte seiner Tochter zu: „Sonst lädt sie mich ein."

„Der Kuchen schmeckt sehr gut", ließ sich Frau Becker hören und reckte den Kopf wie zum Beweis.

„Man muss sich was gönnen!", sagte Vater Held, steckte sich die Zigarre in den Mund und blies eine blaue Wolke in die Luft, „man kann nicht nur von Pillen und Tropfen leben. Ich habe beschlossen, meinen Körper der Anatomie zu vermachen. Nach meinem Tod! Die Ärzte werden dort medizinische Wunder entdecken!“

Das Rüdesheimer Polizeirevier besaß den Charme eines abgetakelten Büros, in dem Neuerungen verschmäht werden, und der dickbäuchige Beamte mit dem grauen Haarkränzchen auf dem Kopf blieb hinter seinem Tresen stehen und beäugte Florian Wunder mißtrauisch. Der Weinbauer, der dem nach wie vor gefesselten Florian die luxuriöse Fahrt hierher spendiert hatte, stand zwei Schritte hinter ihm und fasste sich eben an die Nase. Er wollte dem Polizeimeister andeuten, dass er sein Geruchsorgan einsetzen solle. Zur Auflösung des kriminellen Falles gewissermaßen. Doch der Mann hinterm Tresen verstand die diskrete Geste nicht.

„Rieche Sie komisch?“, fragte er unumwunden den Verdächtigen.

„Wieso soll ich komisch riechen?“, fragte Florian zurück, „mir brummt nur der Schädel, ich bin überfallen worden.“

„Dess hat er mir auch schon weismache wolle“, mischte sich der Weinbauer ein.

„Hören Sie, wir sind Kollegen“, setzte Florian an, „ich bin Kommissar aus Wiesbaden ...“

„Mal schee langsam. Erst wolle mir mal den Geruchstest mache.“

Der Polizeimeister klappte die Tresenabdeckung nach oben und kam auf Florian zu.

„Vorsichtig!“, mahnte der Weinbauer, „der kann bestimmt Karate.“

Der Rüdesheimer Polizist blieb einen Meter vor Florian stehen, hielt die Hände an seinen vorstehenden Bauch, als müsse er ihn schützen und schnüffelte mit nach vorn gerecktem Kopf. Schließlich teilte er seinen Befund mit: „Sie rieche wie ein altes Weinfass.“

„Da haben Sie was Richtiges entdeckt, Herr Kollege“, stimmte Florian zum Erstaunen des Polizeimeisters zu. Und er schob mit zorniger Stimme nach: „Ich war ja auch in einem Fass!“

„Sehen Sie!“, ließ sich der Weinbauer von hinten hören, „der gibt dess sogar zu.“

„Da müsse Sie erstmal ausgenüchtert werden“, stellte der Polizeimeister fest. „Überhaupt, wie sind Sie in dess Fass hineingekomme? En gute Schoppe trinkt mer aus em Glas.“

Florian stöhnte auf: „Das hab ich doch schon erzählt. Binden Sie mich endlos los. Und geben Sie mir ein Aspirin!“

„Koppschmerze auch noch?“, fragte der Polizeimeister.

„Und wie!“

„Aspirin habbe mir net.“

„Her mit dem, was Sie haben. Und ein Glas Wasser auch. Bitte.“

„Mir sind hier keine Unmensche“, erklärte der Dickbäuchige, „bleibe Sie stehn, wo Sie sind, ich bring Ihne des Zeuch.“

Er ging nach hinten und kramte in einem Wandschrank.

„Nee, Aspirin seh ich net, nur so was Ähnliches. ASS steht da druff. Des nemme mir immer bei Koppschmerze.“

Er kam mit dem Ersatzmittel und einem Glas Wasser zurück.

„Wollen Sie mich füttern oder mir die Fesseln abnehmen?“, fragte Florian und hoffte auf Letzteres.

In dem Moment klingelte das Handy in seiner Jackentasche.

„Ich komm nicht dran“, sagte er, „bin doch gefesselt. Gehen Sie mal dran.“

Der Polizeimeister kam ins Grübeln, man sah ihm an, dass er sich nicht im Klaren war, was zu tun sei. Doch der Weinbauer von hinten erleichterte ihm die Entscheidung: „Dess iss sicher der Komplize. Gehen Sie ran. Da mache Sie noch en Fang.“

Dem Dickbäuchigen leuchtete das ein, und er näherte sich Florian.

„Hier rechts in der Brusttasche“, sagte der.

Vorsichtig griff der Polizist hinein. Wahrhaftig, da war ein Handy, und es schrillte vor sich hin.

Jetzt überfiel den Polizeimeister ein Geistesblitz: „Wie heißen Sie?“, fragte er Florian.

„Wunder.“

Der Dickbäuchige drückte die Empfangstaste und bemühte sich, hochdeutsch zu klingen: „Wunder.“

„Herr Wunder, sind Sie das?“, fragte von der anderen Seite Julia Held.

Der Polizeimeister bemühte sich, ein ehrliches „Ja“ erklingen zu lassen, um sofort professionell nachzufragen: „Wer ist da bitte?“

„Hier ist Hauptkommissarin Held vom Polizeipräsidium Westhessen. Wer sind Sie?“

„Stimmt dess auch?“, fragte der Polizist etwas täppisch.

Mit strenger Stimme antwortete Julia: „Ja, natürlich. Wer sind Sie? Ist Herr Wunder bei Ihnen?“

Jetzt erwiderte der Polizeimeister kleinlaut: „Der ist hier, ja. Hat der was mit Ihne zu tun?“

„Das ist ein Kollege. Geben Sie ihn mir!“

„Ich bin Polizeimeister Hundt“, fügte der Dickbäuchige eilfertig hinzu und erstattete Bericht: „Der Kollesche von Ihne ist im Weinberg aufgebracht worde. Er riecht stark nach Alkohol und wirkt verdächtig ...“

Julia verstaute das Handy in ihrer Jackentasche. Sie konnte noch gar nicht glauben, was Florian Wunder zugestoßen war. In einem Weinfass musste er übernachten? Und ein Weinbauer hatte ihn beim Diebstahl erwischt? Sie hatte den Beamten in Rüdesheim energisch aufgeklärt, Kommissar Wunder sei zur Observation in Oestrich gewesen und ganz offenbar überfallen und in das Fass gesperrt worden. Aber sie musste ihre ganze Autorität einsetzen und dem Polizeimeister langsam zum Mitschreiben ihre Dienststelle in Wiesbaden diktieren, bevor er Florian von den Fesseln erlöste und Julia mit ihm selbst sprechen konnte. Wie er zu seinem Auto nach Oestrich zurückkam, überließ sie ihm, aber sie hoffte, dass er so schlau war, sich von dem störrischen Beamten dorthin fahren zu lassen. Sie verschwendete keinen Gedanken daran, wie man Kriminalrat Feuer die Sache erklären konnte. Am besten überhaupt nicht.

Jetzt ging sie vom Flur in die Küche ihres Vaters und schaute sich seine Medikamente an. Da war der Cholesterin-Senker, die grüne und rot-weiße Schachtel mit dem Anti-Demenz-Mittel und das Gingko-Präparat. Sie öffnete die Packungen. Vom Gingko-Mittel hatte er tatsächlich zwei Kapseln genommen, und bei beiden Packungen mit dem Anti-Demenz-Mittel waren die Blister aufgerissen und es fehlten etliche Kapseln. Sie erschrak. Er würde die Arzneien doch nicht etwa gleichzeitig schlucken? Sie könnte es ihrem Vater erklären – aber vermutlich würde er es eine Stunde später vergessen haben. Am besten war ... Sie griff nach der grünen Schachtel und steckte sie ein.

„Bedienen wir uns jetzt beim alten Herrn?“, ertönte hinter ihr die vergnügte Stimme Wolfgang Hillbergers, „hast du auch Durchblutungsstörungen?“

Julia fuhr herum: „Nein, ich wollte nur ... ich dachte mir ...“

„Nimm’s mit! Ich bin sowieso ein Feind von so vielen Medikamenten.“

„Aber die anderen musst du nehmen! Die sind wichtig.“

„Mach dir keine Sorgen. Ich schluck die Pillen wie ein Teufel. Aber das Zeug wirkt ja doch nicht.“

„Aber Papa, das ist ganz verkehrt! Du brauchst diese Arzneien.

Und du musst mir versprechen, dass du sie auch wirklich regelmäßig einnimmst."

„Meinetwegen. An irgendwas muss man ja sterben."

Ihr Vater fragte leise: „Was hältst du von meiner Nachbarin?"

„Nette Frau."

Ihr Vater lachte leise: „Am Anfang wollte sie Kuchen mitbringen. Das hab ich ihr streng verboten. Wer weiß, was da drin ist? Ich back meinen Kuchen selbst, da weiß ich doch, was ich esse. Und sprich nun herzhaft zu mir: War der Streuselkuchen gut?"

„Er war toll."

Wolfgang Hillberger schnaufte zufrieden auf: „Na also! Meiner zweiten Karriere als Konditor steht also nichts im Weg."

„Als Deutsch- und Englischlehrer warst du auch nicht schlecht", lächelte ihn seine Tochter an, „du hast mir Shakespeare beigebracht."

„Beigebracht?", rief Wolfgang Hillberger mit großer Geste aus, „die Liebe zu ihm hab ich in dir entflammt!" Und ohne einen Moment innezuhalten, fuhr er theatralisch fort: „Wenn ihr uns stecht, bluten wir nicht? Wenn ihr uns kitzelt, lachen wir nicht? Wenn ihr uns vergiftet, sterben wir nicht?"

„Aus dir hätte auch ein Schauspieler werden können", stellte Julia fest, „du würdest Tausende zu Tränen rühren, so wie du den Shylock sprichst."

„Danke, danke", stimmte ihr Vater mit Behagen ein und fügte mit flüsternder Stimme hinzu: „Mir genügt schon, wenn ich der Frau Becker die Vergifterei austreibe. Ich hab zwar von ihrem Kuchen schon was intus – aber ich hab's überlebt!"

An der Pinwand im Büro der Hauptkommissarin Held klebten Fotos vom Tatort, vom toten Stefan Metz und seinem kaputten Wagen. Auf einem Zettel stand in Großbuchstaben FIRMA NELIX, auf einem anderen WETTMAFIA und daneben war eine Rheingau-Karte angebracht. Julia stand nachdenklich vor der Pinwand, als die Tür sich öffnete und Florian Wunder hereinkam.

Sie drehte sich zu ihm und schaute ihn fragend an. Kommissar Wunders Bartstoppeln wucherten schwarz vor sich hin, er wirkte lädiert und mit seinem Erscheinen verbreitete sich ein gewisser Geruch im Zimmer – ein Geruch, der auf keinen Fall in ein Polizeipräsidium gehört.

„Hab's vorher nicht geschafft", teilte er mit, „diese Provinzbullen sind ja so was von hartleibig."

Julia fragte: „Waren Sie schon beim Arzt? Sie haben doch eine Beule am Kopf?“

„Ich war bei der Leichenbeschauerin. Ich wollte von Frau Dr. Hauswaldt wissen, ob sie was Neues rausgefunden hat über die Droge im Blut von Metz. Sie konnte aber nichts sagen, die Fremdkörper hätten sich zur Unkenntlichkeit verändert. Dann wollte sie mich ins Bett schicken.“

„Da gehören Sie auch hin“, sagte seine Chefin. „Aber wie konnte das passieren? Sie sollten doch lediglich Frau Metz observieren und geschickt befragen.“

„Jede Psychologie versagt, wenn man eins über den Schädel kriegt.“

„Und Sie haben wirklich in einem Fass gesteckt?“

„Man hätte es auch in den Rhein werfen können. Da wär’ ich abwärts geschippert, irgendwann gesunken und hätt’ vielleicht am Grund das Rheingold entdeckt.“

„Etwas Gold kann man immer gebrauchen“, spottete Julia, um entschieden anzufügen: „Kommen Sie nicht näher! Am besten, Sie rücken Ihren Schreibtisch nach hinten. Sie duften ja wirklich wie ein altes Weinfass.“

„Danke für das ‚duften‘“, erwiderte Florian, nahm ächzend Platz und streckte die Beine von sich.

„Diese Aktion war total abtörnend“, stöhnte er auf, „zuerst hab ich mir meine Freundin zur Feindin gemacht und ein Buch nachgeschmissen bekommen. Dann krieg ich paar über’n Schädel gehauen, und zum Schluss werd’ ich wegen Mundraubs und zur Ausnüchterung beinah eingesperrt.“

„Ein Fiasko“, grinste ihn Julia, „ein wahres Fiasko mit einem ...“

In dem Moment ging die Tür auf und Kriminalrat Robert Feuer stand im Rahmen. Das Anklopfen hatte er wieder mal vergessen.

„Na!“, rief er Florian zu, „haben wir die Wettwitwe aufgebracht, am Schopf gepackt und kräftig durchgeschüttelt?“ Er hielt inne und hob witternd seine knubbelige Nase: „Was dringt da an meine Nüstern?“

Kommissar Wunder setzte zu einer Erklärung an, doch der Chef nickte wissend und ließ sich in seiner Analyse nicht beirren: „Aha, wir waren im Rheingau! Sind in der Drosselgasse gestrandet und haben tief ins Weinglas geguckt!“

„Ich bin bloß über ’ne Briefmarke gestolpert“, entgegnete Florian trocken.

„Er ist bei der Observation überfallen und niedergeschlagen worden“, erklärte Julia mit ernster Stimme, „man hat ihn in ein Weinfass gesperrt. Es hätte nicht viel gefehlt, und Herr Wunder hätte dran glauben müssen.“

„Überfallen worden ...“, wiederholte Feuer und wirkte nicht überzeugt, „wieso landen Sie da in einem Weinfass?“

„Ganz offenbar wollte man ihn nicht umbringen“, erläuterte Julia, „man wollte ihm nur eine Lehre erteilen. Das war eine Warnung.“

Feuer sah sie zustimmend an: „Verstehe – die Wettmafia scheut vor einem zweiten Mord zurück.“ Er wandte sich zu Florian: „Da haben wir ja noch mal Glück gehabt, wie? Ja, das sind die Gefahren unseres Berufs. Was haben Sie denn nun von der Witwe erfahren?“

„Nichts“, antwortete Florian.

„Nichts? Das ist bisschen wenig.“

„Sie war nicht da. Ich hab stundenlang die Wohnung beobachtet, bei trocken Brot und Wasser, bis mir der Kopf auf die Brust sank ...“

„Eingeschlafen sind Sie?“, fragte Feuer.

„Für einen Moment, einen winzigen ... ich gestehe.“

„Und weiter!“

„Das Licht brannte plötzlich in ihrer Wohnung. Sie muss sich von hinten ins Haus reingeschlichen haben ...“

„Also Zugriff!“

„Genauso dachte ich, Herr Feuer. Aber kaum war ich im Haus drin, bekam ich im dunklen Flur eins über die Birne. Den Rest kennen Sie.“

Der Kriminalrat wandte sich zu Julia: „Die Wettwitwe scheint der Schlüssel zu diesem Fall zu sein. Die Frage ist, wie kommen wir an sie ran? Entweder sie steckt mit den Burschen unter einer Decke ...“

„... oder sie wird verfolgt und ist selbst in Gefahr“, fiel ihm Julia ins Wort.

„Richtig“, bestätigte Feuer und holte aus zu einer Analyse: „Mit anderen Worten: Wir haben es entweder mit einer sehr dummen oder einer sehr schlauen Person zu tun. Hier ist Psychologie gefragt. Was schlagen Sie vor?“

Robert Feuer wartete keine Antwort ab, ging zur Pinwand und warf einen Blick auf die Fotos des toten Metz: „Dieser Mann hat bei Nelix gearbeitet. Haben Sie da schon recherchiert? Vielleicht ist die ganze Firma ein einziges Wettbüro, vielleicht stecken die alle unter einer Decke?“

„Natürlich haben wir das Unternehmen überprüft“, antwortete Julia, „die Firma Nelix ist ein Pharma-Großhandel und kein ...“

„Verdeckt“, unterbrach sie Feuer, „die arbeiten verdeckt! Womit kann man mehr Kohle machen? Mit Sportwetten oder Medikamentenhandel?“

„Ich brauch dringend ein Aspirin“, ließ sich Florian vernehmen, „’ne Wette auf den SV Wehen-Wiesbaden kann ich im Moment entbehren.“

Jörg Fredenthaler näherte sich mit seinem acht Jahre alten Audi A3 der Eusebios-Klinik. Nach dem Gespräch mit Hauptkommissarin Held hatte er lange nachgedacht, und schließlich war ihm ein Gedanke gekommen – vielleicht ein abwegiger Gedanke, vielleicht aber auch nicht. Auf jeden Fall wollte er der Sache nachgehen, und dazu musste er in der Klinik recherchieren. Natürlich nicht unter seinem Journalisten-Status, da würden die gleich dicht machen, er kannte Krankenhäuser und Ärzte nur zu gut. Er musste sich krank stellen, und er wusste, dass viele Leute heute nicht den Hausarzt aufsuchen, sondern gleich ins Krankenhaus eilen, weil sie glauben, dort würden sie besser und schneller behandelt werden. Das war meist ein Trugschluss – aber darauf kam es ihm nicht an.

Er wollte eine Lungenentzündung vorspielen, eine Erkrankung, die jährlich etwa eine Million Menschen befiel, von denen wenigstens ein Drittel im Krankenhaus behandelt wurde und 20.000 daran starben. Die Kosten der Krankheit dürften mehr als 500 Millionen Euro pro Jahr betragen – ein ordentliches Sümmchen. Natürlich wusste Fredenthaler, dass es sich bei der Lungenentzündung um eine Infektion mit Bakterien, Viren oder Pilzen handelte. Also musste er husten, über Atemnot klagen und von erhöhtem Fieber und Schüttelfrösten berichten, die ihn in den letzten Tagen überfallen hatten. Das alles mit ängstlicher Miene und leidendem Ausdruck. In Wahrheit galt sein Interesse allein der entsprechenden Behandlung. Vielleicht genügte es sogar, ein entsprechendes Antibiotikum zu erschleichen. Fredenthaler dachte dabei ganz journalistisch. Er würde möglicherweise einen Skandal aufdecken, einen Skandal, der die Republik erschütterte und ihm Ruhm einbrachte. Und insgeheim klopfte er sich auf die Schulter, dass er der Kommissarin das Wichtigste verschwiegen hatte. Jörg!, sprach er innerlich zu sich, du bist gerissener als ich dachte. Denn vielleicht konnte er noch viel mehr erreichen, mehr für sich selbst – und bei diesem Gedanken funkelte Gier in seinen Augen ...

„Ich glaub nicht dran", sagte Florian müde. Sein rechter Arm auf der Tischplatte hob sich, um mit der Hand seinen Kopf zu stützen. Er war ihm offenbar zu schwer geworden.

Julia war mit einem Glas Wasser und einer Tablette Aspirin für ihn zurückgekommen, nachdem sie mit Kriminalrat Feuer das Zimmer verlassen hatte.

„Woran glauben Sie nicht?", fragte sie.

„Dass die Firma Nelix ein heimliches Wettbüro ist. Das ist doch Nonsens, aber totaler."

„Das denke ich auch – und trotzdem kommen wir immer wieder auf Nelix zurück."

Florian Wunder richtete sich in seinem Stuhl auf: „Wissen Sie, warum das Nonsens ist?" Er machte eine Pause.

„Ziehen Sie die Pause mehr in die Länge", forderte ihn seine Chefin auf, „und schon wird es noch spannender für mich."

Florian beendete seine theatralische Pause und fuhr fort: „Metz ist tot, und ich lebe noch!"

„Was würde ich nur ohne Sie machen", sinnierte Julia an der Pinwand, um zwei Schritte auf ihn zuzugehen: „Sie haben Recht, natürlich. Das müssen verschiedene Täter sein. Die einen morden, die anderen sperren in Weinfässer ein. Es sei denn ..." Sie ließ den Satz beredt offen.

„Was meinen Sie mit *Es sei denn?*", horchte Florian auf.

„Es sei denn ... man hält Sie für eine unbedeutende Figur, eine, die keinen Schaden anrichten kann."

„Ein Kommissar Wunder kann immer Schaden anrichten!", erwiderte Florian pikiert, „Wunder kann er allerdings nicht vollbringen – im Übrigen sind Sie doch der Held."

Julia grinste: „Ja, ja, ja, ich bin der Held, der weibliche Held in der Hosenrolle. Aber gegen kleine Wunder habe ich nichts einzuwenden."

„Auf Wunder darf man nicht bauen, sogar dann, wenn sie so heißen", erklärte Florian und wirkte dabei nur halbwach.

Julia stellte sich mit dem Gesicht zur Pinwand: „Was haben wir? Eine Leiche namens Metz, deren Tod als Unfall verschleiert werden soll. Seine Witwe ist spurlos verschwunden. Die Firma Nelix scheint der Ausgangspunkt zu sein. Aber wer ist verdächtig? Die Wettmafia? Sie ist hinter einem Geld her, das Metz schuldig ist ..."

„Und was ist mit Ihrer Freundin Claudia Graf? Passt die auch da rein?"

„Allem Anschein nach nicht. Und doch habe ich so ein Gefühl ..."

„Auf Gefühle kann man sich nicht verlassen", brummte Florian. „Wenn ich da an meine Freundin denke ... deren Gefühl ist mir als Buch nachgeschmissen worden."

Julia drehte sich zu ihm: „Haben Sie sie enttäuscht? – Nein, nein, es bleibt dabei: die Realität ist mit purer Logik nicht einzufangen, vor allem, wenn es sich um eine kriminelle Realität handelt."

„Und wo sollen wir jetzt weitermachen?", fragte Florian schläfrig.

Julia ließ sich an ihrem Schreibtisch nieder: „Ich bin am Ende, wo ich erst am Anfang bin."

„Shakespeare!", ließ sich Florian hören.

„Nee – ich wüsste jedenfalls nicht, wo das steht."

„Klang aber ganz danach. Der Meister hat gesprochen. Ich lass es als Shakespeare durchgehen. Auf jeden Fall gut."

„Überhaupt nicht gut", kam es von Julia zurück. Sie richtete sich im Stuhl auf: „Sie nehmen erst mal 'ne Mütze Schlaf. Wenn Sie wieder wach sind, geben Sie eine Fahndung nach Frau Metz raus."

„Einverstanden. Kann ich sonst noch was tun?"

„Da Sie keine Wunder vollbringen und stattdessen in einem Weinfass landen, versuche ich, meinem Namen gerecht und ein Held zu werden."

Etwas oberhalb von Geisenheim, schon in der Nähe von Kloster Johannisberg, rollte ein kleiner Transporter auf einem Parkplatz aus. Der Fahrer schaltete Motor und Scheinwerfer aus, man hörte, wie die Handbremse angezogen wurde, dann herrschte Stille. Es war kurz vor Mitternacht und völlig dunkel. Ein nächtlicher Spaziergänger konnte den Eindruck gewinnen, dass der Fahrer sich zu einem Nickerchen zurechtlegte. Doch das war ein Trugschluss. Denn der Mann hinter dem Steuer saß hellwach aufrecht, und sein Kollege auf dem Beifahrersitz griff gerade ins Handschuhfach, um nach der Pistole zu fühlen, die dort bereit lag.

Beiden Männern war nicht bewusst, dass sie beobachtet wurden. Im hinteren Teil des Parkplatzes stand schon seit Längerem eine schwarze BMW-Limousine. Darin saß ein dunkel gekleideter Herr mit Blickrichtung zum Transporter. Er trug Handschuhe, und in den Händen hielt er ein Nachtsichtgerät, das er jetzt an die Augen führte, um die Szenerie in den Blick zu nehmen. Die beiden Gestalten im Transporter waren ihm unbekannt, und er versuchte sie einzuschätzen. Sie waren unrasiert, mussten in den Dreißigern sein, wirkten vierschrötig und erschienen wie Handlanger. Das waren sie vermutlich auch – aber man musste aufpassen. Diese Burschen erledigten einen Job und bekamen dafür ein Taschengeld. Sie wussten nicht, worum es wirklich ging, und dass sie bald eine Millionenfracht übernahmen. Aber gerade solche Lakaien verhielten sich manchmal unvorhersehbar. In diesem Augenblick erkannte der BMW-Fahrer mit seinem Nachtsichtfernglas auf dem Rücksitz des Transporters einen weiteren Mann, der bis dahin nicht zu sehen gewesen war. Es handelte sich um einen ganz anderen Typ, er trug eine Brille und ein Oberlippenbärtchen und die Nase war zu lang für sein Gesicht.

Die Lippen des Herrn im BMW wurden schmal, er hatte bereits vermutet, dass da einer vom Fach dabei war, doch das würde kein Problem sein. Jetzt musste er nur noch warten. Warten auf seinen Helfershelfer. Es dauerte nicht lange, bis die Scheinwerfer eines anderen Wagens aufleuchteten. Es handelte sich ebenfalls um einen mittelgroßen Transporter, der dem ersten zum Verwechseln ähnlich sah. Der Fahrer rangierte die Karosse so, dass sie mit dem Heck an der Rückseite des ersten Transporters zu stehen kam. Dann schaltete er die Lichter aus. Im selben Moment klingelte sein Handy.

„Es sind drei“, hörte er die Stimme des Herrn im BMW, „einer mit Brille wird kontrollieren. Wenn Sie den Koffer übernehmen, überprüfen Sie seinen Inhalt auf eine Wanze. Die Geldscheine selbst sind in Fünfhundertern gebündelt. Sie laden um, anschließend geben Sie den dreien die Papiere aus der Mappe. Haben Sie verstanden?“ Der Angerufene murmelte sein Einverständnis. Dann öffnete er die Wagentür. Der Herr im BMW hielt sein Nachtsichtgerät an die Augen und beobachtete die beiden Transporter. Aber seltsamerweise tastete er mit der anderen Hand nach dem Beifahrersitz. Dort lag nicht etwa eine Pistole, so etwas brauchte er nicht. Dort lagen zwei Schnapsfläschchen, das eine Fläschchen war für ihn, und das andere durfte er nur mit Handschuhen anfassen.

Die Fahrer von beiden Transportern stiegen aus und musterten sich aus einigen Metern Entfernung. Der Neuankömmling sprach ein Codewort, das sein Gegenüber mit einem anderen Codewort beantwortete. Jetzt kletterte aus dem ersten Transporter der Mann mit der Brille und dem Oberlippenbärtchen und stellte eine Frage. Der Fahrer des zweiten Transporters öffnete die Heckklappe, und der Mann mit der Brille kam näher, zog eine Taschenlampe aus seiner Jacke und überprüfte die Fracht. Es dauerte eine ganze Weile, bis er die Kontrolle abgeschlossen hatte. Schließlich nickte er dem Fahrer seines Wagens zu. Dieser und sein Kollege gingen nach hinten, und sie luden schnell und geräuschlos die Kisten in ihren Transporter um. Der Mann mit der Brille erschien mit einem kleinen Koffer und überreichte ihn dem Fahrer des zweiten Transporters. Der verschwand mit ihm im Fahrerhäuschen.

Der Herr im BMW hielt das Nachtsichtgerät angestrengt an die Augen. Jetzt musste das passieren, worauf es ankam. Der wichtigste Moment der Prozedur. Nach einigen Minuten kletterte sein Gewährsmann aus dem Transporter. Er hielt die Mappe in der Hand, öffnete sie und zog die Papiere heraus. Eins nach dem andern, so ist's gut ..., murmelte der dunkle Herr im BMW vor sich hin. Dann übergab der Fahrer die Papiere den beiden Burschen, die gerade umgeladen hatten, und sie nun unschlüssig in der Hand hielten. Der Bärtchenträger winkte sie zu sich und nahm ihnen die Papiere ab. Er ging zum Fahrerhaus und gab seinen Chauffeuren ein Zeichen abzufahren, ohne sich noch einmal zu dem Fahrer des anderen Transporters umzudrehen. Kaum hatte ihr Wagen den Parkplatz verlassen, wurde auf der Straße draußen der Motor eines anderen Autos angelassen, es war ein dunkelblauer Opel Insignia. Saß der Fahrer schon ebenso lang in seinem Wagen und hatte ebenfalls alles beobachtet? Der Opel Insignia setzte sich langsam in Bewegung, rollte leise das Sträßchen entlang und wenn nicht alles täuschte, folgte er dem ersten Transporter, der eben den Parkplatz verlassen hatte.

Nun stieg der dunkle Herr aus seinem BMW und ging auf seinen Helfer zu, der am Transporter auf ihn wartete. Er fragte kurz etwas, nahm den Koffer entgegen und gab ihm einen dicken Umschlag. Mit jovialer Geste lud er ihn zu einem Schnaps ein, der Deal musste gefeiert werden. Er goss in kleine Gläschen, die er aus der Manteltasche hervorzog, und die zwei Männer stießen miteinander an ...

9

Sie befanden sich hinter Oestrich, aber noch vor Hattenheim, als der Fahrer des dunkelblauen Opel Insignia im Fahrstil des Transporters vor ihm gewisse Unregelmäßigkeiten bemerkte. Der Wagen schlingerte und schien einmal sogar von seiner Spur abzukommen. Dem Insignia-Fahrer war klar, dass es nicht mehr lange dauern konnte. Falls die drei im Transporter ihn bemerkt hatten und als Gefahr einstuften, würden sie doch nicht mehr reagieren können. Jetzt nahm der Wagen vor ihm eine Ausfahrt zum Rhein hinunter. Genau richtig, dachte der Fahrer im Insignia, mein Plan geht auf.

Er folgte dem Transporter mit einem gewissen Sicherheitsabstand, und als er sah, dass der Wagen vor ihm ausrollte, der Motor abstarb, doch die Scheinwerfer nicht erlöschten, sondern auf den Rhein hinausleuchteten, war ihm klar, dass er handeln konnte. Er wartete noch einen Moment, dann fuhr er mit seiner Limousine dicht hinter den Transporter und schaltete seine Lichter aus. Er streifte sich Latexhandschuhe über, nahm die bereitgelegte Taschenlampe in die Hand und stieg aus. Beim Fahrerhaus des Transporters angelangt, öffnete er dessen Tür. Der Fahrer war nach hinten gekippt, der Beifahrer in sich zusammengefallen. Hinten lag der Chef der beiden und röchelte leise. Der Fahrer des Insignia schaltete die Scheinwerfer des Transporters aus. Es war mitten in der Nacht, nur ein paar Sterne erhellten die Szenerie, und von der Straße oben kam weder ein Geräusch noch huschte der Lichtkegel eines Autos über das Ufer. Dennoch musste er sich beeilen. Tätigkeiten dieser Art müssen schnell und akkurat ausgeführt werden.

Er ging zur anderen Tür des Transporters und zog den Beifahrer aus der Kabine, dass der nach unten fiel. Er beugte sich über ihn, der Atem des Mannes war sehr flach, die Augen fast schon gebrochen – lange würde es nicht mehr dauern, bis der Knochenmann nach ihm griff. Aber es wäre eine Todsünde, sich darauf zu verlassen. Man muss Freund Hein bei seiner Arbeit unterstützen und ihn nicht alles allein machen lassen. Vielleicht konnte man dafür sogar eine gewisse Dankbarkeit von ihm erwarten, wenn das eigene letzte Stündlein näher rückte. Der Insignia-Fahrer ging zu seiner Limousine und holte aus dem Kofferraum eine ausklappbare Stange und einen metallenen Gegenstand, der schwerer war, als es schien. Er zerrte den Beifahrer zum nahen Ufer und steckte dem Mann das Stück Metall vorn in die Hose. Dann drückte er in mit der Stange weit ins Wasser hinaus, sodass der Strom ihn erfasste und mit sich zog. Lange würde es nicht dauern, bis er sank und das Rheingold auf dem Grund des Flusses entdeckte, ging es dem Fahrer des Insignia durch den Kopf. Dann wandte er sich den beiden anderen Männern im Transporter zu ...

Florian Wunders von einer Beule verunzierter Kopf lag tief eingesunken in einem Kissen, das schon sehr lange kein Ausklopfen nach Art der Frau Holle erlebt hatte. Der Kommissar selbst träumte. Er saß am Steuer eines offenen Ferrari und fuhr glücklich unter Bäumen entlang. Der Wald und die Waldesluft – das war Leben! Und dieser Wagen – die reine Seligkeit. Aber warum klopfte jemand ans Blech? Das war unerhört. An einen Ferrari klopft man nicht. Wer konnte das sein? dachte Florian schlaftrunken, ist ein Eichhörnchen zu mir gesprungen, ein Reh, ein Wildschwein? Aber die können ja gar nicht anklopfen. Und er drehte sich auf die andere Seite, um weiterzuschnarchen. Dann zerriss ein Bimmeln seinen Schlummer. Tragen Wildschweine eine Klingel am Bauch? ging es ihm durch den Kopf. Wäre seltsam und ausgesprochen ungewöhnlich. Doch beim nächsten Bimbam fuhr er auf und rieb sich die Augen. Doch kein Ferrari unter mir, stellte er fest, nur meine alte Matratzengruft.

Er krauchte aus seinem flachen Bett heraus und tapste in Unterhosen zur Tür, während es ein weiteres Mal bimmelte. „Komme schon“, murmelte er, die Hand schon am Knauf, als ihm seine Beule am Kopf einfiel.

„Wer da?“, fragte er durch die Tür.

„Ich bin’s, Carola.“

Er öffnete, und seine Freundin stand vor ihm. Mit schuldbewusster Miene, wie er sofort erkannte.

Sie sah an ihm hinunter: „Du warst im Bett?“

Er nickte: „Mir war so nach dir. Mir war schon gestern nach dir.“

Sie sah ihn irritiert an, und er schob nach: „Nachdem du mir das Buch hinterhergeschmissen hast, hat mir eine andere Frau mit dem Nudelholz einen übergebraten.“

„Wie bitte?“

Er grinste: „Kleiner Scherz. – Ich musste ins Bett. Ganz allein. Völlig auf mich gestellt. Um mich auszukurieren.“

„Du Armer“, flötete sie und kam herein.

„Ich darf doch?“, fragte sie, als sie schon drin war und er die Wohnungstür wieder geschlossen hatte, um gleich nachzufragen: „Wie siehst du denn aus? Was ist passiert?“

Er erklärte ihr die Weinfassgeschichte in dramatischer Kurzform und vergaß auch nicht, darauf hinzuweisen, dass er eventuell jetzt im Rhein schwimmen könnte – bei den Fischen und völlig tot natürlich. Sie sah ihn mitleidig an, als würde sie alles bestens verstehen, um dann aber umzuschwenken und ihm doch einen Vorwurf zu machen: „Hättest du mir genau gesagt, was los ist, hätte ich doch Verständnis gehabt. Du musst mit mir reden. Zeig mal deinen Kopf.“

Florian tat wie befohlen, Carola arbeitete als medizinisch-technische Assistentin, war also gewissermaßen Fachpersonal. Ob das ihm half, bezweifelte er. Aber ihr würde es bestimmt helfen, wenn sie seinen Kopf inspizierte. Tatsächlich bekam er auch gleich eine professionelle Auskunft: „Da hast du aber ganz schön was abgekriegt!“

„Wäre ich nur mit dir ins Kino gegangen“, murmelte er zerknirscht, „aber ich musste ja meinen Job machen.“

„Natürlich musstest du das“, erwiderte sie, als hätte sie nie daran gezweifelt, „soll ich dir eine kalte Kompresse auflegen. So was hilft.“

„Ach, lass mal. Der Schlaf hat mich schon munter gemacht und mein Traum ...“

„Was für ein Traum?“

„Ich fuhr im Ferrari durch die Landschaft, als ein Eichhörnchen ans Blech klopfte.“ Er hielt einen Moment inne und schob mit sanfter Stimme nach: „Das Eichhörnchen warst du.“

Carola war gerührt und gab ihm einen Kuss auf den Mund. Jetzt wusste er, dass sie ihm verziehen hatte. Aber vielleicht war es möglich, ihr ein leichtes Schuldgefühl einzupflanzen, gewissermaßen als Vorsorge für ein nächstes plötzliches Ausrücken.

„Ich mach dir einen Kaffee“, sagte sie und verschwand schon in seiner Küche.

Während Florian sich anzog, rief sie ihm zu: „Ich war ein artiges Mädchen. Weißt du, was ich gemacht habe, nachdem du fort warst?“

„Du hast dich gegrämt.“

„Ich hab gelesen. Dein Buch fand ich gar nicht so übel.“

„Na also“, rief Florian zurück, „schmeiß Bücher nicht dem Liebsten nach, es droht sonst neues Ungemach.“

„Bist du unter die Dichter gegangen?“

„Nee, ich glaub, das ist von Shakespeare.“

„Was?“

Florian tappte zu ihr in die Küche: „Sag mal, Carola, kennst du dich eigentlich mit Sportwetten aus?“

Die zwei Männer im Lieferwagen fuhren schweigend die Rheinstrecke entlang. Es schien geradeso, als würden sie den anbrechenden Tag genießen und sich nicht durch Geplapper von der Schönheit des dahingleitenden Flusses ablenken lassen wollen. Nach einer Weile begann der Beifahrer aber doch zu sprechen. Seine Stimme klang beiläufig, als würde er sich nach dem Pegelstand des Rheins erkundigen.

„Die beiden Transporter stehen bei uns in der Firma. Der eine muss umgespritzt werden und braucht neue Nummernschilder.“

„Ich weiß. Das erledige ich.“

„Ist mit den Männern alles klar gegangen?“

„Genauso wie besprochen. Sie sonnen sich am Grund des Rheins.“

Der Beifahrer hüstelte zustimmend.

„Und der Fahrer unseres Transporters?“, fragte der Fahrer.

„Er ist nach Holland gegangen. Er wollte schon lange dort arbeiten.“

„Das hab ich mir gedacht.“

Die beiden Männer verfielen wieder in Schweigen. Als sie Oestrich hinter sich gelassen hatten, sahen sie den dunkelblauen Opel Insignia am Straßenrand. Der Fahrer hielt hinter dem Wagen und stieg aus. Sein Beifahrer verließ ebenfalls den Wagen, um sich auf die Fahrerseite zu begeben.

„Ich warte in Hattenheim hinter der Florians-Apotheke. Dort nehmen Sie mich auf.“

„Ist gut. Und der Lieferwagen?“

„Er wird dort abgeholt.“

Sehr sinnig, dachte der Fahrer, als er in seinen Insignia umstieg, in der Nähe einer Apotheke – das passt.

Julia betrat das Café „Laubenheimer“ mit Verspätung. Natürlich wartete Jürgen Stockmann bereits auf sie.

„Tut mir leid", sagte sie, als sie an den Tisch trat und ihn begrüßte, „aber ich bin doch beinahe fast genau pünktlich."

Apotheker Stockmann sah sie grinsend an: „Du redest schon so wie unser ehemaliger Mainzer OB Jockel Fuchs. Der hat zum Beispiel mal gesagt: ‚Des habbe mir doch einigermaßen halbwegs ganz gut hingekriegt.' Aber in der Stadt ist seine groteske Rede gar niemandem aufgefallen, nur mir. Und mir fällt auch auf, dass du wieder mal unpünktlich bist."

Julia nahm ihm gegenüber an dem kleinen Tisch Platz: „Kannst du mir noch mal verzeihen, Jürgen? Aber groteske Sätze sind doch was Feines. Immerhin ist Jockel Fuchs damit in die Geschichte eingegangen."

Jürgen streifte seine Haarpracht nach hinten: „Ich merk schon: gegen dich zieh ich den Kürzeren. Dein Cappuchino ist bestellt – und ich hab ihn auch schon getrunken."

„So lange sitzt du schon hier?"

Er winkte der Kellnerin, um zwei frische Cappuchinos zu ordern.

„Danke, dass du dich freimachen konntest", sagte Julia, „ich weiß ja, wie es in deiner Apotheke zugeht."

„Die Leute heute sind alle krank, und wenn sie nicht krank sind, dann fühlen sie sich krank. Ich kann nicht klagen, für mein Geschäft ist das nicht schlecht."

„Warum eigentlich?", fragte Julia, „warum fühlen sich heute mehr Menschen krank als früher?"

„Es gibt viele Gründe dafür. Einer davon ist sicher, dass die Leute heutzutage beruflich mehr gefordert werden. Burnout ist weit verbreitet. Wir haben viele Kunden, die Anregungs- oder Aufputschmittel wollen, andere wieder brauchen Beruhigungs- oder Schlafarzneien. Das sind zwei Seiten derselben Medaille."

Die Cappuchinos kamen. Julia nahm sich einen Löffel vom Schaum und führte ihn zum Mund.

„Die Leute sind auch gegenüber den Ärzten kritischer geworden", erklärte Jürgen Stockmann, nachdem er einen Schluck Kaffee genommen hatte, „manche halten sogar das ganze Gesundheitssystem für überholt. Kürzlich hatte ich einen Kunden, der selber Arzt ist. Er nahm mich beiseite und erzählte mir einen Fall ..."

Er machte eine Pause und sah Julia auffordernd an.

„Na, mach schon, schockier mich."

Jürgen beugte sich zu ihr: „Eine Pharmafirma hat vor kurzem deutsche Ärzte nach Finnland eingeladen. Zu einem urologischen Kongress. Vier Tage workshop in verschneiter Abgeschiedenheit. Neue Behandlungsmethoden, neue Arzneien. So hieß es. Doch von den vier Tagen war lediglich ein halber Tag fürs medizinische Gespräch vorgesehen. Den Rest der Woche verbrachte man mit Hundeschlittensafaris, Besuch einer Rentierfarm, Entspannung in der Sauna und anderen Annehmlichkeiten."

„Urologen sind doch meist Männer. Da kann ich mir die anderen Annehmlichkeiten schon gut vorstellen", sagte Julia ungerührt.

„Davon weiß ich nichts", besann sich Apotheker Stockmann auf seine männliche Schweigepflicht.

„Na ja", brummelte Julia, „ist das neu, und was besagt es?"

„Frau Kommissarin, das besagt, dass die Pharmaindustrie mit allen Mitteln arbeitet. Da geht es ums harte Geschäft. Die Hundeschlittenfahrt führt mit glühenden Kufen direkt in den Verkaufsraum."

„Willst du sagen, dass wir es hier mit einer kriminellen Branche zu tun haben?"

„Leise", mahnte Stockmann und fuhr flüsternd fort: „Nicht direkt kriminell, aber das windige Gebaren von Ärzten, Kliniken und Pharmabranche schlägt teuer zu Buche. Das kostet die Beitragszahler jedes Jahr zwischen zehn und achtzehn Milliarden Euro. Milliarden, nicht Millionen! Wusstest du das?"

„Nein", erwiderte Julia, „das ist ja unglaublich ..."

„Und jetzt hat der Bundesgerichtshof etwas entschieden, das eine Menge Patienten zum Kochen bringt ..."

„Du meinst die Sache mit den Geschenken?"

„Ja. Niedergelassene Ärzte machen sich nicht strafbar, wenn sie von Pharmaunternehmen Geschenke annehmen – und die Vertreter der Unternehmen auch nicht ..."

„Ein Wahnsinn", sagte Julia grimmig, „der Pharmabetrieb, der die größten Geschenke macht, wird umgekehrt von den Ärzten belohnt durch üppige Verschreibung seiner Medikamente. Das ist doch die Idee?"

Stockmann nickte: „Die Richter am Bundesgerichtshof sprachen ausdrücklich von Korruption im Gesundheitssektor – und kapitulierten doch. Es gäbe keinen passenden Straftatbestand dafür ..."

„Kein Gesetz verbietet das?“

„So ist es.“

„Aber die Ärzte sind nicht alle korrupt ...“

„Nein, natürlich nicht“, fiel ihr Jürgen ins Wort, „es gibt nach wie vor wunderbare Ärzte ...“ Er machte eine kleine Pause und schob hinterher: „Aber Geld verdienen wollen sie alle.“

Julia sah nachdenklich auf die Reste des Cappuchino-Schaums in ihrer Tasse, dann sagte sie: „Du hast bestimmt Recht, aber die Wahrheit ist konkret. Ich muss dir mal was zeigen ...“

Der Medizin-Journalist Jörg Fredenthaler erhob sich aus seinem Stuhl, und Dr. Kapp musterte ihn aufmerksam.

„Wir sind uns also einig?“, fragte Fredenthaler.

„Natürlich“, antwortete Kapp beflissen, „vernünftige Menschen können sich immer einigen.“

„Schön, dass Sie so denken. Dann erwarte ich, dass das Geschäft so über die Bühne geht wie besprochen.“

Dr. Kapp zwang ein schiefes Lächeln in sein Gesicht: „Selbstverständlich. Wir beide wissen schließlich, um was es geht. Und eine Hand wäscht die andere.“

„So sehe ich die Sache auch“, erwiderte Fredenthaler und wandte sich zur Tür.

„Sie finden selbst hinaus?“, fragte Dr. Kapp förmlich.

„Machen Sie sich keine Mühe. Den Weg nach unten werde ich finden.“

Mit diesen Worten verließ Fredenthaler das Zimmer des Chefs der Firma Kappmed oder besser gesagt: des ehemaligen Inhabers von Kappmed.

Kaum war er draußen, griff Dr. Kapp nach dem Telefon, wählte eine Nummer im Haus und sprach einige Worte in die Muschel. Dann ging er zum Fenster, nahm einen kleines Fernglas zur Hand und beobachtete, wie der Journalist unten auf dem Hof zu einem alten Audi A3 ging. Sein Blick richtete sich auf das Nummernschild, und Fredenthaler, der frohgemut auf seinen Wagen zuschlenderte, wusste nicht, dass er einen kapitalen Fehler begangen hatte. Er hätte sein Auto niemals auf dem Hof der Firma Kappmed abstellen dürfen, sondern besser einen Strafzettel draußen im Halteverbot riskieren sollen. Es sind eben die kleinen Versäumnisse, die häufig Kopf und Kragen kosten. Als Fredenthaler einstieg, öffnete sich die Tür zu Kapps Zimmer und Alexander Heinscher trat ein.

Kapp legte das Fernglas weg und notierte auf einem Zettelchen das Kennzeichen von Fredenthalers Wagen. Dann drehte er sich zu Heinscher: „Wir haben ein neues Problem."

„Welches?"

„Ein kleines Problem. Der Mann, der gerade bei mir war, ist unvorsichtig und gierig zugleich."

„Eine unschöne Kombination", kommentierte Heinscher.

„Das finde ich auch. Leider ist er nicht ganz dumm. Er hat recherchiert."

„Wo?"

„In der Eusebios-Klinik."

„Ein Journalist?"

Dr. Kapp nickte: „Einer von den schlecht bezahlten. Es mangelt ihm an Geld und Anerkennung."

„Auch eine üble Kombination."

„Sie sagen es. Und deshalb will er sich an uns schadlos halten."

Heinscher schnalzte mit den Lippen: „Es gibt zu viele böse Menschen auf der Welt."

Mit Sportwetten kannte sich Carola überhaupt nicht aus. Aber sie hatte Florian gesagt, dass er mal googeln solle. Da hätte er auch selber drauf kommen können – schwach, Herr Kommissar! Auf jeden Fall tummelte sich Florian Wunder seit einer halben Stunde im Internet. Wenn Kriminalrat Feuer jetzt ins Büro trat, würde er erst große Augen machen und dann Beifall klatschen. Denn der Kollege Wunder hatte sich mit Inbrunst in die Angebote vertieft.

Da gab es jede Menge Online-Wettanbieter, und überall wurde man aufgefordert, ein Konto zu eröffnen. Es gab sogar ein Startgeld, manche Anbieter lockten mit dreißig, andere mit achtzig oder sogar hundert Euro. Bloß darauf nicht reinfallen, dachte Florian, am Ende werde ich süchtig und hänge halbe Tage vor dem Schirm ab, das wäre noch schlimmer als medikamentensüchtig zu sein. Es gab Kombiwetten und Livescores – was auch immer das sein sollte. Man konnte Pokern und ins Casino zum Roulette gehen, ohne sich auch einen Zentimeter aus seinem Stuhl zu erheben. Er nahm einen Schluck aus seinem Kaffeebecher – so kam er nicht weiter. Nein, nein, er musste eines dieser altmodischen Wettbüros aufsuchen und dort etwas herumschnüffeln. Vielleicht kam er so auf die Spur des toten Stefan

Metz und seiner Wettwitwe. Er tippte ins Google-Suchfeld ‚Wettbüros Wiesbaden‘ und tatsächlich kam da ein Treffer.

Eine halbe Stunde später fand Florian in der Schulbergstraße einen Parkplatz und ging den Rest des Weges zu Fuß. Das Wettbüro machte von außen einen mickrigen Eindruck. Ein paar Männer um die sechzig rauchten vor der Tür um die Wette. Vielleicht gehörte das zur Prozedur hier. Erst vorher um die Wette rauchen, um anschließend drinnen weiterzuwetten.

Er drängte sich an den Rauchern vorbei und betrat ein Etablissement, das mit Sicherheit schon bessere Tage gesehen hatte. Der Innenraum wirkte wie ein Gruß an die siebziger Jahre des vergangenen Jahrhunderts, die Tapete war verschlissen und hinter einem Schreibtisch saß ein Mann mit poliertem Glatzkopf und einer Wampe, die ihn nur mühsam die Tischkante erreichen ließ. Sein faltenloses Gesicht zeigte, dass er höchstens Ende dreißig sein konnte, aber er wirkte älter und schaute gelangweilt zu Florian auf, der sich wie ein Tourist im Raum umschaute.

„Na, haben Sie gefunden, was Sie suchen?“, fragte der Glatzkopf schließlich.

Florian machte auf naiv: „Ein Bekannter hat mir Ihr Büro empfohlen – ich möchte gern wetten.“

Der Glatzkopf grinste ihn an: „Da sind Sie hier nicht verkehrt. Was wollen Sie machen? Fußball, Boxen, Volleyball?“

„Das ist es eben, ich habe mit meinem Bekannten eine Wette abgeschlossen ...“

Der Dicke hinterm Tisch merkte brummig an: „Sie haben also schon gewettet – ganz ohne uns.“

„Nein“, korrigierte Florian, „ich habe eine Wette mit ihm abgeschlossen, dass ich besser beim Wetten bin als er.“

„Besseres Näschen, wie?“, grinste ihn der Andere an.

„Vielleicht kennen Sie meinen Bekannten ... soviel ich weiß, kommt er hierher.“

„Jetzt müssen Sie nur noch einen Namen nennen, und schon wissen wir, ob ich Ihnen weiterhelfen kann.“

„Ja, also der Name ist ... Stefan Metz“, sagte Florian vorsichtig.

Der Glatzkopf musterte ihn ohne eine Miene zu verziehen. Florian konnte nicht erkennen, was hinter seiner Stirn vorging. Schließlich sagte der Mann hinterm Tisch, als wollte er seine Erinnerung aktivieren: „Metz ... Metz ... der Name kommt mir bekannt vor ...“

„Er ist Ende vierzig, blond und nicht ganz schlank“, erläuterte Florian.

„Jaaa“, erwiderte sein Gegenüber gedehnt, „der war schon bei uns. Der hatte aber einen Bauch.“

„So könnte man auch sagen“, bestätigte Florian.

„Pferdewetten!“ Der Glatzkopf schoss das Wort wie eine Pistolenkugel ab.

„Pferdewetten?“, fragte Florian.

„Ihr Freund hat sich für Wetten auf Pferderennen interessiert. Machen wir hier auch.“

„Und kann man dabei was verdienen?“

„Na klar. Da kann man ’ne Menge verdienen. Bei ausgewählten Pferderennen sind die Quoten oft hervorragend.“

„Ist ja super“, heuchelte Florian, um vorsichtig nachzuschieben: „Und verlieren – kann man auch was verlieren?“ Das Leben vielleicht?, ging ihm durch den Kopf, doch er schaute dabei den Dicken mit einem treuherzigen Hundeblick an.

„Verlieren können Sie auch“, informierte ihn der Glatzkopf, „es kommt auf den Einsatz an. Wenn Sie viel gewinnen wollen, können Sie auch viel verlieren.“

„Ah ja“, sagte Florian und fügte entschuldigend hinzu: „Für mich ist das neu, ich muss mich da erstmal ...“

„Verstehe“, fiel ihm der Dicke ins Wort, als wolle er sich nicht länger solch amateurhaftes Geschwätz anhören.

„Kann man sich denn auch was borgen, wenn man einen hohen Einsatz riskieren will?“

„Borgen? – Sie können sich bei Ihrer Nachbarin ein Pfund Zucker borgen. Bei uns können Sie einen Kredit aufnehmen.“

„Ich glaube, mein Bekannter hat das gemacht. Den Herrn Metz mein ich. Ging das auch bei mir?“

Dem Glatzkopf wurde das Gespräch allmählich lästig: „Ja, ja, das geht eventuell, mach ich aber nicht.“

„Ach so. Und an wen müsste ich mich da wenden?“

Der Dicke gab keine Antwort, sondern rief laut nach hinten: „Kevin! Komm doch mal!“

„Das ist Nivalux“, sagte Apotheker Stockmann, „ein Lungenantibiotikum.“ Er nahm die Packung, die ihm Julia hinhielt, in die Hand: „Woher hast du die?“

„Aus der Wohnung von Claudia Graf.“

Jürgen Stockmann machte große Augen: „Du hängst immer noch dieser Sache nach?“

„Ich konnte nicht anders. Es hat mich dahingetrieben. Hab bei der Gelegenheit ihre Mutter kennengelernt.“

„Oh – da musstest als Trösterin tätig werden.“

Julia nickte: „Ich seh’ das positiv. In meinem Beruf muss man vielseitig sein.“

Jürgen öffnete die Packung und sah die restlichen Tabletten im Blister: „Da sind ja noch zwei drin.“

„Ich wollte dir die Packung mitbringen. Du sollst mal deinen fachmännischen Blick drauf werfen.“

„Ich kann nichts Verdächtiges erkennen. Ungewöhnlich ist lediglich, dass noch zwei Tabletten im Blister sind.“

„Claudia hat sie nicht aufgebraucht ...“

„Das ist es doch, was ich immer sage! Die Patienten gehen fahrlässig mit ihren Medikamenten um!“

„Vielleicht konnte sie sie nicht mehr einnehmen.“

„Man muss ein Antibiotikum bis zum Schluss nehmen.“

„Soll sie noch als Leiche drauf rumkauen?“

„Im Zweifel ja“, antwortete Jürgen ohne eine Miene zu verziehen.

„Also ist sie selbst an ihrem Tod schuld“, befand Julia sarkastisch, „und wir sind wieder da, wo wir schon mal waren.“

Ihr Freund Stockmann drückte eine Tablette aus dem Blister. Kaum hatte er sie zwischen die Finger genommen, fing die Tablette an zu bröseln. Er hielt die Einzelteile an die Nase: „Riecht ganz normal, nur sollte sie nicht so schnell zerbröseln.“

„Ist das ungewöhnlich?“

„Kann man nicht so sagen ...“

„Ist das eigentlich ein Generikum, so ein Nachahmerprodukt, von denen du mir erzählt hast?“, fragte Julia.

„Nein, nein, das ist das Original. Aber selbst wenn es ein Generikum wäre – es wirkt ebenfalls. Obwohl es auch Ausnahmen gibt. Manche Kunden haben mir schon gesagt, dass ihnen Aspirin hilft – Paracetamol oder ASS dagegen überhaupt nicht.“

Julia beugte sich vor: „Wäre das auch hier möglich?“

„Hier handelt es sich um Nivalux, das Original“, schüttelte der Apotheker den Kopf, „außerdem ist bei der Herstellung von Arzneien die Galenik ganz wichtig.“

„Die Galenik?“

„Na ja, es kommt nicht nur auf die chemische Zusammensetzung an, sondern auch auf die Art und Weise, wie etwas hergestellt wird. Die Galenik eben.“ Jürgen sah sie spitzbübisch an: „Das ist wie bei Shakespeare. Wenn der was anfasst, wird es große Klasse. Bei anderen Autoren dagegen großer Mist.“

Julia nickte nachdenklich.

„Die Pharmaproduzenten machen aus der Galenik ein großes Geheimnis“, sprach Jürgen weiter. „Zu Recht. Denn sonst gäbe es zum Beispiel Aspirin schon lange nicht mehr, und die Kunden würden nur noch die billigeren Generika kaufen.“

„Verstehe“, sagte Julia, „wer stellt eigentlich Nivalux her?“

„Ein angesehenes Unternehmen im Rheingau. Kappmed heißt es.“

10

Der Medizinjournalist Jörg Fredenthaler schlich an diesem Nachmittag nicht mit seinem üblichen Zahnschmerzengesicht herum, sondern versprühte gute Laune, als sei er endlich in Mainz und bei seiner ersten Büttenrede angekommen. Für seine Verhältnisse schien seine Laune sogar überirdisch gut, sodass die Kollegin Roswitha Wink von der Kultur ihm verwundert durch die offene Tür zuschaute. Wenn er mit bitterer Miene von irgendwelchen Krankheiten berichtete oder einem dringenden Besuch im Leichenschauhaus, musste sie ihm schon mehrmals erklären: „Aber Sie wissen doch, dass Sie in Mainz sind!“ Jetzt pfiff Fredenthaler vor sich hin, als hätte er alle Krankheiten überwunden und noch dazu den Intendantensessel erklommen und sein Ressort zum wichtigsten der ganzen Anstalt erklärt.

„Ich wusste gar nicht, dass Sie pfeifen können!“, rief sie ihm zu.

„Ich pfeife immer“, erwiderte er, „aber meist nach innen. Jetzt hab ich mich entschlossen, meine Pfeifkünste nach außen dringen zu lassen.“

Roswitha Wink, Bubikopfträgerin und Mainzerin von Geburt, musste grinsen, sie hatte bis zu diesem Zeitpunkt nicht feststellen können, dass der Kollege Fredenthaler Spuren von Witz besaß.

„Sie machen sich“, antwortete sie, „heute haben Sie endlich gemerkt, wo Sie leben.“ Und insgeheim dachte sie: Der Bursche hat wahrlich lange gebraucht, aber allmählich scheint er sich zu akklimatisieren.

Fredenthaler setzte sich an seinen Computer, eröffnete ein neues Dokument, tippte eine halbe Seite ein und schloss es mit dem Dateinamen ‚Kapp‘. Er wirkte dabei gar nicht angestrengt, sondern pfiff eine Melodie aus dem „Zigeunerbaron“ und dachte daran, dass er schon lange nicht mehr in der Oper war und das dringend nachholen musste. Er schaltete den Computer aus und legte die Handflächen auf den Tisch, als habe er sein Tagwerk getan.

Er schloss die Augen, und wir wissen nicht, welche Gedanken und Vorstellungen durch seinen Kopf gingen, aber es schien geradeso, als wären es Bilder von weißen Südseestränden, blauem Meer und üppigen Dattelpalmen, denn seine Miene verzog sich ins Genießerische. Nach einer Weile stand er auf, griff nach seinem abgetragenen Regenmantel und verließ das Redaktionsbüro – nicht ohne Roswitha von nebenan zuzurufen: „Tschüß, Frau Wink, ich gehe.“

Roswitha schaute ihm verwundert nach, einen so heiteren Gruß war sie nicht von ihm gewöhnt. Na ja, dachte sie, bei manchen dauert es eben länger, bis sie sich halbwegs zur Määnzer Art durchgequält haben. Von solchen Gedanken war Jörg Fredenthaler weit entfernt, als er die Drehtür des Südwestrundfunks hinter sich ließ und zu seinem alten Audi A3 auf dem Parkplatz trabte. Ob Määnzer oder nicht, das war ihm scheißegal, in diesem Leben kam's auf was ganz anderes an, und das hatte er jetzt in die Finger gekriegt ...

Die Tür hinten im Wettbüro stand halb offen. Florian hatte sie bisher nicht bemerkt, weil er dem Glatzkopf seine volle Aufmerksamkeit schenkte und auf jeden Fall verhindern wollte, dass der irgendeinen Verdacht schöpft. Jetzt erschien im Türrahmen eine wuchtige Gestalt. Der Bursche war um die dreißig, nicht größer als einen Meter achtzig, aber mindestens auch so breit. Er trug sein dunkles Haar kurzgeschoren, sein Hemd war oben drei Knöpfe offen und an dem muskulösen Hals ringelte sich eine tätowierte Schlange bis unters Kinn. Hier handelte es sich offensichtlich um Kevin. Eigentlich kein Name, dachte Florian, eher eine Diagnose. Der Dicke am Tisch fuhr seinen Arm aus, und ohne sich umzudrehen deutete er mit dem Zeigefinger der rechten Hand auf Florian.

„Kunde für dich", brummte er.

Kevin sah Florian mit einem abschätzenden Blick an, als versuche er herauszufinden, was dieser Kunde wert war. Dann sagte er in einwandfreiem Hochdeutsch: „Sie brauchen einen Kredit?"

Florian zuckte mit den Schultern: „Na ja, ich wollte mal fragen ..."

„Kommen Sie!", befahl der Tätowierte und ging in das Zimmer dahinter.

Kommissar Wunder folgte ihm, während er sich zu erinnern versuchte. Als er ins Haus der Frau Metz in Oestrich kam – hatte er da nicht eine dunkle Gestalt bemerkt? Einen Schrank von Gestalt. Eine Gestalt, wie dieser Kevin sie besaß. Aber es ging alles so schnell, und es war finster. Und als er im Weinfass erwachte, war es schon wieder finster. Auf jeden Fall musste er vorsichtig sein. Auch wenn er diesen Burschen nicht identifizieren konnte, so konnte der umgekehrt ihn wiedererkannt haben. Wer mich ins Fass stopft, behält einen Eindruck von mir! – soviel war Florian klar. Das Zimmer, in das er kam, machte einen schäbigen Eindruck. Die Tapete wirkte wie aus dem letzten Jahrhundert, der klapprige Rollschrank stand offen, der gelbliche Schreibtisch, hinter den sich der Tätowierte begab, war mit Flecken übersät und auf ihm stand eine offene Dose Bier. In der Ecke lief ein Fernseher und zeigte eine nachmittägliche Pöbel-Talkshow, in der lauter Kevins zu Gast waren.

„Um welchen Betrag geht es denn?“, fragte der Tätowierte.

„Na ja, ich hab Ihrem Kollegen schon gesagt, dass ich eine Wette laufen habe ...“

Kevin sah ihn ausdruckslos an.

„Eine Wette mit einem Bekannten“, vervollständigte Florian seine Auskunft, „und ich würde gern einen Kredit aufnehmen wie er. Der hat nämlich beim Pferderennen gewonnen.“

„Wie viel brauchen Sie? Tausend Euro?“

Vorsichtig tastete sich Florian an den Namen heran, der jetzt unbedingt fallen musste: „Mein Bekannter hat mehr bekommen, glaube ich wenigstens ... also ich weiß nicht, wie viel genau, aber Herr Metz hat ganz schön was gewonnen.“

„Wie heißt er?“, fragte Kevin, als würde er schlecht hören.

„Metz. Stefan Metz.“

Der Kurzgeschorene drehte den Kopf in seine Richtung, verzog nicht die Miene und sagte langsam: „Der Name ist mir unbekannt.“ Er hatte sich bisher nicht auf dem Schreibtischsessel niedergelassen und auch Florian keinen Stuhl angeboten. Jetzt ging er in Richtung Rollschrank und fragte: „Ist das ein Freund von Ihnen?“

Florian versuchte, Kevins Gesichtsausdruck zu erhaschen, doch dazu hätte er sich nach der Seite drehen und fast verrenken müssen, und das wäre doch ein wenig aufgefallen. Aber er sollte wenigstens zügig antworten: „Ein Freund nicht, aber ein Bekannter.“

„Von der Arbeit?“

„Nee, aber wir haben schon mal zusammen Fußball gespielt und danach hat er mir von den Pferdewetten erzählt.“

„Verstehe“, brummte Kevin, zog eine Schublade des Rollschranks auf und fragte wie nebenbei: „Wie heißen Sie eigentlich?“

Soll ich ihm Maik sagen? Maik mit ai – da bin ich namensmäßig auf gleicher Höhe mit ihm, überlegte Florian, als ihm sein Mainzer Kollege einfiel. Den könnte er gleich mit verwenden.

„Maik Mielke“, antwortete er und fügte an: „Ginge denn auch eine höhere Summe?“

„Klar, Maik. Die Zinsen sind für Sie bestimmt kein Problem."

Florian horchte auf. Hörte er da einen ironischen Unterton?

„Ach so, die Zinsen ...", erwiderte er.

„Acht Prozent."

„Das geht ja. Pro Jahr."

„Pro Monat", sagte Kevin und sah ihn an, „wir rechnen monatlich ab."

Florian schluckte und erwiderte gelassen: „Na ja, warum nicht."

„Wenn Sie gewinnen, ist es gut angelegtes Geld." Der Tätowierte wandte sich wieder seinem Rollschrank zu und fragte wie nebenbei: „Ihr Bekannter, dieser Metz – wann haben Sie ihn zuletzt gesehen?"

Als Fredenthaler den SWR-Parkplatz mit seinem Auto verließ, startete der Fahrer einer Opel-Limousine ebenfalls seinen Wagen. Es war ein dunkelblauer Insignia, der dem alten Audi hinterher fuhr und darauf achtete, einen gebührenden Abstand einzuhalten. Es ging die Wallstraße hinunter, über die Hattenbergstraße und den Kaiser-Karl-Ring zur Rheinallee. Fredenthaler bemerkte den Verfolger nicht, er pfiff heiter vor sich hin und war gedanklich irgendwo zwischen den Bahamas und Tahiti. Was interessierte ihn noch der Sender? Was die Kollegen, die außer ihrem sogenannten Mainzer Humor nichts zu bieten hatten als Neid. Alles würde er hinter sich lassen, alles würde bald Vergangenheit für ihn sein. Trübe Vergangenheit, die keine Rolle mehr spielte. Wenn er nicht das Lenkrad hätte festhalten müssen, hätte er sich am liebsten vor Begeisterung auf die Schulter geschlagen. Ja, er war schon ein famoser Typ! Die kleine Info einer unwissenden Kommissarin hatte genügt, aus ihm einen Millionär zu machen. Das war Journalismus, wie er ihn liebte. Er musste nur einen Kaffee mit ihr trinken und ihr sein Ohr leihen. Mehr brauchte es nicht. Natürlich nur deshalb, weil er mit Informationen umzugehen wusste und falsche Fährten zu legen verstand. Je mehr er sich den Vorgang ins Gedächtnis rief, desto begeisterter war er von sich. Ich brauche keinen Alkohol, dachte er, keinen Tabak und keine Aufputschmittel – ich werde auch so high. Durch mein eigenes Gehirn, meine Denkkraft, meine Kombinationsfähigkeit!

Sein Blick fiel auf die Benzinuhr. Tanken muss ich, tanken darf das Kombinationsgenie nicht vergessen. Fredenthaler sah in einiger Entfernung eine Tankstelle vor sich. Ein paar Liter werden genügen, dachte der sparsame Mann, bald brauche ich das Auto doch nicht mehr. Er fuhr ab, und kaum stand er an einer Zapfsäule, lenkte der Fahrer des dunkelblauen Opel Insignia seinen Wagen an die Parallelsäule. Der Fahrer stieg aus, er trug dünne Lederhandschuhe, sah sich um und öffnete seinen Tankdeckel. Er wirkte gelangweilt, doch als sein Blick auf den alten Audi des Tank-Nachbarn fiel, kam Leben in ihn.

„Sagen Sie, Ihr Wagen ist ja fast schon eine Rarität. Wollen Sie den eventuell verkaufen?“, sprach er Fredenthaler an.

Der Journalist blickte auf. Er sah einen Mann in mittleren Jahren vor sich, der mit Anzug, weißem Hemd und Krawatte einen seriösen Eindruck machte.

„Verkaufen?“, fragte er und verschloss den Tankdeckel, „daran habe ich noch gar nicht gedacht. Warum eigentlich nicht. Was wäre er Ihnen wert?“

„Bitte“, sagte der Andere, „ich will Sie nicht überfallen. Aber ich sammle alte Autos.“

Fredenthaler nickte. So was gab es also auch. Heute schien sein Glückstag zu sein. Er konnte sogar noch seine Blechschüssel an den Mann bringen. Diese alte Mühle, die er sowieso bald nicht mehr brauchte.

„Überlegen Sie sich die Sache in aller Ruhe“, sagte der seriöse Insignia-Fahrer, „ich gebe Ihnen meine Karte, und wenn Sie sich entschieden haben, rufen Sie mich an.“

„Einverstanden“, nickte Fredenthaler, und der Andere griff in seine Manteltasche und zog eine Visitenkarte hervor. Er reichte sie dem Journalisten, der sich kurz über die feinen Lederhandschuhe wunderte, die der Mann trug, dann nahm er sie entgegen und überflog den Namen auf der Karte. Dr. Fred Sander stand darauf. Ein Arzt offenbar. Er nahm die Karte in die andere Hand, steckte sie in die Jackentasche und ging zum Bezahlen ins Häuschen ...

Kaum hatte Florian das Wettbüro verlassen, erhob sich Kevin und ging nach vorne zu seinem glatzköpfigen Kollegen.

„Das Kerlchen war'n Polyp“, sagte er, „so was riech ich zwei Meilen gegen den Wind.“

„Ja und? Weiß er was?“

„Nee. Tut jedenfalls so. Angeblich hat er Metz in letzter Zeit nicht gesehen. Aber dafür weiß ich was.“

„Was denn?"

„Seinen Namen."

Kommissar Wunder konnte das Gespräch nicht hören – er machte gerade Rast in seiner Lieblingsdöner-Bude in der Wiesbadener Dreililiengasse. Er musste sich vom Wettgeschäft und Kevin erholen. Budenbesitzer Adil hatte ihm gerade ein Lahmacun zubereitet, und Florian ließ sich den ersten Bissen wie eine Köstlichkeit auf der Zunge zergehen. Er war sich inzwischen sicher, dass dieser Kevin schuld war an seiner kurzfristigen Weinfassexistenz. Und dieser Wucherzins, den der Bursche verlangte! Acht Prozent pro Monat, das waren 96 im Jahr. Dieser Kevin hätte Banker werden sollen, jede große Bank würde ihn ja mit offenen Armen aufnehmen. Florian kam Stefan Metz in den Sinn. Allmählich wurde der ihm sympathisch – bei solchen Kredithaien bleibt nur Schuldenverweigerung oder Flucht. Aber wohin flüchten, wenn man tot ist? Na ja, die Flucht hatte seine Frau, die Wettwitwe Yvonne, für ihn übernommen.

Florian trank einen Schluck Cola und wollte sich eben in der intellektuellen Nachbereitung des Kevin-Gesprächs weiter vorantasten, als sein Handy klingelte. Seine Chefin, Hauptkommissarin Held, war am Apparat.

„Wo stecken Sie denn, Herr Wunder?"

„Ich bin gerade aus der Tür eines Wettbüros getreten und hab ein sehr aufschlussreiches Gespräch mit einem Kredithai geführt."

„Wo sind Sie genau?"

Florian nannte ihr die Adresse ‚An den Quellen' – die Döner-Bude erwähnte er nicht. Er wollte bei Frau Held keinen Zweifel an seiner Feinschmecker-Natur säen. Vor der Vaternahm-Buchhandlung stehe er, immer auf Weiterbildung erpicht. Er wolle gerade ein ....

„Bleiben Sie, wo Sie sind", unterbrach ihn Julia, „ich hole Sie gleich ab."

Sie legte auf, und Florian sann über das Wort ‚gleich" nach. Was bedeutete es genau? Drei Minuten, fünf, zehn? Kann man denn nicht mal in Ruhe sein Lahmacun verzehren? Adil fragte gerade, ob er ihm noch was machen solle, aber Florian wehrte ab: „Bin im Dienst. Muss runterschlingen und nix wie weg."

„Nix wie weg?", wiederholte Adil und wirkte sprachlich ein wenig überfordert.

„Das ist idiomatisch, verstehen Sie, wir reden idiomatisch und mit Dialekt."

„Alles klar, Commissario. Nix wie weg."

Knappe zehn Minuten später hielt Julia Held mit dem Dienst-Passat vor der Buchhandlung Vaternahm, und Florian stieg ein. Er hatte sich auf dem Weg zum Buchladen einen Kaugummi in den Mund geschoben, um Julia keinen Geruchshinweis auf seine Essvorlieben zu geben.

„Na!", sagte sie, „wie geht's Ihrem Kopf?"

„Er ist wie neu."

„Hoffentlich mit altem Inhalt", merkte sie grinsend an. „Fahndung nach Frau Metz schon rausgegeben?"

„Na klar. Hat aber bis jetzt nichts gebracht."

„Sie waren in einem Wettbüro?"

„Ja – und ins Schwarze getroffen. Hab eine Type namens Kevin aufgetan. Der saß mit Dosenbier vor der Glotze, anstatt den ‚Hamlet' im Original zu studieren."

„Unerhört", kommentierte Julia.

„Er vergibt Kredite zu einem Wucherzins. Mit dem muss Metz Geschäfte gemacht haben."

„Sind Sie sicher?"

„Er hat sich nichts anmerken lassen, aber hat eine verräterische Frage gestellt."

„Ausgezeichnet. Sie machen Phil Marlowe Konkurrenz."

„Phil Marlowe ist doch nichts gegen mich", erwiderte Florian bescheiden, um sich gleich zu korrigieren: „Ich meine – er ist nichts gegen uns."

„So ist das schon besser. Gut gesprochen. Und wie lautete die verräterische Frage?"

„Dieser Kevin wollte wissen, wann ich meinen guten Freund Metz zuletzt gesehen habe."

Julia nickte bedächtig und steuerte den Wagen auf die Rheingau-Autobahn in Richtung Rüdesheim.

„Und?", fragte sie, „lassen Sie mal Ihre Folgerungen hören?"

„Ist doch klar. Dieser Bursche muss ihn kennen. Er ist ihm auf der Spur, weiß aber nicht, dass er längst tot ist. Aber er hat auf einen Hinweis von mir gelauert."

„Kann sein", erwiderte Julia, „aber vielleicht hat er nur gespielt ..."

„Ich war inkognito da. Hab den harmlosen Wettfreund gegeben. Sie kennen doch meine Shakespeare-geschulten schauspielerischen Fähigkeiten!"

„Manche Leute besitzen einen Bullen-Geruchssinn. Die riechen Polizisten auf weite Ferne. Was war denn das für ein Typ?“

„Auf jeden Fall war er nicht so blöd wie sein Name. Kevin! Wenn ich das schon höre. Der Kerl ist nicht koscher. Der hat mich niedergeschlagen und ins Weinfass gestopft.“

„Sind Sie sicher?“

„Gefühlsmäßig schon. Freiheitsberaubung im Fass, das ist der Tatbestand.“

„Aber Sie haben ihn nicht wirklich wiedererkannt, oder?“

Florian ächzte auf: „Bin in die Dunkelheit gestoßen und zum Mundraub genötigt worden! – Wo fahren wir eigentlich hin?“

Jörg Fredenthaler verließ die Tankstelle in Richtung Süden. Er wohnte in Bodenheim. Aber schon auf der Weisenauer Straße überkam ihn eine merkwürdige Berauschtheit. Er fühlte sich higher als high und führte das im ersten Moment auf seine gedanklichen Exkursionen zurück. Seine Perspektiven, seine finanziellen Möglichkeiten, überhaupt seine ganze Zukunft, hatten ihn berauscht. Er wäre am liebsten auf dem Fahrersitz in die Luft gesprungen und bemerkte nicht, dass ihm der dunkelblaue Opel Insignia gefolgt war.

Kurz hinter Laubenheim spürte Fredenthaler eine Atemnot. Er öffnete das Fenster und saugte die hereinwehende Luft tief in sich ein. Aber es kam ihm so vor, als würde von der frischen Brise überhaupt nichts in seine Lungen dringen. Und warum sah er die Bäume neben der Straße auf einmal doppelt? Er kniff für einen Moment die Augen zusammen – als er sie öffnete, schien alles wieder normal zu sein. Nur juckte es ihn auf einmal fürchterlich am Hals und an den Händen, und er war sich plötzlich nicht sicher, ob er überhaupt auf der richtigen Straße war. Diese Sträucher und Bäume hatte er noch nie gesehen ... Fredenthaler fühlte sich wie benebelt und suchte nach einer Möglichkeit abzufahren. Er musste raus aus diesem Auto, aufs Feld, unter Bäume, und mit großer Anstrengung lenkte er seinen alten, doch so begehrenswerten Audi auf einen Feldweg hinter einige Büsche. Er taumelte aus dem Wagen, ging in die Knie und es wurde ihm immer übler. Er griff in seine Jackentasche und fühlte die Visitenkarte in der Hand. Er hob die Hand instinktiv zur Nase ... die Karte roch nach nichts, aber ihm kam es so vor, als würde seine Hand grauenhaft riechen.

Sie roch, als wäre sie schon verwest. Fredenthaler fühlte sich elend, vielleicht sollte er die Finger in den Mund stecken und sich erbrechen, vielleicht hatte er etwas Verdorbenes gegessen? Doch ihm fehlte die Kraft dazu, und im selben Augenblick wurde ihm klar, dass dieser Gedanke falsch war. Er hatte nichts Falsches gegessen! Er musste vergiftet worden sein ... von einem neidischen Kollegen im Südwestrundfunk, diese Neidhammel sind zu allem fähig ... aber womit und wann?

In diesem Moment rollte der Opel Insignia langsam hinter seinen Wagen. Fredenthaler erkannte, wie die Tür geöffnet wurde und zwei schwarze Hosenbeine sich herausschwangen. Er drehte den Kopf nach oben. Das war doch der seriöse Herr von der Tankstelle ... Der verkrümmt auf der Seite liegende Medizin-Journalist sah dessen Schritte wie in Zeitlupe auf sich zukommen. Schließlich machten sie Halt, und der Mann beugte sich über ihn.

„Helfen Sie mir", krächzte Fredenthaler.

„Natürlich", antwortete der seriöse Herr und zog ein Fläschchen aus seiner Sakkotasche.

„Trinken Sie einen Schluck, und es wird Ihnen besser gehen."

Der Mann hielt ihm das offene Fläschchen hin, doch Fredenthaler war zu schwach, es zu ergreifen, sodass der Mann es ihm an den Mund hielt.

Kaum hatte Fredenthaler getrunken, hörte er die Stimme des seriösen Herrn, die ihm verzerrt vorkam: „Es dauert nicht mehr lange, und Sie sind im Paradies."

Dann griff der Mann mit seinen behandschuhten Händen in seine Jackentasche und zog die Karte hervor, die er ihm an der Tankstelle gegeben hatte.

Hauptkommissarin Held hatte bereits Oestrich und Winkel hinter sich gelassen und fuhr eine Straße hinauf in Richtung Johannisberg.

„Zu Kappmed geht's", erklärte sie Florian.

„Ein Pharma-Unternehmen?"

„Genau das. Ein alter Freund hat mich darauf gebracht, er ist Apotheker."

„Was werden die schon wissen?", fragte Florian.

„Eine Menge, hoffe ich. Sie stellen das Lungenantibiotikum Nivalux her."

„Verboten ist das nicht. Eigentlich ist es sogar ein Segen."

„Weiß ich. Ich will mit dem Chef reden, und ich will Sie dabeihaben."

„Wird es gefährlich? Muss ich Sie retten?"

„Machen Sie Augen und Ohren weit auf", antwortete Julia trocken, „damit wäre uns schon gedient."

Der Eingang der Firma sah unscheinbar aus, lediglich ein Schild am Tor wies auf die pharmazeutische Firma hin. Julia fuhr auf den Hof, sie stiegen aus und gingen zum Haupteingang. Nachdem Julia ihren Ausweis gezeigt hatte, griff die Empfangsdame zum Telefon und gab mit zwei Sätzen den Gesprächswunsch ihrer Besucher weiter. Die Kripo-Leute wurden in den ersten Stock geführt, wo bereits eine Tür offen stand und Dr. Kapp sie begrüßte. Sein grauer Günter-Netzer-Haarhelm lag akkurat auf dem Kopf, er machte ein freundliches Gesicht und stellte sich vor.

„Von der Mordkommission sind sie?", fragte er erstaunt, „wie kann ich Ihnen helfen?"

„Sie sind der Chef dieser Firma, Herr Dr. Kapp?", fragte Julia.

„Das kann man leider nicht sagen", antwortete Kapp in bedauerndem Ton, „ich bin nur noch ein Angestellter. Das Unternehmen Rayer hat unsere Firma aufgekauft." Er machte eine kleine Pause und erläuterte: „Eine freundliche Übernahme."

„Rayer?", fragte Julia, „der Pharma-Riese?"

„Genau der."

„Und jetzt arbeiten Sie als Geschäftsführer hier."

Kapp nickte: „Man duldet mich noch eine Weile. Und bald werde ich auch ersetzt."

Dr. Kapp machte ein trübsinniges Gesicht und deutete auf einen Konferenztisch in seinem Büro: „Wollen Sie sich nicht setzen? Möchten Sie einen Kaffee?"

„Ja, gern", sagte Florian sofort, und Julia nickte gezwungenermaßen.

Die drei Personen nahmen am Tisch Platz, und Dr. Kapp erklärte ungefragt: „Kleinere Pharmafirmen haben es heute schwer. Der Konkurrenzdruck ist enorm, und die Globalisierung tut ein Übriges. Man hat eigentlich nur Chancen ..."

Julia fiel ihm ins Wort: „Aber soviel ich weiß, sind Sie doch Markführer bei einem Lungenantibiotikum."

„Das ist richtig, und das ist auch der Grund, weshalb Rayer sich für uns interessiert hat."

Es klopfte an der Tür, und eine junge Dame erschien mit einem

Tablett, auf dem drei Tassen Kaffee standen. Sie stellte sie vor die Herrschaften auf den Tisch. Dr. Kapp bedankte sich höflich, und die junge Frau verschwand wieder.

„Nivalux heißt das Antibiotikum, nicht wahr?“, fragte Julia.

Kapp nickte und nahm einen Schluck vom Kaffee.

„Sind Sie deshalb hier? Wollen Sie sich pharmazeutisch weiterbilden?“, fragte er lächelnd.

„Auch das“, erwiderte Julia und lächelte zurück, „aber sagen Sie mir zuerst: Wie kommt Ihr Antibiotikum ins Krankenhaus?“

„Das ist ganz einfach. Die Krankenhäuser werden von den Apotheken beliefert, und die Apotheken haben entsprechende Verträge mit Kliniken.“

Ein Schlürfen wurde hörbar – Florian hatte die Kaffeetasse zum Mund geführt und ein wenig im Wohlgenuss geschwelgt.

„Bestellen die Apotheken das Antibiotikum direkt bei Ihnen?“

Julia wusste, dass ihre Frage unwissend und ahnungslos klang – aber genau diesen Eindruck wollte sie erwecken.

„Nein, nein, da müssten wir ja den ganzen Tag Medikamente verpacken und verschicken“, antwortete Kapp jovial, „da ist der Großhandel dazwischen.“

„Ah ja ..., und welcher Großhandel ist das bei Ihrer Firma?“

„Bei Kappmed ist das Nelix“, antwortete Dr. Kapp, „ein Unternehmen übrigens, das ganz in der Nähe liegt. Auch im Rheingau.“

„Das hat sicher Vorteile“, bemerkte Julia und griff in die Seitentasche ihrer Jacke.

„Ich wollte Ihnen etwas zeigen“, sagte sie und holte die aufgebrochene Packung Nivalux hervor, die sie vor kurzem schon einmal ihrem Freund Jürgen Stockmann gezeigt hatte. Sie hielt Kapp die Packung hin: „Ist das Ihr Nivalux?“

Dr. Kapp nahm die Packung in die Hand, öffnete sie und sah noch eine Tablette im Blister.

„Ja, das ist unsere Packung“, erwiderte er zögernd. „Aber warum ist noch eine Tablette drin?“

„Die Patienten sind mitunter nachlässig, hab ich gehört“, antwortete Julia.

„Das ist ein großer Fehler“, erwiderte er, „ein Antibiotikum muss man unbedingt aufbrauchen.“

An der Tür klopfte es, Dr. Kapp rief „Herein“, und ein Mann um die fünfzig mit einer Halbglatze zeigte sich. Es war Alexander Heinscher.

„Störe ich?“, fragte er.

„Nein“, gab Kapp zurück, „ich kann Sie bei dieser Gelegenheit der Hauptkommissarin Frau Held aus Wiesbaden vorstellen.“ Zu Julia gewandt bemerkte er: „Das ist Herr Heinscher, ein leitender Angestellter der Firma.“

Heinscher kam näher und begrüßte Julia und Florian, während Kapp die Kommissarin beobachtete. Doch weder Julia noch ihr Assistent zeigten eine besondere Reaktion.

„Schauen Sie mal“, sagte Dr. Kapp zu Heinscher und hielt ihm den Nivalux-Blister hin, „das hat mir Frau Held gezeigt. Unser Nivalux, nicht wahr?“

Heinscher drehte den Blister hin und her und nickte: „Ja, ja.“

„Das wollte ich nur wissen“, erklärte Julia mit einer Stimme, als würde die Prozedur schon zu lang dauern, „es ist lediglich eine Routineüberprüfung, und überhaupt wollen wir uns nur etwas kundig machen.“

„Ach so“, sagte Dr. Kapp und schien erleichtert, „geht es um den Toten im Weinberg?“

Julia bestätigte: „Ja, er war Angestellter bei Nivalux, wussten Sie das?“

„Ich muss gestehen, dass mich der Fall nicht besonders interessiert hat. Soviel ich gelesen habe, war es doch ein Autounfall.“

„Das stimmt“, erwiderte Julia, „es war ganz offenbar ein tragischer Unfall.“

Sie erhob sich, und während Florian schnell noch seinen Kaffee austrank, sagte Julia: „Danke für das Gespräch, Herr Dr. Kapp. Ich sehe jetzt etwas klarer.“

Hauptkommissar Ernst Mielke von der Mainzer Kripo wuchtete seinen schweren Leib aus dem Dienstwagen. Ein Polizeimeister hatte ihn von der Straße hinter Laubenheim auf einen Seitenweg heruntergewinkt. Jetzt warf Mielke einen Blick auf den alten Audi und den Mann, der daneben lag.

„Was ist los? Wozu brauchen Sie mich?“, fragte er den Kollegen.

„Ein Toter. Ein Fußgänger hat ihn gefunden und sich gewundert.“

„Na und! Langfristig sind wir alle tot. Glauben Sie, im Himmel nimmt uns ein Kommissar an die Hand?“

„Ich glaube, der Mann ist nicht normal gestorben.“

Mielke ging ächzend in die Knie und sah der Leiche ins

Gesicht. Er zog sich ein paar Latexhandschuhe über, drehte den Toten auf den Rücken, beugte sich über ihn und roch.

„Alles ganz normal, den Mann hat ein Herzinfarkt hingerafft."

Er wandte sich zu dem unschlüssig dastehenden Kollegen: „Oder sehen Sie ein Einschussloch? Blut? Herumliegende Patronenhülsen?"

„Aber warum ist er von der Straße abgefahren?"

Mielke stand auf: „Ein Herzinfarkt kündigt sich an. Atemnot, Gliederschwäche und so weiter. Den hat's nach einem Schoppen Luft verlangt ..."

„... und kaum war er aus dem Auto, ist er zusammengebrochen", vervollständigte der Polizeimeister den Gedankengang von Mielke.

„So muss es gewesen sein", bestätigte der Hauptkommissar, „nicht hinter jeder Leiche lauert ein Verbrechen. Menschen haben nun mal die leidige Angewohnheit, den Löffel abzugeben. Unerwartet ist besser als mit langer Vorankündigung."

„Was soll ich denn nun tun?", fragte der Polizist.

„Das Übliche. Stellen Sie seine Identität fest, benachrichtigen Sie die Angehörigen und lassen Sie einen Leichenwagen kommen."

Dr. Kapp beobachtete den Wagen der Kommissare vom Fenster des ersten Stocks aus, als Julia und Florian vom Hof der Firma Kappmed fuhren. Am Schreibtisch zündete sich Heinscher eine Zigarette an.

„Weiß sie etwas?", fragte er.

Kapp drehte sich herum und ging auf ihn zu: „Schwer zu sagen. Entweder war sie naiv oder sie hat es gespielt."

„Aber sie hat nichts in der Hand", stellte Heinscher fest.

„Doch. Eine Tablette Nivalux."

„Die kann gefälscht sein."

„Eben. Genau aus diesem Grund habe ich ihr gesagt, dass es unser Produkt ist. Ich wollte sie nicht auf andere Gedanken bringen."

Kapp setzte sich an seinen Schreibtisch und fragte wie nebenbei: „Was macht unser gieriger Medizin-Journalist?"

„Alles erledigt", murmelte Heinscher.

„Er weilt in seinem Südseeparadies?"

„Mit Sicherheit."

„Ein anderes Paradies fällt solchen Leuten ja auch nicht ein“, bemerkte Kapp zynisch, „dafür fehlt es an Phantasie.“

Heinscher blickte seinen Chef an: „Haben Sie mein Sonderhonorar?“

„Natürlich.“

„Ich sehe nichts.“

„Glauben Sie, dass ich so viel Geld hier aufbewahre? Nein, das erledigen wir heute Abend im meinem Haus.“

„Zwanzig Uhr?“, fragte Heinscher.

Dr. Kapp nickte: „Zwanzig Uhr. Ich erwarte Sie.“ Er machte eine kleine Pause, dann fragte er: „Sie haben doch einen Beweis für den Tod des Journalisten?“

„Ich habe ein Foto gemacht. Die Visitenkarte und der Genesungstrunk haben gute Arbeit geleistet.“

Kapp blickte zu Heinscher auf: „Gut.“

Sein leitender Angestellter drückte die Zigarette in dem schweren Schreibtischaschenbecher aus. Dann streifte er sich die feinen Lederhandschuhe über und wollte die Visitenkarte aus der Jackentasche ziehen.

„Behalten sie sie“, sagte Kapp, „wir könnten sie noch benötigen.“

Nachdem Alexander Heinscher sein Büro verlassen hatte, leerte Dr. Kapp den verunreinigten Aschenbecher und wusch ihn aus. Zigarettengeruch konnte er nicht ausstehen. Dann ging er zum Fenster. Er schaute hinaus auf den Hof, die Lieferwagen, den Eingang des Gebäudes, und eine gewisse Wehmut ergriff ihn. Das alles hatte einmal ihm gehört, das war seit fünfundzwanzig Jahren sein Eigen, das hatte er aufgebaut. Ohne ihn wäre hier kahler Boden, und ohne Nivalux wären viele Menschen gestorben, nein: elend krepiert. Sein pharmazeutisches Genie war es doch, das Kappmed zu dem Unternehmen gemacht hatte, das es heute war!

Aber jetzt ging es nicht mehr, es gab keine andere Möglichkeit, er musste es tun. Dr. Kapp ging zurück zum Schreibtisch und griff zum Telefon. Er rief ein Reisebüro an und buchte für den nächsten Tag einen Flug nach Sao Paulo. Für eine Person.

11

„Der Mann lügt", sagte Florian, als sie in Richtung Geisenheim fuhren.

„Woran haben Sie das gemerkt?", fragte Julia.

„Mein Bauch spricht, und ich höre", antwortete Kommissar Wunder mit undurchdringlichem Gesicht und schob nach: „Shakespeare."

„Na, na – aus welchem Stück soll das denn stammen?"

„‚Der Mohr von Venedig'", behauptete Florian.

Julia warf ihm einen amüsierten Blick zu: „Mehr Inhalt, weniger Kunst, wenn ich bitten darf!"

Florian räusperte sich: „Na ja, Kapp hielt die Schachtel für echt, die Sie ihm zur Begutachtung reichten."

„Sicher war die echt."

„Aber was sollte das dann? Natürlich erkennt er sein Medikament."

„Ich habe diese fast aufgebrauchte Packung Nivalux bei meiner toten Freundin Claudia gefunden, es waren noch zwei Tabletten drin ..."

„Ich hab nur eine gesehen! Haben Sie mit der andern Tablette einen Selbstversuch gemacht?"

Julia ging nicht auf seinen Scherz ein: „Ich habe den Blister vorher meinem Freund, dem Apotheker, gezeigt. Eine Tablette ist ihm zerbröselt, das fand er ungewöhnlich. Also habe ich die Zerbröselte unserer Rechtsmedizinerin Frau Dr. Hauswaldt gebracht ..."

„Gar keine schlechte Idee", lobte Florian, „sie soll uns sagen, ob da was Gefährliches drin ist?"

Julia nickte.

„Aber hier passt nichts zusammen", stöhnte er auf, „Kappmed lebt von Nivalux, das hat Kapp selbst gesagt, warum sollten sie Fälschungen verkaufen?"

„Warten wir mal ab."

„Sie haben noch nicht das Ergebnis von Frau Hauswaldt?"

„Nein."

Julia fuhr auf die Rheinuferstraße, es begann zu nieseln, und ein Frachtschiff auf dem Fluss zu ihrer Rechten begleitete sie rheinaufwärts.

„Was ist Ihnen noch aufgefallen?", fragte sie.

„Meinen Sie diesen Heinscher?“, fragte Florian zurück.

„Nein, nein“, erwiderte Julia unwillig, „strengen Sie sich doch mal ein bisschen an, Sie wollen doch irgendwann Hauptkommissar werden.“

„Ich hab’s“, sagte Florian, als sie Oestrich passierten, „warum ist diesem Kapp der Tote im Weinberg auf einmal eingefallen?“

„Na endlich“, ließ sich Julia hören, „angeblich interessiert ihn der Fall doch nicht – und dennoch hat er ihn mit unserem Besuch verbunden.“

„Genau!“, bestätigte Florian.

„Ich brauche noch zwei Details“, murmelte seine Chefin, „nur noch zwei Details ...“

Kriminalrat Feuer stand bereits in ihrem Büro, als Julia die Tür öffnete, und Florian mit zwei Bechern Kaffee hinterherkam.

„Wo stecken Sie denn?“, rief Feuer, „ich suche schon den ganzen Tag nach Ihnen.“

„Wir haben bei einer Pharma-Firma recherchiert ...“, wollte Julia erklären, wurde aber sofort von ihrem Chef unterbrochen: „Pharma-Firma? Meinen Sie den Großhandel? Diesen Nelix?“

„Es gibt wahrscheinlich einen Zusammenhang zwischen Nelix und der Arzneimittelfirma Kappmed“, teilte Florian beflissen mit.

„Ja, natürlich gibt es den! Das sagt einem doch die einfachste Schulweisheit. Diese Nelix-Firma verkloppt die Arzneien von denen, die sie herstellen. Das ist doch klar. Sind Sie deshalb ... wo waren Sie eigentlich genau?“ – „Im Rheingau“, bemerkte Julia mit sanfter Stimme.

„Deshalb fahren Sie in den Rheingau!“ In Robert Feuers Stimme schwang deutliche Empörung.

„Es ging nicht anders. Über bestimmte Dinge muss man sich an Ort und Stelle ein Bild verschaffen.“

„Gut, gut“, lenkte Feuer ein, „aber wir waren doch beim letzten Mal schon weiter. Wir haben diese Firma Nelix als Wettnest ausgemacht. Da müssen wir reinstoßen, dort hat Barthel den Most geholt!“

„Ja“, log Florian mit treuherzigem Dackelblick, „die haben wir auch besucht. Den Chef haben wir noch einmal unter die Lupe genommen. Aber wie es aussieht, hat der von Sportwetten keine Ahnung. Dieser Metz muss ein Einzeltäter gewesen sein ...“

„Einzeltäter und spielsüchtig!", fasste Feuer zusammen, „und vermutlich hochverschuldet. Da müssen wir nachfassen. Haben wir die Wettwitwe gefasst?"

„Eine Fahndung ist rausgegeben. Und ich habe inzwischen in einem Wiesbadener Wettbüro recherchiert", erklärte Florian eifrig, „dort ist Metz kein Unbekannter ..."

„Na also, wir sind auf der richtigen Spur. Gut gemacht, Herr Wunder. Haben Sie jemanden erkannt? Sind Sie wieder zusammengeschlagen worden?"

Feuer griff nach einem Becher Kaffee, den Florian unvorsichtigerweise in seiner Nähe abgestellt hatte und nahm einen Schluck. Florian wollte antworten, dass er dem Kredithai Kevin eine Namensänderung vorgeschlagen habe, kam aber nicht dazu, denn sein Vorgesetzter bemerkte beim Abstellen des Bechers wie für sich selbst: „Wettmafia ausgehoben! Wenn das keine Schlagzeile ist."

Kommissar Wunder machte auf seriös und teilte mit: „Ich bin sicher, dass ich im Wettbüro mit dem Mann gesprochen habe, der mir eins über die Birne gegeben hat."

„Na also!", triumphierte Feuer, „jetzt brauchen wir nur noch einen Beweis." Im Abgehen erklärte er den beiden: „Sie arbeiten weiter an dem Fall, aber mit Hochdruck. Wir stehen offenbar kurz vor der Auflösung."

Kaum war er aus dem Zimmer, ahmte Julia Feuers Stimme nach und sagte zu Florian: „Gut gemacht, Herr Wunder! Ich wusste gar nicht, wie einfallsreich und diplomatisch Sie sein können."

Dann griff sie zum Telefon und wählte eine Nummer. Sie ließ es viermal klingeln, aber keiner hob ab ...

Julia Held hatte schon die Schiersteiner Brücke hinter sich gelassen und fuhr eben die Ausfahrt nach Gonsenheim ab. Sie hatte ihrem Freund, dem Apotheker Stockmann, eine SMS geschickt, aber die war ohne Antwort geblieben. Natürlich würde sie ihn jetzt stören, aber es ging nicht anders. Warum erzählen einem die Fachleute nicht das Wichtige? dachte sie, warum reden sie um den Kern der Dinge herum? Vielleicht deshalb, weil man selbst nicht weiß, wo der Kern zu finden ist. Weil unsereins nicht die richtigen Fragen stellt.

Sie parkte ihr Auto vor der Römer-Apotheke in Gonsenheim und ging hinein. Stockmann war nicht zu sehen. Sie müsse ihn dringend sprechen, sagte sie einer Angestellten und nannte ihren Namen. Die pharmazeutisch-technische Assistentin kam nach einer Minute von hinten zurück. Herr Stockmann könne jetzt nicht, er arbeite an einer Salbe, die er keinen Moment allein lassen dürfe.

„Sagen Sie ihm bitte, er soll auf seinem Handy nachsehen, ich hab ihm eine SMS geschickt.“

Die Angestellte versprach es, und Julia begab sich wieder zu ihrem Auto. Wenn sie schon in Mainz war, sollte sie Fredenthaler einen Besuch abstatten, vielleicht konnte er ihre Frage beantworten. Julia fuhr von der Breiten auf die Mainzer Straße und bog hinter dem Bahnübergang links ab. Jetzt befand sie sich Am Fort Gonsenheim und am Ende dieser Straße lag der Südwestrundfunk. Diesmal war sie nicht mit dem Journalisten verabredet, eigentlich musste sie sich nicht beeilen, dennoch ging sie schnellen Schrittes auf den SWR-Eingang zu. Der Portier sagte ihr, wo sie Fredenthaler finden könne, im zweiten Stock des Hauptgebäudes.

Sein Büro war leer, doch die Tür zum Nachbarraum stand offen. Julia ging hinüber und sah am Schreibtisch eine Frau um die vierzig mit einer dunklen Bubikopf-Frisur. Julia stellte sich als Hauptkommissarin Held vor, sie wolle eigentlich zu Herrn Fredenthaler ...

„Dann steckt hinter seinem Tod ein Verbrechen!“, rief Roswitha Wink aus.

„Herr Fredenthaler ist tot?“, fragte Julia erstaunt.

Roswitha Wink nickte: „Ja, die Polizei hat angerufen. Herzinfarkt im Auto! Hinter Laubenheim. Aber wenn Sie da sind, dann stimmt das wohl nicht?“

„Ich hab noch vor kurzem mit ihm gesprochen, da wirkte er ganz gesund“, erwiderte Julia.

„Er ist zuletzt immer gesünder geworden. Heute hat er sogar gepfiffen.“

„Gepfiffen?“

„Vor Freude, vermute ich, er hat auf einmal mitgekriegt, dass er in Mainz lebt.“

„Das kann sein“, murmelte Julia und dachte: Vielleicht ist er spontan Anhänger der 05er geworden und hat deren letzten Sieg pfeifend gefeiert?

Laut aber fragte sie: „Besonders traurig über seinen Tod sind Sie nicht gerade.“

Roswitha Wink besann sich und antwortete ehrlich: „Der Mann war vorher wie ein trockener Furz, kaum ranzukommen an den, hat nie einen Scherz gemacht, immer nur von Krankheiten geredet. Der hat sich erst vor einem halben Tag akklimatisiert."

Julia schaute die Journalistin verwundert an. Die sah das als Aufforderung, weiterzusprechen: „Heut' fand ich ihn einigermaßen ansprechend. Manche Leute werden halt erst sympathisch, wenn sie sich in den Tod aufmachen."

„Wo finde ich denn Ihren toten Kollegen jetzt?"

„Ei wo? Im Leichenschauhaus."

Es nieselte schon wieder, und der Himmel über Mainz graute ein. Eigentlich sollte man bei dem Wetter und um die Zeit eine Weinstube aufsuchen und einen guten Riesling zu sich nehmen, dachte Hauptkommissar Ernst Mielke, als er die Stufen zum Polizeipräsidium hinauf nahm. Aber er musste für eine unaufschiebbare Sache noch mal ins Büro. Den Mantel brauchte er gar nicht erst ausziehen und den Hut nicht ablegen, er würde es kurz machen. In seinem Zimmer herrschte bereits ein düsteres Zwielicht, und Mielke wollte gerade die Schreibtischlampe anknipsen, als er eine Stimme in seinem Rücken hörte: „Lassen Sie das Licht aus."

Er fuhr herum, doch die Stimme befahl ihm, sich hinter seinen Schreibtisch zu setzen. Mielke ächzte auf. Wer erdreistete sich, ihm hier in seinem Büro Befehle zu erteilen?

„Wissen Sie, wo Sie sich befinden?", knurrte er.

„Natürlich weiß ich das. Setzen!"

Mielke wuchtete seinen Leib um den Tisch herum und ließ sich in den Schreibtischstuhl fallen. Er versuchte, das Gesicht seines Gegenübers zu erkennen, aber der Mann hatte seinen Platz so gewählt, dass er im Dunkeln saß.

„Heißen Sie Mielke?", fragte die Stimme.

„Wenn Sie nichts dagegen haben, ja."

„Wir können es kurz machen, Herr Mielke. Ich stelle Ihnen jetzt eine Frage, und Sie geben Sie mir die Antwort. Alles klar?"

Ernst Mielke überlegte, die Stimme hörte sich jung an, das konnte kein altgedienter Ganove sein, welche jungen Burschen hatte er in letzter Zeit in der Mangel gehabt?

„Warum fragen Sie mich nicht in den offiziellen Dienststunden?", brummte er, „warum schleichen Sie sich hier ein?"

„Wir wollen keine große Sache daraus machen. Nur eine Frage!“

„Schießen Sie los“, sagte Mielke.

„Wo ist Stefan Metz?“

„Wer?“

„Sie haben schon verstanden.“

„Ich kenn keinen Stefan Metz.“

„Wo ist Yvonne Metz?“

„Ist mir auch unbekannt.“

„Leugnen Sie doch nicht so blöd.“

„Soll ich mir eine Antwort aus den Rippen schnitzen? Ich kenn die Namen nicht.“

„Hey, Sportsfreund“, sagte die Stimme aus dem Dunkel, „wir können auch anders. Seien Sie klar im Kopf und geben Sie mir die Info.“

Mielke überlegte fieberhaft. Es schien ganz so, als sei er da in einen Fall reingeraten, den er gar nicht untersuchte.

„Sie haben doch vor kurzem selbst den Namen Stefan Metz genannt – und jetzt wollen Sie ihn nicht kennen?“, fragte die Stimme aus dem Dunkel.

„Wie?“

„Sie haben doch mit ihm Fußball gespielt ...“

„Wo? Spielt dieser Metz bei den 05ern? Allmählich wird’s interessant.“

„Machen Sie sich lustig über mich?“, fragte die Stimme und wirkte leicht zornig.

„Auf keinen Fall“, erwiderte Mielke sanft, „aber was geht mich dieser Fußballspieler an? Ich könnt’ Ihnen doch irgendwas sagen – dieser Mann, den sie suchen, der sitzt in der Finther Scheier! Stimmt aber nicht, ich bin ehrlich. Was hat er denn verbrochen?“

Mielke hatte sich zu einem gemütlichen Ton entschlossen – der konnte am ehesten in so einer Situation helfen. Zu seiner Verwunderung hörte er aus der dunklen Ecke: „Er ist uns Geld schuldig. Ziemlich viel Geld.“

„So kommen wir weiter“, erklärte Mielke mit sonorer Stimme, „Sie wollen Ihr Geld wiederhaben, das versteh ich doch. Wer will heute nicht sein Geld wiederhaben. Soll ich Ihnen sagen, an wen wir uns wenden müssen?“

Die Stimme aus dem Dunkel klang interessiert: „An wen?“

„An die Banken! Was ist ein Einbruch in eine Bank gegen die Geschäfte einer Bank! Verstehen Sie?“

„Vollkommen. Sie sind klüger als ich dachte.“

„Na also, ich wusste doch, das wir eine Basis finden ...“

Die Stimme unterbrach ihn und wirkte irritiert: „Sie sind doch Kommissar Mielke?“

„Schon richtig. Ich heiße Ernst Mielke ...“

„Nee, Sie heißen Maik Mielke!“

„Lieber Freund im Dunkeln, ich werde doch wissen, wie ich heiße. Und außerdem hätte ich so einen Vornamen wie Maik schon bei meiner Geburt abgelehnt.“

„Aber Sie haben doch selbst gesagt ...“

„Nichts hab ich gesagt von Maik. Wenn Sie mir nicht glauben – schauen Sie mal draußen neben der Tür.“

„Heißt das, es gibt keinen ... Maik Mielke?“, fragte die Stimme verdattert.

„Hier bei uns heißen die Mielkes Ernst!“

„Drehen Sie sich um!“, befahl die Stimme aus dem Dunkel.

Mielke wandte sich zur Seite und hörte, wie der Mann aufstand, zur Tür ging, sie öffnete und nach draußen verschwand. Leise erhob Mielke sich und schlich ihm nach. Doch kaum war er an seiner offen stehenden Tür angelangt, zeigte sich eine schwarze Rappermütze über einem wütenden Gesicht. Der Bursche sprang hoch und trat ihm mit dem rechten Fuß wuchtig in den Bauch. Offenbar ein Karatekämpfer, ging es Mielke durch den Kopf, bevor er zu Boden taumelte.

Hauptkommissar Mielke, mit Vornamen Ernst, saß an seinem Schreibtisch und genehmigte sich ein Gläschen Weinbrand, als es an der Tür klopfte.

„Herein, wenn's kein Dunkelmann ist“, brummte er.

Julia Held öffnete die Tür und sah eine schwarze Gestalt am Tisch.

„Arbeiten Sie öfter im Dunkeln, Herr Kollege?“, fragte sie.

„Nein, nein“, antwortete er unwirsch, ließ das Gläschen hinter einem Aktenordner verschwinden und knipste seine Schreibtischlampe an. Als er die Kollegin Held erkannte, teilte er mit: „Ich hatte gerade Besuch von einem unangenehmen Gast. Der hat sich mit einem Fußtritt verabschiedet.“

„Wie hässlich!“, sagte Julia und setzte sich auf den Stuhl

vorm Schreibtisch, „es gibt doch wahrlich zivilisiertere Arten, auseinanderzugehen."

Die beiden kannten sich schon seit einigen Jahren und kamen im Allgemeinen gut miteinander aus, obwohl Mielke überzeugter Mainzer war und die „Herrschaften von dribbdebach" gern mit leisem Spott überzog. Aus einer Seniorenresidenz könne man keine Jugendherberge machen, auch wenn man die Gesichter noch so lifte, erklärte er gern der Kollegin – mit Seniorenresidenz meinte er ganz Wiesbaden, während die Jugendherberge natürlich Mainz war. Doch andererseits hatte Julia Held einen besonderen Stein bei ihm im Brett. Sie war bekennende Anhängerin von Mainz 05 – das machte vieles wett, sogar, dass sie von der andern Seite des Rheins kam.

„Obwohl ungern, aber diesmal muss ich Ihnen zustimmen", bemerkte Mielke, „es gibt zivilisiertere Formen."

„Was ist denn passiert?"

„Ich bin ein Verwechslungsopfer geworden", ächzte Mielke, „da muss sich einer für mich ausgegeben haben."

„Sehr unangenehm so was", kondolierte Julia, „aber Sie haben die Sache sicher restlos aufgeklärt."

Mielke nickte und fragte brummig: „Was führt Sie zu mir?"

„Ein Toter mal wieder."

„Immer diese Toten. Die geben keine Ruhe." Mielke machte eine Handbewegung, als könne er die lästigen Toten wie Fliegen fortscheuchen.

„Um wen handelt es sich denn?"

„Jörg Fredenthaler, einen Redakteur vom SWR."

„Ach ja, der Mann neben dem Auto hinter Laubenheim. Herzinfarkt und weg! Ich hab den Bericht schon gelesen. Was wollen Sie von dem?"

„Ich hab vor kurzem noch mit ihm gesprochen. Da wirkte er putzmunter."

„Aber Frau Held, den Mann hat ein plötzlicher Tod hingerafft. Sie wissen doch – langfristig sind wir alle tot."

„Solche plötzlichen Tode kommen mir verdächtig vor, Ihnen nicht?"

Mielke kratzte sich am Kinn: „Kürzlich war Ihr Kollege da, dieser junge Spund namens Wunder. Der wollte, dass ich die Eusebios-Klinik schließe. Wissen Sie weshalb?" Er wartete keine Antwort ab, sondern gab sie selbst: „Weil er festgestellt hat, dass in diesem Krankenhaus gestorben wird! Sein Vorwurf war, dass man es in der Klinik nicht verstehe, den Tod zu überlisten.“ Mielke machte eine kleine Pause und schob nach: „Sind die Herrschaften von dribbdebach jetzt schon soweit, sich nicht nur bis zur Unkenntlichkeit liften zu lassen, sondern von den Ärzten auch zu verlangen, dass sie dem Tod eine Nase drehen?“

„Ewig jung und ewig leben – wer will das schon?“, lächelte ihn Julia an, „die Wiesbadener sind aber so nobel, wenigstens den Schein zu wahren.“

Mielke lachte auf: „Was für einen Schein? Das kann nur ein falscher sein. Ehrlich gelebt und ehrlich gestorben, das ist die Meenzer Devise!“

„Herr Mielke“, sagte Julia trocken, „ob Schein oder Sein, es hilft nichts, Sie müssen den Leichnam von Fredenthaler rausrücken.“

Alexander Heinscher parkte seinen dunkelblauen Opel Insignia in einer Seitenstraße ein Stück vor der Villa von Dr. Kapp. Sicher war sicher. Es war schon dunkel, hatte aufgehört zu regnen, und Heinscher strebte mit festem Schritt zum Eingang der Villa. Er klingelte am Tor, eine kleine Kamera beobachte ihn, und als sich die Stimme Kapps meldete, nannte er seinen Namen, worauf sich das Tor wie von Geisterhand auftat.

Die weißen Kiesel knirschten unter seinen Schritten, als er zur Haustür hinaufging. Dr. Kapp stand an der offenen Tür und begrüßte ihn wie einen alten Freund: „Sie hätten ruhig mit dem Wagen reinfahren können, Herr Heinscher.“

Heinscher nickte zustimmend, die Freundlichkeit Kapps kam ihm verdächtig vor, er wusste, dass er aufpassen musste. Je freundlicher sich Kapp verhielt, desto gefährlich war die Situation.

Dr. Kapp führte ihn in einen weitläufigen Wohnraum, in dem eine moderne hellgraue Ledercouch und ebensolche Sessel standen. Dazwischen befand sich ein niedriger Glastisch. Hinten ging es auf eine Terrasse, die Tür stand leicht offen. An den Wänden zogen sich Bücherregale bis um die Ecken herum hin, sodass Heinscher unwillkürlich die Vokabel Schöngeist einfiel. Das hatte er noch gar nicht gewusst, dass sein Chef im Nebenberuf Schöngeist war.

Kapp fragte nach seinem Befinden und wirkte ausgesprochen aufgeräumt. Er bot ihm einen Platz in einem Sessel an und fragte, was er Heinscher zu trinken reichen könne. Auf dem Glastisch stand eine Flasche Cognac, und wenn Heinscher seinen Spirituosen-Kenntnissen trauen konnte, handelte es sich um eine der besten Sorten. Doch ihm war gleichzeitig klar, dass Kapp eine Falle aufgestellt hatte. Eine Falle, in die er hineinlaufen sollte. Prompt nahm Dr. Kapp die Flasche in die Hand und sah ihn fragend an. Doch Heinscher legte die Hand auf seinen Bauch und murmelte, dass ihm etwas unwohl sei.

„Ein Jammer, Sie wissen nicht, um welchen Genuss Sie sich bringen."

„Es tut mir ja selbst leid, aber ich muss irgendetwas gegessen ..."

„Eigentlich sollten wir anstoßen", fuhr Kapp in seine Entschuldigung hinein, „wir haben allen Grund dazu, oder?"

„Natürlich."

Dr. Kapp stellte die Flasche wieder zurück. Er ging zu einem Schränkchen im Hintergrund und öffnete es.

„Vielleicht etwas anderes. Einen zwanzig Jahre alten Malt-Whisky?", fragte er.

„Danke, im Moment nicht."

Dr. Kapp kam zurück: „Alles ist bestens erledigt?"

Heinscher bestätigte: „Alles ist bestens erledigt."

„Fredenthaler weilt im Paradies?"

„So ist es."

„Die Polen schwimmen auf dem Grund des Rheins?"

„Dort haben sie auf immer Station gemacht."

„Und die Kommissarin aus Wiesbaden tappt im Dunkeln."

„Sie hat keine Anhaltspunkte."

Dr. Kapp nickte zufrieden, als ihm ein weiterer Vorstoß in Sachen Gastfreundschaft in den Sinn kam: „Vielleicht möchten Sie ein Glas Wasser?"

„Danke, nein", antwortete Heinscher und griff in seine Jackentasche, um ein Päckchen Zigaretten hervorzuholen.

„Ich darf doch?", fragte er.

„Selbstverständlich, wenn Sie unbedingt an Ihrem Tod arbeiten wollen."

Kapp brachte ihm ein Schälchen, das als Aschenbecher durchgehen konnte. Heinscher zog sein Feuerzeug hervor. Es war ein wertvolles Stück, in dem seine Initialen A.H. unten eingraviert waren – das Geschenk einer Verflossenen. Er zündete sich eine Zigarette an, nahm einen tiefen Zug und legte das Feuerzeug auf den Glastisch.

„Haben Sie den Beweis dabei?", fragte Kapp wie nebenbei.

„Natürlich. Ich habe Fredenthaler fotografiert.“

Heinscher zog sein Handy aus der Brusttasche des Jacketts, klickte auf die Fotos und reichte Kapp das Gerät. Der setzte seine Lesebrille auf und hielt sich das Display vor die Augen.

„Sehr klein“, bemerkte er, „ich muss die Bilder am Rechner vergrößern.“

Kapp ging zu einem Apple-Laptop, schloss das Handy mit einem Kabel an und betrachtete am Bildschirm die am Boden liegende Gestalt Fredenthalers.

„Ja“, sagte er leise, „das sind die Symptome ...“

„Um welches Gift handelt es sich?“, fragte Heinscher, als sei er ein pharmazeutischer Kollege.

„Es ist den meisten unbekannt. Eine flüssige Droge, die volkstümlich Burundanga genannt wird.“ Kapp lächelte: „Ich habe den Wirkstoff Scopolamin etwas verfeinert, ein wenig stärker gemacht.“

Heinscher fragte: „Die Visitenkarte war mit ihm getränkt?“

„Sicher. Das normale Burundanga zeigt bei bloßem Hautkontakt keine tödliche Wirkung. Es ruft lediglich Seh- und Koordinationsstörungen hervor.“ Kapp lachte leise: „Vielleicht auch einen Juckreiz. Da muss man etwas nachhelfen – wie Sie das dankenswerterweise getan haben.“

Kapp zog das Kabel aus dem Handy und kam zu Heinscher zurück.

„Gute Arbeit“, nickte er ihm zu.

„Dann können wir jetzt zur Zusatzvergütung kommen.“

„Natürlich“, sagte Kapp und ging in Richtung Tür, „einen Moment nur.“

Kaum hatte er den Raum verlassen, griff Heinscher in seine Manteltasche und umschloss mit seiner Hand eine Waffe. Es war die kleine Pistole, die er aus der Wohnung von Yvonne Metz gestohlen hatte ...

Julia saß im Auto, als ihr Handy piepte. Sie fuhr an den Straßenrand und sah, dass sie eine SMS erhalten hatte. Der Absender war Jürgen Stockmann, der ihr ein Treffen vorschlug. Sie rief ihn sofort an.

„Jetzt gleich?“, fragte er.

„Ja, es ist eilig.“

„Da wird meine Frau nicht begeistert sein.“

„Wir machen es ganz kurz. Du brauchst nur zum Auto zu kommen.“

Zwanzig Minuten später hielt Julia in der Gonsenheimer Händelstraße. Sie musste nicht lange warten, und Jürgen Stockmann erschien am Tor. Sie blinkte mit den Scheinwerfern, und ihr alter Freund kam zum Auto und stieg ein.

„Ist es denn so brisant ...?“, setzte er an.

„Du hast mir doch von der Galenik erzählt, die so wichtig ist bei der Herstellung von Medikamenten?“

„Ja.“

„Und dass das Original dem Generikum überlegen ist ...“

„Muss nicht sein. Es gibt auch Fälle ...“

Julia fiel ihm ins Wort: „Aber wie könnt ihr denn überprüfen, ob das Original-Medikament überhaupt echt ist?“

„Ob es echt ist? Es gibt sogenannte Chargen-Nummern. Die müssen von den Apotheken überprüft werden ...“

„Macht ihr das auch immer?“

Apotheker Stockmann sah Julia in die Augen: „Na ja, ehrlich gesagt ... manchmal wird das vergessen. Wir erkennen ja schon an der Packung, ob das Medikament echt ist.“

„Hab ich mir schon gedacht. Aber wer vergibt diese Chargen-Nummern?“

„Na, der Großhandel. Damit soll verhindert werden ...“

„Der Pharma-Großhandel!“, rief Julia aus.

„Ja, natürlich. Das dürfen die Arznei-Hersteller nicht. Sonst würden sie eventuell ...“

„Du hast mir geholfen“, sagte Julia abrupt. „Danke. Und sag deiner Frau einen schönen Gruß von mir.“ Sie schob ihn unsanft aus dem Auto und ließ den Motor an.

Jürgen Stockmann sah den roten Schlusslichtern nach und murmelte: „Meine Frau wird denken, dass die Quickies auch immer kürzer werden.“

12

Als Dr. Kapp zurückkam, drückte Heinscher seinen Zigarettenstummel gerade aus.

„Das Rauchen ist ein Laster“, bemerkte Kapp lächelnd, „das mitunter tödlich endet.“

„Ich weiß“, erwiderte Heinscher und freute sich insgeheim, dass er eine Zigarette geraucht hatte, deren Herkunft er kannte.

Kapp hielt ein Tablett in der Hand, auf dem zwei gefüllte Sektkelche standen, und als er es jetzt auf dem flachen Glastisch abstellte, sah man auch einen Packen Geldscheine darauf liegen.

„Ihr Sonderhonorar“, teilte Kapp mit.

Heinscher nahm den Packen und steckte ihn in die Manteltasche.

„Wollen Sie nicht nachzählen?“

„Ich vertraue Ihnen. Sie sind ein Ehrenmann.“

Kapp nickte zufrieden und griff nach einem Glas. Er sah auffordernd zu Alexander Heinscher. Der aber griff sich mit schmerzender Miene an den Bauch: „Ich würde ja gern, aber mein Magen lässt mir heute keine Ruhe.“

Dr. Kapp trank das Glas leer und griff nach dem anderen Kelch, setzte ihn an die Lippen, hielt inne, um seinem leitenden Angestellten mitzuteilen: „Etwas so Gutes sollte man nicht verschmähen.“

Doch statt den Kelch wieder abzusetzen, wie Heinscher vermutete, trank er ihn mit genießerischer Miene ebenfalls leer. Der Hund ist raffiniert, ging es Heinscher durch den Kopf, wer weiß, was er sich noch ausgedacht hat. Er steckte sich eine weitere Zigarette an, während Kapp ihm gegenüber Platz nahm.

„Im Grunde haben wir getan, was wir tun mussten“, sagte Dr. Kapp.

„Das sehe ich genauso.“

„Recht und Gesetz genügen manchmal nicht. Es sind unzulängliche Instrumente.“

„Ich stimme Ihnen vollkommen zu.“

„Die Globalisierung ist der Motor der Kriminalität“, sprach Kapp weiter, „das haben unsere Politiker aber noch nicht erkannt. Die Kleinen werden von den Großen gefressen. Es gibt keine freundlichen Übernahmen, es gibt nur feindliche und all das geschieht völlig legal ...“

Heinscher legte seine Zigarette in der Schale ab, während sein Chef fortfuhr: „Aber jedem Menschen mit gesundem

Rechtsempfinden sträuben sich dabei die Nackenhaare. Wir haben nichts anderes getan als ..."

In dem Moment zog Heinscher die kleine Pistole aus seiner Manteltasche. Dr. Kapp machte eine erstaunte Miene, als er die Waffe sah. Dann sagte er etwas auffallend Unlogisches: „Sie sind tot."

„Nee", erwiderte Heinscher, „Sie sind tot!"

Er zielte auf die Brust seines Chefs und drückte ab. Das Geschoss löste sich, flog schnurstracks auf Kapp zu und bohrte sich in sein Herz. Das Einschussloch war klein, nahezu unscheinbar, was nicht verhinderte, dass Dr. Kapp zusammenbrach, und auch im Liegen sein Gesicht jenen bemerkenswerten Ausdruck des Erstaunens behielt. Nur sein grauer Haarhelm war ein wenig in Unordnung geraten.

Heinscher erhob sich aus seinem Sessel und murmelte: „Genug geredet. Wir wollen Taten sehen." Dann zog er sich Latexhandschuhe über und wischte die Armlehnen des Sessels und was er sonst angefasst hatte, sorgfältig ab. Er brachte das Schälchen mit der Asche in die Küche, säuberte es und deponierte seine Kippen in einem Taschentuch, das er einsteckte. Schließlich reinigte er den Griff der Pistole, um sie dann scheinbar achtlos unter die hellgraue Ledercouch zu werfen. Er war mit seiner Arbeit zufrieden, als er ging – doch eine Kleinigkeit hatte er vergessen ...

Keine Stunde später erschien am Tor der Villa von Dr. Kapp eine Person in dunkelblauer Regenjacke und ebensolchen Jeans. Sie trug eine schwarze Rappermütze auf dem Kopf und verharrte für einen Moment. Das offene Tor irritierte sie offenbar. Dann aber ging sie mit raschen Schritten den Kiesweg hinauf. Die Person drückte auf die Klingel neben der Tür. Als sich nichts tat, klopfte sie. Auch das Klopfen zeigte keine Wirkung. Der Dunkelmann ging um die Ecke des Hauses, warf einen Blick in den weitläufigen Garten mit seinen nachtschwarzen Bäumen, um dann die Terrasse zu betreten. Vorsichtig näherte er sich der Terrassentür, die merkwürdigerweise einen Spalt offen stand. Das Wohnzimmer mit seinen Buchregalen wurde von mehreren Stehlampen erhellt, und aus der Küche drang ebenfalls Licht.

Die Gestalt öffnete die Terrassentür und trat ein. Jetzt wurde deutlich, dass es sich nicht um einen Mann handelte, sondern eine

Frau. Eine Frau, die ihre Rappermütze abnahm, sodass ihr blondes Haar bis auf die Schultern fiel. Kein Zweifel, es war Yvonne Metz. Sie war gekommen, weil sie Geld brauchte. Was ihrem Mann möglich war, so dachte sie, das musste auch ihr gelingen. Ihr Gatte weilte zwar nicht mehr unter den Lebenden, was ein wenig bedauerlich, aber letzten Endes kein Beinbruch war – doch er wusste etwas über Dr. Kapp, was sie ebenso ins Spiel bringen konnte. Nun sah sie den Pharma-Chef auf dem Teppich liegen, absolut reglos und offenbar tot. Verflixt, da war ihr offenbar einer zuvor gekommen! Frau Metz beugte sich nicht zu der Leiche und sah deshalb auch nicht den erstaunten Ausdruck, mit dem Kapp auf ihre Schuhe blickte. Leichen waren in ihrem Verständnis unästhetisch, sich mit ihnen zu beschäftigen konnte einen nur aus dem Konzept bringen. Der Mann hatte sich unübersehbar dem Jenseits zugewandt, was im Grunde ein Vorteil war. Sie brauchte jetzt nicht mehr mit ihm zu feilschen.

Yvonne Metz sah sich im Zimmer um und tastete die Wände mit ihrem Blick ab. Wo könnte sich hier ein Safe verstecken? Und vielleicht war er ja auch einen Spalt offen wie die Terrassentür. Sie ging auf die Bücherregale zu – möglicherweise waren diese Bücher lediglich Attrappen und hinter ihnen lauerten die wahren Schätze. Sie zog an verschiedenen Stellen einige Bücher heraus, aber verdammt noch mal, das waren echte Bücher, und wenn man sie öffnete, raschelten bloß Seiten auf. Auch hinter den Büchern sah Frau Metz lediglich weiße Wand. Da war kein Türchen, kein Griff, nichts! Etliche Bücher lagen inzwischen achtlos auf dem Boden, und es wirkte geradeso, als hätten sie sich dem Hausherrn angeschlossen: Da er tot ist, legen wir uns zu ihm und trauern mit ihm. Bücher reden und können Erstaunliches erzählen – aber dass sie mit ihrem Herrn sterben wollen, war bisher unbekannt.

Yvonne Metz schaute sich um. Hing hier irgendwo ein Bild? Hinter Bildern verbargen sich meist Safes. Aber sie sah nirgendwo ein Bild. Dieser Kapp war offenbar Gemälde-abstinent gewesen. Sie ging in die Küche und öffnete die Schränke. Dieser Typ war Millionär, er musste doch ein paar Scheine irgendwo deponiert haben. Aber nirgendwo fand sie etwas. Sie dachte an ihre eigenen Praktiken. Sie hatte die Pistole ... Frau Metz ging in die Knie und riss das Türchen unter der Spüle auf. Putzmittel, natürlich! Aber wo war ein Eimer? In der Ecke ganz rechts sah sie einen und griff hinein. Es war ein Griff ins Leere, und Yvonne stieß einen wenig damenhaften Fluch aus. Sie war schon etwas ins Schwitzen gekommen, öffnete ihre Regenjacke und dachte nach. Das ganze Haus konnte sie nicht auf den Kopf stellen. Aber dieser Kapp würde doch wohl ein Portemonnaie bei sich tragen. Wohl oder übel musste sie sich mit dem Gedanken anfreunden, die Leiche zu begrapschen. Kaum zuende gedacht, erhob sie sich und ging wieder hinüber ins Wohnzimmer. Sie musterte den Toten von oben. Dann überwand sie sich und ging in die Knie. Ihr üppiger Busen unter dem Pullover wogte aufgeregt, als sie nach der Brusttasche Kapps griff. Sie sah das Gesicht von ihm. Dr. Kapp musterte sie überaus erstaunt.

„Glotz mich nicht so an", murmelte sie, „meine Titten sind für dich tabu. Mit Toten mach ich nichts."

Kapp gab naturgemäß keine Antwort, er schaute sie nur weiterhin erstaunt an.

„Alter, ich muss mal an deine Brieftasche", erklärte Yvonne und griff unter sein Sakko. Sie zuckte zurück. Sie spürte etwas Warmes und Flüssiges, und als sie die Hand wegzog, sah sie Blut.

„Verdammt, bluten tust du auch. Wieso machst du so was? Hast du denn gar keinen Respekt vor unsereinem? Ich will doch nur ein bisschen Kohle."

Kapp verhielt sich ordnungsgemäß still, als sei Frau Metz eine Krankenschwester, die ihm Erleichterung verschaffte. Die überwand sich aufs Neue und griff am Futter des Sakkos entlang zur Innentasche. Ja, da fühlte sie etwas! Ein Portemonnaie, das hoffentlich gut gefüllt war. Sie zog es hervor und vermied jeden Kontakt mit dem Blut. Jetzt öffnete sie den Geldbeutel – da waren einige Scheine, drei Fünfziger und zwei Hunderter. Für einen Millionär ist das nichts, dachte sie, aber solche Leute sind ja traditionell geizig. Die gönnen unsereinem nichts. Sie steckte die Scheine und das Kleingeld in ihre Jackentasche und wollte sich gerade erheben, als sie noch etwas unter dem Tisch sah. Ein Feuerzeug. Sie griff danach und als versierte Raucherin erkannte sie, dass es sich um ein wertvolles Stück handelte.

Yvonne stand auf und ließ sich in den Sessel sinken. Sie kam sich vor, als habe sie schwere Arbeit verrichtet. Sie griff in ihre Jackentasche und zog ihr Zigarettenpäckchen hervor. Mit dem neuen Feuerzeug zündete sie sich einen Glimmstängel an. Auf dem Tisch stand eine Flasche Cognac. Das war genau das Richtige jetzt. Sie erkannte nicht, dass dieser Cognac sehr teuer war, öffnete die Flasche und nahm einen tiefen Schluck aus der Pulle. Dann steckte sie Zigarettenpäckchen und Feuerzeug zurück in die Jacke und überlegte rauchend, wo sie noch etwas finden könnte.

Florian lümmelte im Sofa und streckte die Beine von sich. Ein Feierabend ist doch etwas Wunderbares. Das konnte er heute mit Fug und Recht behaupten, denn er hatte es schon ganz anders erlebt. Carola rief eben aus der Küche: „Essen fertig!"

Vielleicht hat sie mir einen Sauerbraten gemacht? dachte Florian. Oder ein Rehgoulasch, wie kürzlich in Oestrich? Carola wollte ihn überraschen, und ihm floss schon das Wasser im Mund zusammen. Ja, so liebte er es. So sollte der Tag ausklingen. Das war gediegene Kleinbürgerlichkeit, möglicherweise sogar etwas spießig – aber absolut glücklich machend.

„Ich hab auch ein Bier für dich!", lockte Carola mit samtweicher Stimme.

„Ich komme!", rief er zurück und wuchtete sich aus dem Sofa.

Als er in die Küche kam, sah er auf dem Tisch eine große Familienpizza. Sie lag einsam auf einem Holzbrett und schien sich zu langweilen.

„Tiefkühlkost?", fragte er verwundert.

„Deine Lieblingspizza, mit Peperoni, in XXL", erklärte Carola stolz, „und schon geschnitten."

„Ach ja." Florian versuchte, etwas Begeisterung in seine Stimme zu zwingen.

„Dazu habe ich einen Salat gemacht." Mit geheimnisvoller Stimme schob Carola nach: „Rucola."

„Ist ja super. Den liebe ich besonders", beeilte sich Florian zu erwidern, „also das ist ja eine tolle Überraschung ..."

Sein Handy klingelte.

Carola mahnte: „Geh nicht dran. Du musst auch mal ein Privatleben haben." Sie zwinkerte ihm zu: „Mit mir."

Florian nickte halbherzig. Er konnte ja das Handy verloren haben oder im Auto vergessen. Das konnte ihm niemand übel nehmen. Nur wollte der Apparat davon nichts wissen. Er schrillte weiter vor sich hin.

„Ich glaub, ich muss mal ganz kurz rangehen", äußerte Kommissar Wunder.

Carola machte ein Mündchen, das alles sagte und drehte sich zur Anrichte, wo eine Glasschüssel mit Rucola stand.

Florian meldete sich, und am anderen Ende hörte er die Stimme von Julia Held: „Herr Wunder, wo sind Sie?“

„Ich bin ... ganz privat.“

„Es tut mir leid, Sie zu stören, aber es geht nicht anders. Sie müssen sofort nach Geisenheim zum Haus von Dr. Kapp kommen. Wiesenweg 11. Es besteht Fluchtgefahr.“

„Ich wollte gerade ... muss das sein?“

„Unbedingt. Ich habe eben mit Dr. Hauswaldt gesprochen. Sie müssen los! Ich komme nach.“

Sie legte auf, und Florian hielt das Handy unschlüssig in der Hand. Wie sollte er das Carola beibringen? Hier musste man zum genialen Kommunikator werden. Sie sah ihn schon fragend an.

„Ein Anruf“, sagte er leichthin, „aber die gute Pizza hat Vorrang.“

Er setzte sich am Tisch zurecht und übersah geflissentlich das düster werdende Gesicht Carolas.

Florian wusste nicht, dass seine Chefin kurz zuvor die Rechtsmedizinerin Dr. Hauswaldt ebenfalls aus ihrem Feierabend geklingelt hatte. Die hatte aber ganz anders reagiert. Sie war überhaupt nicht überrascht vom späten Anruf, sie habe Frau Held schon am Nachmittag im Gerichtsmedizinischen Institut erwartet. Ja, die zerbröselte Tablette habe sie inzwischen genau untersucht ...

„Und?“, fragte Julia, „mit welchem Ergebnis?“

„Mit keinem.“

„Was soll das heißen?“

„In der Nivalux-Tablette finden sich keine Wirkstoffe.“

„Was? Keine Wirkstoffe?“

„Überhaupt keine. Das ist ein Placebo.“

„Das bedeutet, dass dieses Antibiotikum keine Wirkung haben kann.“

„Genau das bedeutet es“, bestätigte Dr. Silke Hauswaldt und schob nach: „Wer er einnimmt, stirbt und glaubt dabei, dass er gesund wird.“

Alexander Heinscher saß in seiner Wohnung vor dem Computer. Er scrollte mit der Maus auf der Seite nach unten und studierte die Angebote. Einen Flug für morgen Vormittag brauchte er. Hongkong wäre nicht schlecht, oder vielleicht doch besser Südafrika? Neben dem Bildschirm stand ein Glas Rotwein, er nippte kurz daran, griff dann in die Jackentasche und holte sein Zigarettenpäckchen hervor, um sich eine anzuzünden. Aber wo war sein Feuerzeug? Er suchte in der anderen Tasche des Sakkos, stand schließlich auf und ging in den Flur zum Mantel. Er durchwühlte die Taschen – bis ihm auf einmal klar wurde: Er musste das Feuerzeug im Haus von Dr. Kapp vergessen haben. Auf den Tisch hatte er es gelegt ... ja, aber es musste auf den Boden gefallen sein. Das Feuerzeug ist ein Indiz, dass er da gewesen war. Außerdem trug es seine Initialen unten. Es durfte auf keinen Fall neben dem Toten gefunden werden.

In schnellem Entschluss streifte sich Heinscher den Mantel über und hastete nach draußen auf die Straße zu seinem Auto. Er hatte es nicht weit nach Geisenheim, und es konnte niemand nach ihm im Haus von Dr. Kapp gewesen sein. Schließlich herrschte finstere Nacht, um diese Zeit kommen keine Besucher mehr. Er lächelte vor sich hin, als er daran dachte, dass Kapp auch gar keine Besuche mehr empfangen konnte. Dazu war er einfach nicht mehr in der Lage.

Du bist schon ein famoser Typ, Alexander! lobte er sich innerlich, ich wusste gar nicht, dass du so clever bist. Hervorragend den Magenkranken gespielt. Kapp war gar nicht dazu gekommen, ihm irgendein Gesöff zu verabreichen. Ein Gesöff mit irgendwelchem Gift darin, heiße es nun Scopolamin oder anders. Natürlich hatte sein Chef darauf gelauert, ihn aus dem Leben zu giften, er konnte keinen Mitwisser gebrauchen – das war Heinscher schon seit längerem klar. Er musste also selbst handeln. Aber nicht mit einer Droge oder Gift wie sein Chef, der geniale Pharmazeut. Er wollte die Sache altmodisch mit einer Pistole erledigen. Eine Kugel im Herz ist ebenso wirksam wie ein vergiftetes Glas Sekt. Auch sie weist zuverlässig den Weg ins Jenseits. Man muss nur die richtige Pistole benutzen, die keine Fährte zu ihm legte. Er wusste, dass Stefan Metz eine Pistole samt Waffenschein besaß, er hatte schließlich die Verhandlungen mit ihm geführt. Metz verlangte für die gefälschten Chargen-Nummern auf den Packungen des Antibiotikums Nivalux eine Menge Kohle – und selbst das war ihm nicht genug. Metz versuchte nachzubessern und noch mehr rauszuholen. Seine Wettschulden fraßen ihn auf. Und seine junge Frau war unersättlich, jedenfalls was Geld anging.

Man darf eben nicht auf junge Frauen hereinfallen, dachte Heinscher, während er die Rheinuferstraße im vorgeschriebenen Tempo entlangfuhr, junge Frauen sind ein Unglück und reißen einen tüchtigen Mann in den Abgrund. Und er dankte sich, dass er Junggeselle geblieben war. Das hieß aber nicht, dass er Junggeselle bleiben wollte, eine schöne Frau konnte das Leben versüßen. In Hongkong und mit seinen jetzigen finanziellen Möglichkeiten sah er da gute Chancen für sich, außerdem zogen ihn asiatische Frauen seit jeher an.

Eigentlich ein bisschen schade, dass Kapp dran glauben musste, ging es Heinscher durch den Kopf. Schließlich waren sie ein effektives Team, das konnte man anders nicht sagen. Und beide waren sie auf ihre Weise kreativ – äußerst kreativ sogar. Nachdem die feindliche Übernahme durch Rayer feststand, hatte er, Alexander Heinscher, die rettende Idee. Bevor Kappmed endgültig in den Konzern verschmolzen wurde, sollte die Firma noch einmal die große Kohle machen. In einem letzten Coup dem Pharma-Riesen zeigen, was eine Harke ist. Man musste nur eine Wagenladung des echten Nivalux austauschen durch ein Placebo-Präparat, das aber genauso aussah wie das Original. Das war seine, Heinschers Idee! Immerhin konnte er Kapp zuguteschreiben, diese phantastische Idee sofort begriffen und akzeptiert zu haben. Das echte Lungenantibiotikum ging ins osteuropäische Ausland, das falsche in die hiesigen Apotheken – der Gewinn betrug drei Millionen. Gestorben wird schließlich immer, es ist eine unausrottbare menschliche Krankheit. Aber danach war ihm, Heinscher, eine noch genialere Idee eingefallen, ein zweiter Coup. Warum sollte man die Polen mit dem echten Nivalux davonfahren lassen? Welche Möglichkeiten gab es, sie davon abzuhalten und sowohl das Geld wie das wertvolle Antibiotikum zu behalten? Hier wurde sein Chef aktiv, hier zeigte sich sein giftiger Einfallsreichtum. Und den Rest besorgte er, Heinscher, mit eigener Hand. Im Grunde eine perfekte Arbeitsteilung, ging es ihm durch den Kopf. Ja, er und Kapp – sie waren schon ein ausgesprochen effektives Team.

Er fuhr in den Wiesenweg ein und parkte seinen dunkelblauen Opel Insignia ein gutes Stück weit weg vom Eingang der Kappschen Villa. Um diese Zeit spazierte zwar niemand auf der Straße herum, doch man sollte immer etwas vorsichtiger sein als nötig. Es wäre nicht gut, wenn irgendein nächtlicher Spaziergänger seinen Wagen direkt vor dem Anwesen von Dr. Kapp sah. Heinscher setzte eine schwarze Mütze auf, zog sie sich tief in die Stirn und stieg aus. Mit ruhigen Schritten ging er auf den Eingang von Dr. Kapps Villa zu ...

Florian kaute auf einem Stück der Peperoni-Pizza XXL herum. Das Gespräch mit Carola war ins Stocken geraten, obwohl er wahre Lobeshymnen sowohl auf die Pizza wie den Rucola-Salat angestimmt hatte. Das waren pure Lügen, gemeinste Heuchelei, denn die Pizza schmeckte wie ein Stück Pappe und der Salat schwamm in Essig. Aber so etwas einer Köchin zu sagen grenzt an Körperverletzung, im Grunde wäre es eine Art Mord gewesen. Ein Mord an der guten Absicht Carolas. Erschwerend kam hinzu, dass er einen Weg suchte, ihr seinen baldigen Abschied klarzumachen. Nur wie?

„Hat deine Chefin vorhin angerufen?“, wollte sie wissen.

„Ja, ja, sie sucht den Kontakt zu mir ... ääh, ich meine, sie will immer in Kontakt mit mir bleiben.“

„Ach so.“ Carola zog die Augenbrauen hoch.

„Es ist nicht so, wie du denkst!“

„Wie ist es denn?“

„Na ja, rein dienstlich ...“

„Aber wird der Dienst auch in der Nacht fortgesetzt?“

„Nein. Tun wir doch nicht. Wir arbeiten aber gerade an einem Fall, das ist ... also das ist gewissermaßen ein Nachtfall ...“

„Ein Nachtfall!“ Carola lachte künstlich auf. „Mir kannst du alles weismachen, und du denkst, ich glaub das auch.“

Florian setzte sich kerzengerade hin: „Ich war doch kürzlich schon mal im Rheingau, das war auch abends. Da bin ich mit Ach und Krach mit dem Leben davongekommen.“

„Du Armer. Du lebst wirklich gefährlich.“ Carola pickte eine halbe Peperoni von der Pizza, steckte sie aber nicht in den Mund, sondern legte sie achtlos beiseite.

„Also sag schon, musst du wieder weg?“

„Na ja, eigentlich schon“, antwortete Florian.

Jetzt war es raus, er hatte gestanden – doch zu seiner Verwunderung beugte sich Carola zu ihm und sprach verschwörerisch: „Nimm mich doch mit!“

„Mitnehmen?“

„Ich kann dir gute Dienste leisten.“

„Ach so, ja. Aber was willst du machen?“

„Vier Augen sehen mehr als zwei. Musst du jemanden observieren?“

„Das weiß ich noch nicht“, erwiderte Florian, „das stellt sich erst an Ort und Stelle raus.“

„Du weiß also gar nicht, wozu du wohin fährst?“

Diese Fragen! dachte Florian, diese Fragen sind schlimmer als in ein Weinfass gesperrt zu werden. Laut aber sagte er: „Das geht nicht. Es kann immer gefährlich werden. Glaubst du, ich will dich auf dem Gewissen haben?“

Carola sah ihn spöttisch an: „Jetzt komm mir nicht so. Auf einmal liegt dir was an mir, und du machst dir Sorgen um meine Gesundheit.“

„Nicht deine Gesundheit. Ich denk an deinen Tod.“

„An meinen Tod?“

„An deinen eventuellen Tod. Es kann doch was passieren.“

„Das ist das erste Mal, dass du an meinen eventuellen Tod denkst!“

„Na ja, bisher kam der nicht in Sicht“, erklärte Florian und dachte, dass das Gespräch allmählich absurde Formen annahm.

„Und wieso nicht?“ fragte seine Freundin prompt, „wieso kam er dir bisher nicht in den Sinn? Ich könnte doch jeden Tag abnippeln. Die Sterbeannoncen sind voll von jungen Leuten, die plötzlich und unerwartet gestorben sind.“

„Ja schon, aber warum solltest du plötzlich sterben?“

„Du hast es doch selbst gesagt!“

„Ich?“

„Du denkst an meinen Tod, hast du gesagt.“

Florian schaute betrübt auf die Pizza, die noch halb vorhanden war. Wer konnte die weibliche Logik enträtseln? Sie würde ihm für immer ein Buch mit sieben Siegeln sein. Vorsichtig rückte er den Stuhl nach hinten.

„Wir können es ja so machen“, sagte er bedächtig, „ich komme nachher wieder, nachdem ich am Tatort nach dem Rechten gesehen habe.“

„Wann willst du denn wiederkommen?“, fragte Carola mit gefährlich ruhiger Stimme, „um eins oder zwei oder drei in der Nacht? Und dann klingelst du mich aus dem Bett und erzählst mir, dass du mit Ach und Krach mit dem Leben davongekommen bist. Ist ja toll.“ Ihre Stimme hatte sich mit den letzten Worten um wenigstens eine Oktave nach oben geschwungen.

Ich muss es anders probieren, dachte Florian, ich muss mich um ihr Wohlergehen sorgen, nicht um ihren Tod, das ist der richtige Weg. Er erhob sich und sagte: „Ich kann dich nicht mitnehmen. Ich würde mir ewig Vorwürfe machen, wenn deiner Gesundheit was passieren würde."

„Die schöne Pizza", erwiderte Carola, und Florian überlegte, wie diese Antwort ins Gespräch passte. Eigentlich überhaupt nicht, aber so sind Gespräche zwischen Mann und Frau, wurde ihm klar. Irgendwie passt da wenig zusammen.

Vielleicht sollte er zum Abschied noch was Kluges mitteilen.

„Wenn der Tatort noch nicht sichergestellt ist", sprach er, „sollten Außenstehende nicht aufkreuzen. Lektüre dagegen ist ungefährlich. Das ist der Vorteil von Büchern. Ich bring dir demnächst ein Buch mit, sowohl spannender Krimi wie subtil geistreicher Roman, das hat jedenfalls der Wiesbadener Kurier geschrieben. Vom selben Autor wie dieses Buch, das dir so gut gefallen hat."

„Geh", sagte Carola müde, „geh und spar dir deine Reden."

Alexander Heinscher schritt den Kiesweg hinauf zum Eingang von Dr. Kapps Villa. Die Haustür war geschlossen, das wusste er, er hatte sie ja selbst zugemacht, aber die Terrassentür hinten stand einen Spalt offen, da würde er hineinschlüpfen. Er ging ums Haus herum, warf einen flüchtigen Blick zur Garage, und als er auf der Terrasse anlangte, sah er, dass die Tür geschlossen war.

„Verflucht noch mal", murmelte er und verbarg sich im wuchernden Efeu der Hauswand. Er überlegte. War jemand da gewesen? War immer noch jemand da? Wenn ja, wer konnte das sein? Er blieb eine Weile an der Efeu-Wand stehen und lauschte. Doch nicht das kleinste Geräusch drang an seine Ohren. Vielleicht war Kapp nicht ganz tot und hatte sich zur Terrassentür geschleppt. Um sie zu schließen? Blödsinn. Vielleicht hatte er irgendeinen Trank zu sich genommen, der ihn wiederbelebte? Diesem Dr. Kapp war alles zuzutrauen, er kannte sich aus mit Drogen.

Heinscher zog sich Latexhandschuhe über, löste sich vom Efeu und machte einen leisen Schritt auf die Tür zu. Vorsichtig drückte er gegen sie und tatsächlich – sie öffnete sich. Sie war nicht abgeschlossen. Er lauschte in das Haus hinein. Genauso wie bei seinem letzten Besuch, leuchteten innen mehrere Stehlampen das Zimmer aus. Überhaupt war auf den ersten Blick alles wie zuvor, als er die Villa verlassen hatte. Der Leichnam lag an der gleichen Stelle, und als sich Heinscher zu ihm hinab beugte, sah ihn Kapp mit demselben erstaunten Blick an.

„Was hast du gesehen?“, murmelte Heinscher, „wer hat die Tür geschlossen?“

Naturgemäß gab Dr. Kapp keine Antwort, Tote können recht verstockt sein. Heinscher war sich darüber offenbar im Klaren und fragte nicht nach. Stattdessen drehte er sich um und sah sich den Glastisch an. Kein Feuerzeug. Er ging in die Knie und schweifte mit seinem Blick über den Teppich. Kein Feuerzeug. Er beugte sich unter die Couch. Die Pistole lag noch da, doch die war jetzt unwichtig. Er geriet ins Grübeln. Er hatte das Feuerzeug vergessen, soviel war sicher. Er hatte es auf den Tisch gelegt, soviel war auch sicher. Oder doch nicht? Hatte er es irgendwo anders abgelegt? Er ging zum wuchtigen Schreibtisch und ließ seinen Blick über ihn gleiten. Der Schreibtisch Kapps war nahezu leer. Oberhalb der Schreibtischauflage stand lediglich ein Behälter mit Kugelschreibern und Stiften, und neben der Auflage lag ein Füllfederhalter der feinsten Sorte.

Heinscher wurde allmählich nervös. Das konnte nicht sein, dass sein Feuerzeug verschwunden war. Falls jemand da gewesen war – wer nimmt schon ein unscheinbares Feuerzeug mit? In diesem Haus befanden sich andere Kleinigkeiten, die wesentlich wertvoller waren. Allein die Eulenplastik auf einem der Bücherregale musste ein Vermögen wert sein. Der Füllfederhalter zum Beispiel würde Anhängern des altmodischen Schreibens ein verzücktes Lächeln ins Gesicht zaubern. Und wenn man einen dieser alten Folianten im Regal zu einem Antiquar brachte, würde der sich vermutlich vor Begeisterung überschlagen. Aber wo war sein Feuerzeug?

Heinscher ließ sich in den Sessel sinken, in dem er schon vor kurzem saß. Vor ihm auf dem Tisch stand die Flasche des teuren Cognacs. Natürlich würde er den nicht trinken. Aber mit einem Schluck Alkohol sollte er seinen Gedanken die Sporen geben. Ein Schluck kann Wunder bewirken, vermutlich fiel ihm dann die Lösung ein.

Er ging nach hinten zu dem Schränkchen, an dem Dr. Kapp auch gestanden hatte. Heinscher öffnete es, nahm ein Glas und die vorn stehende Flasche heraus. Whisky, stellte er mit raschem Blick fest, ein guter Whisky. Er ging zurück zum Sessel, ließ sich nieder und goss sich ein. Ihm kam in den Sinn, dass er das Feuerzeug vielleicht in seinem Auto verloren hatte. Es konnte aus der Tasche in den Schlitz zwischen Handbremse und Sitz gerutscht sein. Dort musste er suchen. Dann trank er.

Ja, dachte er, wahrscheinlich bin ich ganz umsonst hierher zurückgekommen. Selbst wenn jemand hier war – warum sollte ihn mein Feuerzeug interessieren? Er trank das Glas leer und goss sich einen kleinen Schluck nach. Jetzt bin ich mir sogar sicher, ging es ihm durch den Kopf, dass es überflüssig war, hierher zu kommen. Völlig überflüssig. Mein Feuerzeug kann nur im Auto liegen. Niemand hat es mitgenommen, das wäre ja grotesk ...

In diesem Moment merkte er, wie sein Mund trocken wurde. Und warum sah er die Flasche plötzlich doppelt und musste sich an den Händen jucken? Tausend Ameisen krabbelten über ihn, und dieser Juckreiz sprang auf seine Arme über und den Rücken. Heinscher erhob sich, er fühlte sich elend, es schwindelte ihn, er musste zur Tür, hinaus in den Garten ... aber seine Füße wollten ihn nicht tragen ... und warum bekam er keine Luft mehr?

Das war sein letzter Gedanke. Eine Frage, die ihm niemand mehr beantwortete. Sein Chef blickte erstaunt vom Teppich zu ihm hoch, und sah man genau hin, hatte sich in seine Miene ein Lächeln eingeschlichen. Dr. Kapp hätte ohne weiteres Heinschers Zustand erklären können, schließlich war er ein exzellenter Pharmazeut. Aber Tote ziehen es vor zu schweigen.

Alexander Heinscher brach über dem Tisch zusammen, die Cognac- und Whisky-Flasche fielen um, sein Glas schepperte davon. Und nun breitete sich im Haus von Dr. Kapp eine tiefe Stille aus. Gewissermaßen eine Friedhofsstille.

Als Kommissar Florian Wunder vor Dr. Kapps Villa im Wiesenweg 11 eintraf, ging es gegen Mitternacht. Es war völlig still in der Straße, in der Ferne leuchtete eine Laterne, und nicht der leiseste Nieselregen ging nieder – was Florian ein wenig bedauerte. Nieselregen schafft Atmosphäre, genau die richtige Atmosphäre, um einem Kriminalfall die Würze zu geben.

Der Kommissar blieb in seinem kleinen Opel sitzen und überlegte, was er tun könnte. Von Fluchtgefahr hatte Frau Held gesprochen ... Vielleicht stürzte in den nächsten Minuten dieser Pharma-Mensch aus dem Haus, und er musste ihn aufhalten? Mit bloßer Körperkraft oder doch besser mit gezogener Pistole? Das war alles ein bisschen riskant. Denn vielleicht zielte Kapp schon an der Tür auf ihn. Das Geschoß löste sich – und abgefeuerten Kugeln kann man nur schwer ausweichen. Nein, besser war es, wenn er nach dem Wagen von Kapp sah und vorsorglich die Luft aus den Reifen ließ. Da wäre es mit der schnellen Flucht schon mal vorbei. Auf Felgen durch Geisenheim zum Rhein hinunter zu brausen – das war so gut wie aussichtslos.

Florian stieg aus und ging zum Tor des Kappschen Anwesens. Komischerweise stand es offen. Aha, der Mann hatte seine Flucht geplant, er wollte keine Zeit verlieren. Umso richtiger, dass ich mich an seinem Auto zu schaffen mache, dachte Florian, ging den Kiesweg hinauf und sah neben dem Haus die Garage. Dummerweise war sie geschlossen, aber ein schmales Fenster an der Seite versprach Zutritt. Florian musste sich auf die Zehenspitzen stellen, um an es heranzukommen. Er zog eine 10-Cent-Münze aus seinem Portemonnaie und schob sie in den Schlitz an der Unterseite des Fensters. Hoffentlich handelte es sich um einen Klappverschluss. Nach einigen Versuchen schob er die Verriegelung nach oben und konnte das Fenster öffnen. Er zog sich hinauf, zwängte sich durch das schmale Fenster und ließ sich nach unten plumpsen. Ein Schlangenmensch ist nichts gegen mich, ging es ihm durch den Kopf, meine Chefin weiß gar nicht, was sie an mir hat. Der Einbruch in die Garage kam ihm auf einmal wie ein Geniestreich vor.

Jetzt aber musste er schnell handeln. Dr. Kapp konnte jeden Moment in der Garage auftauchen. Er griff in die Tasche und zog eine Schachtel mit Zündhölzern hervor. Eine Taschenlampe wäre besser gewesen, aber er hatte keine dabei. Das Streichholz flammte auf und was er sah, ließ sein Herz höher schlagen. Vor ihm stand eine Jaguar-Limousine in british-racing-green, wie ein Fachmann wie er sofort erkannte. Viel Zeit zur Bewunderung blieb ihm nicht, denn das herunterglimmende Streichholz verbrannte ihm die Finger. Er ließ es fallen, er wusste schon, wo er ansetzen musste. Einem Jaguar die Luft ablassen, so was widerstrebte ihm eigentlich. Er strich dem Kotflügel über den Lack als hätte er eine schöne Frau vor sich, dann kniete er sich hin, tastete über den Vorderreifen und suchte das Ventil ...

Es war später Vormittag, Julia saß an ihrem Schreibtisch im Büro und fragte verwundert ins Telefon: „Was *machst* du?“

„Ich atme mich frei, zusammen mit Frau Becker!“, rief ihr Vater, „der bewusst zugelassene Atem steht im Mittelpunkt und findet wieder seinen natürlichen Rhythmus. Wir haben zusammen einen Volkshochschul-Kurs gebucht.“

„Find ich prima, Papa. Will sie dich nicht mehr vergiften?“

„Ach was! Ich hab sie von meinem Streuselkuchen überzeugt.“

„Ich wollte dir eigentlich danken ...“

„Wofür denn?“

„Ich hab den aktuellen Fall mit deiner Hilfe gelöst. Du hast mir bei meinem letzten Besuch den Shylock-Satz in Erinnerung gerufen: Wenn ihr uns vergiftet, sterben wir nicht?“

„Das ist Theater. Was hat das mit deinem Fall zu tun?“

„Sehr viel. Es ist etwas vertrackt. Das erklär ich dir genau, wenn ich dich morgen besuchen komme.“

„Interessiert mich“, murmelte ihr Vater, „und denk daran, dich frei zu atmen. Den natürlichen Rhythmus finden, darum geht es!“

Nachdem Julia aufgelegt hatte, sah Florian sie gekränkt an: „Den hätten Sie mir ruhig auch mal sagen können, diesen Vergiftungssatz von Shakespeare.“

„Ich hatte Mühe, Sie aus der Garage zu befreien.“

„Aber die Idee war doch grandios. Ich konnte ja nicht wissen, dass zwei Leichen im Wohnzimmer rumliegen.“

Julia ignorierte diesen Einwand, sie erklärte stattdessen: „Ich war beim Mainzer Kollegen Mielke, der übrigens durch eine Verwechslung unangenehmen Besuch hatte. Irgendjemand hat sich für Sie ausgegeben ...“

„Nicht zu glauben!“, ließ sich Florian hören.

„Ich musste zu Mielke, weil mein Informant Fredenthaler vom SWR plötzlich auch gestorben ist. Plötzlich und unerwartet. Ich wollte die Leiche untersuchen lassen.“

„Auch in der Eusebios-Klinik?“, fragte Florian.

„Nein, er lag neben seinem Auto. Es war ähnlich wie bei Stefan Metz. Auf jeden Fall hat Frau Dr. Hauswaldt den Leichnam Fredenthalers obduziert. Und was glauben Sie, was sie gefunden hat?“

Julia wartete keine Antwort ab, sondern gab sie selbst: „Sie hat dieselben Spuren im Blut wie bei Metz gefunden. Nur waren sie diesmal deutlicher. Es handelte sich um Scopolamin, eine Substanz, die aus Pflanzen wie der Alraune oder dem Stechapfel gewonnen wird. Nur ein versierter Pharmazeut kann diese Droge herstellen ...“

„Dr. Kapp“, sagte Florian.

Julia nickte: „Bei dem toten Heinscher sind dieselben Vergiftungserscheinungen festgestellt worden. Er hat ein Glas Whisky getrunken, das ihm Kapp offenbar gegeben hat. Ein Whisky mit Scopolamin.“

„Und deshalb hat er Kapp mit letzter Kraft erschossen“, stellte Florian fest.

„Das vermute ich auch. Aber wir haben keine Fingerabdrücke auf der Pistole gefunden ...“

„Ich wusste doch, dass dieser Kapp lügt“, stellte Florian zufrieden fest, „die haben sich gegenseitig ins Jenseits befördert, da kann man zufrieden sein. Und dieses Nivalux, das sie ihm gezeigt haben ...“

„Die zerbröselte Tablette hat Frau Dr. Hauswaldt auch untersucht. Mit dem Ergebnis, dass keine Wirkstoffe darin waren, absolut keine ...“

„Das ist ja unglaublich. Da hat jemand eine Lungenentzündung, nimmt das Antibiotikum, und es wirkt gar nicht?“, rief Florian aus.

„Die Eusebios-Klinik ist unschuldig. Die Medikamente haben eine sogenannte Chargen-Nummer, die meistens nicht auf ihre Gültigkeit überprüft werden. Wenn eine drauf ist, wird das Medikament akzeptiert.“

„Und für diese Chargen-Nummer war Metz zuständig?“

Julia nickte: „Kappmed ist von dem Branchenriesen Rayer übernommen worden. Da wollte sich Kapp rächen. Mit seinem Gehilfen Heinscher hat er eine Fuhre des echten Nivalux ins Ausland verkauft und das Placebo-Präparat zugleich über Nelix noch einmal verscherbelt.“

„Vor Originalarzneien muss man jetzt auch Angst haben“, stellte Florian fest, „ich lass Tabletten überhaupt nicht mehr an mich ran!“

„Ob Original oder Generikum – am besten ist es, man macht’s wie mein Vater.“

Florian schaute sie fragend an.

„Man backt seinen Kuchen selbst, um nicht vergiftet zu werden und bucht einen VHS-Kurs zum freien Atmen.“

Die Tür ging auf, und Kriminalrat Robert Feuer schritt mit triumphierendem Gesicht ins Zimmer.

„Na, wer sagt’s denn! Schon haben wir die Verdächtige gefasst“, erklärte er. Er wandte sich zu Julia und teilte mit: „Ich bringe Ihnen die Wettwitwe!“

Ein Streifenpolizist führte Yvonne Metz ins Büro.

„Aufgegriffen in Eltville“, erläuterte Feuer, „aber sie wird geständig sein und uns über die Wettmafia und ihre Umtriebe ins Bild setzen.“

Yvonne Metz wies er an: „Setzen Sie sich!“ Dann beugte er sich zu Julia und flüsterte ihr zu: „Die Kleinarbeit überlasse ich Ihnen. Eine Pressekonferenz habe ich schon terminiert.“

Kriminalrat Feuer verließ mit dem Polizisten den Raum, während Frau Metz sich auf den Stuhl fläzte und aus der einen Jackentasche ein Päckchen Zigaretten, aus der anderen ein Feuerzeug hervorzog. Keiner sah, dass zwei Initialen unten eingraviert waren. Sie lauteten A.H.

Zum Autor

LOTHAR SCHÖNE wurde im sächsischen Herrnhut geboren, studierte in Frankfurt a. M. und Mainz, promovierte in Tübingen, arbeitete als Collegelehrer und Dozent, war Feuilletonredakteur in Mainz und Mitarbeiter des SWR. Er hat Theaterstücke, Romane, Erzählungen und Sachbücher veröffentlicht.
2011 erschien im E. Humbert Verlag das amüsante Städteporträt „Diva und Domsgickel. Mainz und Wiesbaden – Rivalen am Rhein“ (Dritte Auflage 2012) und 2012 der historische Kriminalroman „Die unsichtbare Bruderschaft“.
Mehr über Lothar Schöne im Internet: www.lothar-schoene.de

ISBN 978-3-939285-03-8
€ 12,80

ISBN 978-3-939285-05-2
€ 19,80